遥远的桥

北京医生的家书

卢秋生 编著

广西师范大学出版社
GUANGXI NORMAL UNIVERSITY PRESS
·桂林·

YAOYUAN DE QIAO: BEIJING YISHENG DE JIASHU

图书在版编目（CIP）数据

遥远的桥：北京医生的家书 / 卢秋生编著. —桂林：
广西师范大学出版社，2019.1
ISBN 978-7-5598-1567-5

Ⅰ. ①遥… Ⅱ. ①卢… Ⅲ. ①书信集—中国—当代
Ⅳ. ①I267.5

中国版本图书馆 CIP 数据核字（2019）第 009464 号

广西师范大学出版社出版发行
（广西桂林市五里店路 9 号　邮政编码：541004
网址：http://www.bbtpress.com）
出版人：张艺兵
全国新华书店经销
广西民族印刷包装集团有限公司印刷
（南宁市高新区高新三路 1 号　邮政编码：530007）
开本：889 mm × 1 240 mm　1/32
印张：10.25　　字数：220 千字
2019 年 1 月第 1 版　　2019 年 1 月第 1 次印刷
印数：0 001~5 000 册　　定价：48. 00 元

遥远的桥（代序）

农历戊戌年春节假期的最后一天，我终于整理编校出家书的完整初稿，文字加照片，总共有十余万字。这些信件和文稿从遥远的北方邮来，算起来已有十个多月了。十月怀胎，现在，我想让这些尘封已久的书信和文字，在我们的记忆中重新复活，就像我们的父母依然活在我们身边。

这一年，中国的传统叫作狗年。

从去年的炎热夏季开始，我把自己埋在旧纸堆里，一页一页地阅读和翻拣，纸箱里散发出来的霉味，使我不停地打着喷嚏。

这些书信在书桌上堆成了一座山丘，纸页泛黄，大小不一，用钢笔、圆珠笔甚至铅笔手写的字迹密密麻麻，模糊难辨。有那么一段时间，我白天上班处理公务，晚上谢绝应酬，就在我的书屋“半闲斋”整理书信。这样的日子，有点像一个破译密码的人。是的，信中的人和事已离我们远去，就像峡谷山涧的云雾飘逸无踪。

父亲的书信以纸质的形式留存下来的有二十余万字。这些书信大多是写给我的哥嫂们，写给四哥发生的又多些。这并不是说，父亲写给别的兄长的信少，我想，是四哥的心尤为细致保存得好又还给写信人的缘故吧。所以，这本家书集里多是写给四哥发生的，但也是给所有兄长看的。

在这些书信里，也有许多朋友的来信，如张炜、吴学岚先生的就特别多。为了凸显家书主题，父亲朋友的书信就只好忍痛割爱了。

父亲的家信选编1970年至1990年20年间的内容，正好是在甘肃陇南的时候。1969年，我的父母亲响应毛主席“把医疗卫生工作的重点放到农村去”的号召，离开北京，随一大批医生来到西北，当时他们都是北医的，现在叫作北京大学第一附属医院。

在陇南——以前叫作武都——一个叫作桥头的地方，我们住了下来，开始二十多年的西北生活。那是一段让我们刻骨铭心、难以忘怀的记忆。父亲的书信和母亲的回忆录，真实地记录了当年的生活。

父亲和母亲都是医生。令我不解的是，父亲的书信中并没有写医院的事或者极少涉及。比如，高个帅气的蔡德培医生，耿直的虎威大夫，会做饭理发的宋海润大夫，等等。母亲的回忆录里却对过去的生活有细致的描写。

家书和回忆录的内容写了些什么？既有在桥头和陇南的生活纪实，也有短暂返京的快乐。直到九十年代，父亲和母亲才返回北京，直到故去。在漫长的岁月里，父母亲经常提起桥头这个地方，却从来没有回去过。这些信件和回忆记录了那个年代，我无意为家信和文章分类，如果用语言来概括，那就是“命运”。

由北京开往甘肃的列车，晚上快到横现河车站的时候，不好的消息传来，前面出现了塌方，火车停了下来，全列车的旅客都骚动起来，上上下下往车站候车室跑，秩序顿时大乱。

整列车都是在“备战、备荒、为人民”的口号下，下放到甘肃各县工作的医护人员及其家眷，拖家带口，我们一家要长期带户口在缺医少药的文县山区工作，上有六七十岁的老人，下有几岁的儿女，箱子衣柜锅碗瓢盆装满了一汽车。（摘自母亲回忆录）

卫生院的西边就是一条小河，对面是个磨坊，每天都有老乡不分日夜地在里面磨面粉。河面大约有20米宽，用两根电线杆架起来就算是小桥了。桥面经常是湿漉漉的，为了不致滑倒，人们在上面铺了些杂草，要上街就必须过这座桥，但是没胆子也不能轻松地走过去。（摘自母亲回忆录）

日常的琐细，也是书信中的主要内容：

今天凌晨三点牙又疼，服药二片就睡不着了，四点起来看《巴尔扎克传》，八点去内诊科看了牙，说没材料补，以后还得去北医补。又买了两床凉席5.10元。（摘自父信）

又如：

一直到四点，我才吃我的快餐：一只蜜麻花两只小烧饼，一共1角8分，然后睡了一觉，不想去商学院了，六点又出去买了两个糖火烧1角6分，这是真正的美味。想吃方便面，无热开水，全天的食物价值3角9分，可称节约世界之最，是白开水两杯。（摘自父信）

参加公社组织劳动的场景：

桥头麦早已割完，我参加了四天，体力还好，社员都没我割得快，也是他们磨洋工吧，学生割得还快，妈没参加。收割后下了三天雨，麦子受些影响，现已打完，产量估计和去年差不多，我院收了170斤。（摘自父信）

苦中作乐的心态：

老大开大了小电视，影响我看书，于是我骑车出去，考虑了半天是无家可归的彷徨，于是决定去花园村，快到的时候发现黑云压城，赶紧往回骑，然已晚矣，大雨倾盆而下，我摘下眼镜，浑身是水地挣扎骑到了武定侯，老大表示遗憾“真对不起”，马上拧小了音量。幸好衣服有两套，马上换了，室内温暖，灯光明亮，于是我写下了以上三页。你们看到这里很高兴了，说“内容丰富”，而我却是开始叫苦了，谁要我不多买一个糖火烧呢？我要去睡地板了，凉水擦身也不忘胃，天之降大任于斯人也！（摘自父信）

有趣的是，父亲在一本《我的反间谍生涯》的扉页上写了购书经过：

如果谁以为在公元一九八二年六月能在书店买到这本书，那就错了。

这本书，不仅从书名就吸引了人，而且译笔也是出色的。当我偶然踱进成都的青年街——这是一条以出售所有商店都没有的新奇服装而颇负盛名的街——它摆在地上，其他的书随便陈放着，而它是装在塑料袋里。一切说明它是被珍宠的。

当我取出1元2角付给卖书姑娘时，她才提出额外要付6斤粮票。“这是高价书。”她提醒说。

我最后屈服了，因为这是在两个新华书店都没有发现的最不应割舍的书。我多付了3斤粮票和1角钱，我想它是高兴的，它应以有我这样一位爱书的主人为荣。（摘自父记）

写给我的姐姐：

关于你的私人问题，我只能告诉你，“婚姻是没有指南针可能的大海”，谁也不能保证说能把对象看得十分准确，能预测婚后的好坏，只能说把对象看得差不多了，就行了。谁也不是完人，互相挑剔，永远也结合不到一块。要现实主义，不要太浪漫主义了。你有时想象力太丰富了，太感伤主义了，这只能徒增苦恼。（摘自父信）

发明家的愿景：

我如果是一个发明家，我将发明两件给旅行家造福的东西：一个是机动鞋，你踏在它上面它便如行走一样缓缓运行，它比自行车灵活，而且不需要在进许多店铺时有无数次停车；一个是微型三轮机车，你不必担心提包如何沉重，尽管放在上面推着走好了，你从西直门走到崇文门也不会累。（摘自父信）

我试图在书信和文章里寻找一些描写苦难的段落，却看到这样的情景：

一天我们刚刚做完手术，李老汉提着一条有五斤重的大活鱼，给我们送到屋里，说，王大夫尝尝鲜，刚从河里钓的，快做给娃儿吃吧。老乡们的热情感动着我们。付给他钱，李老汉喜眉笑脸地走了。我抱着这条大活鱼照了一张相，寄给了在北京住的姐姐。我们全心全意地为贫下中农服务，一不怕苦，二不怕死的精神支持着我们度过了二十多年。（摘自母亲回忆录）

先过一条大河，河水滚滚，两根圆木搭成的桥，上面铺着杂草，一下雨就特别滑，我抓住老乡衣服迈小步走过去，因天黑还是一脚踩空，右脚马上浸入河水湿透了。过了河又是泥泞的土路，我深一脚浅一脚带着泥水终于走到了公社。

书记正在门口等着。他没看见我的脚全湿了。产妇正在炕上捂着大肚子来回滚，大叫着，疼得满脸汗珠。我一边安慰她安静下来，一边打开产包准备器具，洗手消毒。这时产妇的宫门已经全开，羊水跟着流了出来，不一会，婴儿哇的一声顺利地降生了，是个女娃。我细心地给婴儿结扎好脐带，擦洗干净，穿上小衣服，裹上被子，让书记看。他特高兴，因为他爱人第一胎生的是个男孩，正盼女孩呢。他连声道谢，王大夫辛苦你了。产妇也握住我的手笑了。我自己也挺高兴，因为一切都很顺利。书记端来一碗鸡蛋醪糟，我没吃。观察一个小时后，产妇宫缩情况良好，没什么出血，我就告辞了。（摘自母亲回忆录）

二哥和生写了搬家，虽然桥头、临江、堡子坝、碧口、北京六郎庄和菊园几经颠沛流离，但书信照片却丝毫无损。在北京安顿下来之后，几位兄长热衷于整理家信和照片，编辑家庭档案，并多次在社区展览，还被评为北京市“最美家庭”，二哥和生荣获“传承达人”，北京电视台和北京人民广播电台先后进行了采访。

1975年，我搬进了小家。小家是在白龙江畔的临江供销社，

8平方米的一间小屋，仅有一张床和一张桌子，妻子是高楼山那边的碧口镇川妹。成家那天，全部嫁妆只有我和川妹各自带来的两口木箱，同事们来凑份子，多是5角钱、1元钱，没有彩车，没有花轿，也没有鲜花，只有从陇南地区买来的一束塑料菊花，插在红花瓶中，但同样给我们带来了新婚乔迁之喜。(摘自和生《搬家》)

我的祖父卢惠安，湖北宜昌人，自己用报纸卷烟，喝茶，讲故事给我听。我的文学启蒙应该是他老人家。祖父在上个世纪初帮助他的哥哥卢永春开办一家医院，也就是“北平西山平民疗养院”，电影《李知凡太太》的“李知凡太太”原型曾住在这家医院治病。祖父写得一手漂亮毛笔字，他曾为中药房写过标签，比如桑白皮、当归，等等。

吾不善诗词，连日处此孤寂环境，不惯亦不耐，幼时读《孔雀东南飞》之诗，遂仿其式，述怀排闷，不可以文艺眼光计较音韵平仄为盼，幸留存之！

山居叹寂寞，寂寞倍思亲，相思不相见，何以慰衷情。
养儿为防老，积粮备荒年，今我近八十，为何不我怜。
只因韩久病，嘱函想外孙，和芳挈斌华，谆谆嘱玉英。
玉英年十二，忠实又机伶，早来拢炉火，室内俨如春。
收拾有秩序，桌案一色清，铁梅如再见，教育出寒门。
幼年经风雨，松柏劲且青，和生心也细，考虑颇周全。

食眠措施好，伉俪才起程，照理应知足，奈我不超尘。
垫盖皆松软，辗转难成眠，只因思神扰，睡魔不敢侵。
我欲跨鹤访，鹤辞偏不前，相距近咫尺，应当马加鞭。
早起除四害，绕室打苍蝇，蝇性趋温暖，歼灭不容情。
昨日汽车响，疑是儿孙临，高兴出门看，惘然更伤神。
公私须兼顾，谁家无老人，多情尚主任，闲来将两军。
阶级团结紧，路线又分明，积累心有数，何处去取经。
兀坐也无聊，阅书眼发昏，排遣心中闷，赋诗付儿孙。
须知老来笔，为嘱勿等闲。(摘自祖父诗文)

其实，在北京，我们家在离鲁迅故居不远的福绥境胡同26号生活了很长时间。我就是在这个四合院里出生的。院子外面的老槐树现在仍在，但当年的发小“小胖子”“小瘦子”都失去了联系。

我们的父母在近年相继过世，他们没有留下什么财产，只有这些文字和几纸箱图书。父亲写下一首七言诗，送给我们的母亲：

送妻永别

相守一生渐临终，言语无力心事重。
忐忑频问爱我否，耳边相告永相从。
解脱儿孙遽尔去，天宫往寻爱女踪。
梦里犹可诉衷曲，来日无多再相逢。

(摘自父诗)

我们的五叔、工程院院士、301医院骨科专家卢世璧，不仅亲自到家里看望，还在得知我父亲辞世时，发来短信致哀，教诲我们传承家风，评价父亲是一个忠厚、正直的人。

父亲的妹妹、我们的二姑卢世培，整理兄妹往来书信几大本，其情其意令人感动。

我有五个哥哥，都住在北京。一个姐姐，聪颖、漂亮、能干的姐姐已因病走了。大哥懂无线电，二哥是“摄影达人”，三哥会武术，四哥喜养花鸟，五哥的油画曾获高校展览大奖。

感谢我的兄嫂们，他们在陇南和北京一直陪伴着父母，而我自16岁离家上学至今，漂泊四方，只能遥望故乡。好在有个“家和万事兴”的家族微信群，使我可以随时看到家里的信息。

父亲一生好学不倦，九十多岁还学玩手机，加朋友圈发微信。我们有时觉得应该保护他的视力，就故意断掉联网，父亲生气，说没有手机就与外界隔绝，还不如早点走了算了。

从那天开始，我与爷爷的联络更加密切了，探讨的内容也从鸡毛蒜皮变成了观点的分享和碰撞，从手机短信到申请了QQ加了我为好友，又学会了发邮件。腾讯研发出了微信，爷爷也马上学习了微信的使用，能很顺利地使用各项功能，发微信、朋友圈、分享视频和文章、弹视频语音窗口。他和年轻人无异，甚至比年轻人更对这个世界忧心忡忡，并且充满了好奇心和求知欲。他在微信中说，你要教会我使用淘宝购物，我还想成为知乎的用户，你要把我教到大学的水平。（摘自亦梦《我

和我的爷爷》)

这本小书，以家信、回忆录和子孙们的文章作为主体，时间跨度大，反映的都是从北京到陇南又返回北京的故事，手足情深，祖孙情深，家族情深，可窥一斑。上个世纪七十年代，有多少家庭像这个家一样，南下北上，无问西东，聚散离合？所幸我们经历了那个时代，又感悟着今天新的时代，我们的父母都长寿至九十五岁，这当然要感恩国泰民安。

那些年代的书信，从一个地方邮寄到另一个地方，少则一周，多则十天半月。遥远而漫长的等待之后，是阅读的快乐，然后，又是一次新的等待，像村边的洋汤河一样长流不息。整理家书和文章，有价值么？我在做这些工作时，自己给自己提这个问题，有时觉得迷惘，没有答案，又好像有答案。

时代变迁，世事如棋。我面前仅存的磨坊的废墟，要不了多久就会永远地消失了。那河，那桥，那磨坊旁边发生的故事，渐渐被人们淡忘了，好像从来没有发生过一样。当我给孩子们讲述这些故事的时候，他们的脸上写满了困惑和茫然。在我看来，我把关于桥头的碎片连缀成文，仿佛还了桥头的一个人情债。这些文字，如果能够唤起人们对往昔生活的追忆，珍惜今天的健康、快乐和幸福，我将感到十分欣慰。(摘自《桥头的碎片》)

我以为，《遥远的桥》是百姓视角的平民家书，是一个普通家庭的不普通的生活叙事，就像千千万万个有磨难也有快乐的家庭一样。这些家书和文章，除了对个别字句标点稍作更正之外，没有其他修饰。最后我想说，书名《遥远的桥》有两个意思：一是，桥头和书信都是桥，不管在哪里，它都让我们在几十年的生活里觉得非常温暖；二是，无论是空间还是时间，桥头和这些书信都离我们越来越远了。

卢秋生

2018年9月20日

目录

岁月：书简如桥

记忆：举目天涯

回望：感恩致敬

附　录

岁月：书简如桥

从书店出来，太阳已有烤灼的威力了，我极想吃一根冰棍，但人家却在吃蛋卷冰激凌和“双棒冰棍”，在2角5分至3角5分之间，我没有买，我必须把精神食粮和消耗找回来。

——摘自父亲的信

桥头—碧口

1972年4月6日

与子书

发生：

告诉你几件事。前天二姑来信，说老太昏倒在地上，擦伤了手臂，无人照顾，要爷爷去。小六很愿去，就动员爷爷去。后来你妈不同意小六去，爷爷也就不想去了，亲自给二姑发了一封不去的电报。

爷爷则让老大去临江，他一直在闹，非要去不可，我想现在还是需要他离开桥头，我们才好走，他不想去北京是最好了，可以省好多钱。去北京最大的问题是住处的问题。多关注二姑或八姐、姨奶奶家，姨奶奶家最可能。

小五处已去信，听说有上面文件，说下乡子女可优先调动过来，但任秘书说没有看到文件，还说可向政治部申请，会批准的。

若可能在碧口住一天，有顺车去昭化最好，准备一下。

小六已休学一年，我想她第二步走也行，四个人都走不可能，到今天还未打定主意。

如过13号还未见我们即是决定到武都看病了。

父

1972.4.6

桥头—碧口

1973年5月3日

与子书

发生：

5月2号信收到，大家都很高兴，遗憾的是未能去参加，因吴大夫外出回来太迟，腾不出人来，现她已回，院长同意妈去办大哥事，大约5号同小六及院长一齐去文县，她会到何家去拜访的，那也可能一齐到碧口去一次，但如批准大哥看病，也可能去天水也说不定。你的事你对大哥保密，此处也未张扬，故春文还不一定来桥头，等他去了之后再一齐来玩。

何事已告诉二哥了，他们会去信祝贺的，二哥现已把带的100元花完，又要跟单位借50元，也不知怎么花的。

如何仪式，来了多少人，来信详说。小五在京寄来一张和丁的合照，在人民大会堂前。

匆匆、待发，不多写。

小六4月30号来的，5月5号即返，人也瘦了。

父

1973.5.3

桥头—碧口

1973年5月23日

与子书

发生：

我和大哥于21号午后一时到文县。我立即到了何大妈家，见了两老，小六带我去的。今天又请我吃饭，老大没去（我说是你朋友家，他听两个人说你结婚了，我们不说了，他也没太追问）。我给他带回饭菜，他胃口很不好，整天只知睡觉，情况不使人乐观。

桥头看来不宜再住了，准备提出调动申请，为了老大事。今后如何安排好，是相当麻烦的。张洪琴说，如果提前两个月申请就好，因唐已上班，郭院长说防保站需要开展化验，申请还是有希望的。

相片寄去，这次也带了相机，准备再照一次，晚上看了文县一中演出，小六跳得还不错，就是太软了，平时走路都是软的。

明年让小七去碧口上学。

今早老范表示愿我们去京看，杨主任也要顺便去京看他的病，薛也这样说，估计可落实北京就诊，两三天内可决定，从碧口走，你可安排一下。

父

1973.5.23

北京—桥头

1973年6月18日

与妻书

洁君：

昨天发一航空信，看能否快一些，也给春文、发生写了信。

昨下午和老大看两场电影，他一点也不困，他到外也从来不想吃小吃，除非我建议，他在路上走不低头了，但还不满意。

昨下午幺爷去世培处，未回。今早爷爷主动做饭，老大8点即起床，又想去琉璃厂，我没同意，他已经向我要了10元，车钱另给，买了两本书，3元多的中药。我自己账记得详细，每天记账是一件大事，拖拉点就会漏记。

下午他自己又去买了电影票，明天才能看，红楼的。

你的信幺爷详细地看了，她说玉生来了哪能不管，说二爷脑子有问题，她看见老大很活跃也很高兴。和三爷反正一时也搞不清楚，主要是房子所有权的问题，因现在政策可发退房，有所有权就可以。我给世培去一信，未回。小七的信给幺爹念了，她直笑。

我和广播站已写一封详细的信于10号寄出，给他们的即寄。

中药可不寄了，你如已寄出，幺爷说她自己留下。她说是补药一定是好东西，主要把单价要写清楚字不要潦草。虫草起先是3分一苗，后来一批又写是5分一苗，怎么回事？上次当归也不写斤数，也不写单价，太马虎了。幺爷说不写清楚，怎么和人要钱，幺爹说要公事公办。

天麻如买了最好，幺爹说非常缺，那个华侨也不痛快，只是嘴里说多少钱也不怕。

幺爷最近要退好多钱，所以情绪不好，上月又给小六买两件的确良衬衫寄去了，的确良是幺爷出钱买的，颜色太俗了，小五也不会挑，其实淡雅的好。

看见许多好吃的想跟你写，有花生酱，果脯，各式点心。你要什么呢，都是好吃的。

北京天气很闷热，要下雨，衣服两天不洗就不行。

我和老大各睡各铺，在外屋。

世培仍未走，每天都忙于“退赔”工作，据说礼路胡同都要退出来，范华留美的姐姐也随美篮球队回国了，她住北京饭店，有专车接送，带了录音机，把她小孩的话录给范奶奶听。

世培未给我信，我也考虑不去，或约在颐和园见。

幺爷说不必吃太多的肉，我已习惯炒好几样少量的菜了。菜花已老，西红柿、茄子刚刚上市。

幺爷脚疼，有时休几天，但一休息他就到处跑，老想买东西，北京东西太多，买也买不完。

邮局有4张写字台，8张座椅，经常坐满了人写信。他们大概也是在家里不便写信，才躲出来的吧。

你问吴张要什么赶快来信，寄钱，我好办理。

世璟

1973.6.18

北京—碧口

1973年7月5日

与子书

发生、春文：

很是惦念。来京后几乎每天都跑，找熟人，找种种关系，好不容易才在三院给你大哥登记上住院。因为这种病，虽然登记上，但还需要等床位，已经一个多月了，还未接到住院通知。你大哥现在情况还好，在门诊治疗，第七天打一针进口药，还很管事，又结合吃中药，比在京时要好，换了个环境心情也愉快些。我这次也是请的病假，你爸是代替机关送大哥看病，这样路费均可报销，否则，根本也来不了。机关对他确实是够好的了，多次动员我们带他到京看病。这次来京一定要尽最大的努力治疗，否则回去也无法交代。韩主任说他的假不限，什么时候好了，回来就回来，只要他精神好病好。慢慢转工作转正定级，不好也管一辈子，证我们不要，领导认为他聪明能钻研，要尽力把他的病治愈。为了他我的心可以说是都碎了，这次才下了决心来京。我在火车上看见别人的奶奶带着小孩子来北京，我是多么想念娜娜。如果不是这种情况把娜娜带来该多好。本来想妈让给任秘书买的确良衫，这笔钱非花不可。

妈妈

1973.7.5

北京—桥头

1973年7月23日

与妻书

洁君：

我上月初给叶金山买了一台相机，带三脚架，他却一月多没来信，我正在发愁，上周司忠信来电要相机，就准备给他了，已去电报要钱。但昨天叶忽然又来了电报，也要寄钱来，我该怎么办？只好再另外给叶买一台算了。那台相机我很喜欢，只是自己没钱。现在相机比四年前涨了一倍多。根本无货，全国都没有，大概要调价，将来也不易买到，正品相卷仍然无货，只有1∶1的仿品，我也舍不得多买，相片也没正式开拍，你想照些什么镜头呢？

我看了中国羽毛球，中国排球，电影日片《军阀》，意片《火山禁地》。还要去看美术摄影展览，老大已去看过。他每天独自活动，尽找电影看，《第八个是铜像》也看了。今早和他看阿片《战斗的早晨》。这些片子都很感人，如小七能看到要增长好多见识。

我给老三又去一封挂号信，尚无回信，不知何故。

北京到处在盖大楼，因为人口太多了，没安排的知青也多。去年有好多没分配，今年又有增加，据说已不可能分近郊了，人都满了。贞生在活动去保定排队。

王府井不让自行车入内，故秩序好多了，里面也盖好了一座楼，每晚8点以后所有商店都关门，灯光很暗，不像西安深夜还灯火辉煌，我们就少出去，除了看电影。

老大想游泳，没让他去，估计他也不敢去。

要你办的事都要办好写信来。

你把和春文的合影寄来，爷爷很想看，挑质量好的，幺爷爷他们也想看，北京有“细白糖”，0.88元一斤，每次只许买2斤。

世璟

1973.7.23

桥头—碧口

1974年2月21日

与子书

春文、发生：

昨天收到了你们的信，知道了一些你们的情况，昨即把相片洗出来了，你们都瘦了很多，小娜娜好像又胖又可爱的样子。只是头发怎么也没给她梳梳？那么长朝天立着，再长给梳小辫吧，奶奶看了真是喜欢，姑姑也说要看看小娜娜。为什么要弄到12点才睡呀？早上又起那么早，能精简的家务事就精简些，忙不过来就在大灶上吃，休息的日子再自己搞搞，工作要有计划，否则这样长期下去身体都要垮的。春文比我在你们那里也瘦了，发生瘦得更厉害，你们可要注意呀，不要到外边去跑，有什么事？或晚饭后抓点时间去办办，要把饭吃好。小娜娜到会爬的时候没人看着放到屋里也不行，想还是需要有人看看。听李会计说可能把春文调到小卖部，如果是那样就好了，孩子可以顺便照顾一下，当然你们注意别为了孩子影响工作，否则别人就有意见了，你们俩好好地安排，彼此在工作上多提醒协助，不要弄错了账目。淑文在家里住了十天很懂事的，润文前几天还给我们来了信，也很好。小六在元月初给发生寄来100斤粮票，全国通用，给北京寄去。前几天老大来说还未接到，不知你寄去了没有，希望告诉我，如寄去我们2月份就不拿了，等3月份再拿。三哥来说5月份要旅行结婚，五姨也来了，她要今年去看大姨，她也打算和老三一起去，她也是心里这样打算，如有条件以后一起去。带上小娜娜该多好啊，看能否有这种机会。大米40斤她已收到，我给你寄的拾元收到了吧。王老师转给你的30斤粮，还有我寄给你的40斤全收到了吧？（寄信一定要把知道的事告诉清楚，）大米和江米以后如好买就买些来，钱粮票寄来。站上不好买就别买了，吃米省事，工作一忙连饭都做不了，大灶早已垮了，饭要自己做。

说收购站在收鸡和蛋运到碧口来迎接比赛，你们那里一定很热闹吧？上次小五来我都给你们装了两盒鸡蛋，他说皮包里装不了，没给带，过些时候可否托熟人捎来给你们？你们俩好好注意身体，把伙食弄好，天气暖和了一定把小娜娜给我带来，奶奶很想念她。给我来个电话，告诉我粮票寄去北京没有。爸说你们照的相都不好，只洗了这些寄给你们。

妈妈

1974.2.21晚

桥头—碧口

1974年8月26日

与子书

发生、春文：

18号接信及米50斤。

王老师去碧口时太急，未及把怀表带去修，表震了一下大约伤了游丝，我自己试着卸下来修，结果不行，反而丢了一个小螺丝，更糟糕了，以后找人带去修好后，留着备用吧，毛病只在游丝，只看能否自己修螺丝了。

看来还是手表不易出事故，白雪梅花30元一块青岛牌手表，样子不好看。

你的信来得太迟，长达两个月之久，这是我们很不满意的，特别是春文也可以写几句嘛，小娜到底怎么治好的也没说，每次有人从碧口来，也不带个字条，只是听别人说一半句，连小六都说春文回家也没带个信。

如你处好借相机，我托人带给你一个相卷，照了寄来，小相机你也不熟悉，否则带去照了拿回也方便，和人借相机麻烦。现在很缺相纸，托北京朋友也买不到3号放大纸，听说碧口有3号照相纸，你认真和商店同志拉拉关系，能否买10张寄来，有放大纸更好，3号最理想，2号也行，过期也无妨，正品更好。现在电灯很亮，用即拍纸放大也行，你联系好立即来信，我好寄钱去。二哥用我的相卷在临江照的成绩很好，已托人在清川买纸，未免太远了。

已托一位木工师傅做一个正规铁质放大机。

大哥近半月进步大，可以到处走动，干活也主动，口琴也在吹，就是睡得多，仍不愿去街上转。

春霞也长时间才来了信，玩了几天，挺热闹，又能去哈尔滨岳父家待了几天，很满意老三，请他吃高级馆子，又说以后设法把他们调哈市，还要买一栋房子。看来岳父有一定储蓄，或者相当数目的退补工资。哈市自由买卖房子也使人奇怪，他们房子布置得很好，春节每月可回去一两次。佳生非常忙，信也写得简单，关于详细如何说得不多。

小五来信，说幺爷爷对丁涛很好，丁回去时又带米又带糖，小五很得意，说老三不会为人。其实幺爷爷是利用丁的芳妹做点事罢了。但小五的确也有老三没有的长处，如做饭等。能讨幺爷爷喜欢，故以后他还可回北京，幺爷爷一直未和我来信，我只考虑什么时候把爷爷接回照料小娜，你们对此问题如何考虑？

8月18日小六自武都化验肝功已基本正常后，马上回了岳家山，也不听话多事休息巩固，现又累，瘦多了，我写信大批了她一顿。现她在参加学习，完了再回家一次，她是每次回来一天就走，也不知何以热情如此之大。我说她是否有了心事，她也否认，我叫她有事别隐瞒家长，农村风气近来我才知非常糟糕，不得不特别注意。

虎大夫家属仇大夫已调来，人不错，很爱讲话，互相送东西等，她的男孩叫小和，跟小七玩得很好，也爱看书。小七现在只爱游泳，钓了两次鱼都没成功他不想钓了，小和钓了好几条，看来钓钓鱼又消磨时间又有收获，是乐意做的事。我的肝区经常疼，也不能干种菜活，钓钓鱼倒是个办法。今年豆子只收了5斤，事倍功半，虎大夫全力以赴，老乡又帮忙，自然长得好。

五姨来信，说大球被推荐考大学，已体检，老二未选上，竞争的人多，老三学电工，我院宋海润也被推荐了，还有赵代祥，九娃之兄，苗永新等人，大概这些人只能上中专吧。

就在新房子（已盖完，虎大夫等已搬去住了）之上，已开工修一新电站，投资5万元，供电到罗家坪，任秘书负责，约春节完工。苗永成及赵新平共负责。

养了一个日本良种鸡，母鸡，长约及一斤，据说可长到10斤，虎大夫的是公鸡，但这公鸡未受母鸡训练，只知吃粮食，不能自己找食，花本钱太大。

如能买到照相纸信中寄来，非常需要，一点也没有了。

父

1974.8.26

桥头—碧口

1974年10月18日

与子书

春文、发生：

你们的信都收到了，看了很高兴。小七第一批被批准加入红小兵，在六一儿童节的大会上代表全校发言，晚上演节目。春文的信写得很好。我从文县回来马上就上班了，又赶上做大手术，在手术台上就站了6个半小时。小七也病了，发高烧39.4℃，三四天才好，那天是把他锁在屋子里了，没人管也没办法，抢救病人要紧。手术成功了，病人的命保住了。自己也为尽了一份最大的力量而感到欣慰。希望你们好好学习，每天看报纸、关心国家大事，学习好人好事，学习毛主席著作，严格要求自己。在平凡的工作中做出不平凡的业绩来。各行各业都是为人民服务，不要这山望着那山高，和同志们要搞好团结，对领导长辈有礼貌，特别要注意服务态度，要多帮助春文。身体不好就不要去挑水，生活要安排好，精打细算，量力而出，千万不要拉账。一些东西可以慢慢添置，只要有计划，你们未来的日子是很乐观的。

你爸昨天才来电报，到北京了，希望能忙到使你大哥得到安全的记录，住上院，我也十分焦心，晚上一闭眼就觉得到。

妈

1974.10.18

天津—碧口

1975年6月20日

与子书

发生、春文：

你们好，爷爷好，我们来天津已经几天了，在北京住了十天，路上走了八天，路上的事想已和你们讲了，把我们吓得也够呛的，邓师傅一路上很照顾我们，下来还给找到吃饭的地方。回来感谢他。因为长途疲劳，到京后也不舒服好多天，五姨来京后才出门，我们详细的情况想你们也知道了吧，我从你们那走后心里一直挂念着爷爷的情况，希望你们尽量多团结好，爷爷的脾气我们都知道，发生更要耐心些，要尊敬爷爷才好。娜娜吃得多了些吧？每天对付着给几句了，给点汤汤的那不行，孩子抵抗力越来越不行，最好再抱医院看看，打针，补充点营养，你们不是买了麦乳精吗？要每天给她喂呀。总之你们要重视娜娜的健康情况，拖着不好。在北京天津都没看到了小三轮车，东西太多了，来时带的衣服也太多了，我准备全部托寄走，别人让我们带的东西也太多了，我也没去跑，北京买什么都排上两三个小时的大队要票买的。天津还好，百货大楼都不太挤，好东西太多了。我就准备给娜娜买个车子，全不给钱，我要给他们店60—70元才行，你们还想要什么？速来信，我7月中旬回来，到时你看谁接我们。你们工作情况怎样？外出了吗？孩子怎么安排的？告诉爷爷让到幺爷爷那去，他们全不在北京到南京抚州去了，火车一路上把我累得够呛，其实北京家家户户都用烧煤气了。问爷爷好，爷爷要什么来信。

春文身体如何，亲家代问好吧。注意多休息，生活安排好了。

大姨这里一切都很好，什么都很方便，大姨、五姨身体都比我好。大姨是街道居委会副主任，六十岁了，干劲很足，每天除了上班还要听党课。小七已和大表姐学会了缝纫，我也学会了，小七一切操作都会了，我们回来缓缓一定要买一架缝纫机。给娜娜买了衣服。

天津很热，最高温度38度，最低22度，晚上凉快些，才能去看看电影，白天热，什么也做不成。

要和同志们团结好，特别发生心眼可不能那么死，要灵活些，关系处不好，什么事也不好办，千万不要得罪人。

来信寄天津张媛转我即可。

妈妈

1975.6.20

桥头—碧口

1976年6月28日

与子书

发生：

小七6月10号去高楼山劳动一个月，老师让他管伙食出纳，不劳动，一个人管六七百元，我们不放心，他却信心十足。没菜吃，到市场买菜，大米都买不到，个子有我高了。大靴子收到了，他很爱穿，就是太大了。他的脾气好，爱看书，一天很少说话。

小六在岳家山待了好长时间，最近去草坪开“合作医疗现场会”一天即回。小六是公社几个书记表了态批的，她估计没问题，要求入党的心思很迫切，她和李同学仍好。李同学很聪明，知识很丰富，大字报就是他主持搞的，但人很骄傲，看不起群众。小六对他很崇拜，来信我们看了几封，认为人虽然聪明，但锋芒太露，又有胃病，大约也有神经衰弱，用脑过度，他在上次支部也批了，但须到公社来落实，可能因家庭关系，此事你们不要问小六好了，她最怕别人知道这事。招工事说7月初，有林业局及省工厂等，不知她能争取何处。她不想去财贸及林业，最想上大学，自认为有把握，现在公社领导及院长大夫对她评价都很好。

近据刘启舒自临江回来说二哥已调堡子坝当会计，未提素芳调否，说他后7月初去碧口，看来一起调，他们也没来信，爷爷和他们很好，每月我寄30元。

桥头麦早已割完，我参加了四天，体力还好，社员都没我割得快，也是他们磨洋工吧，学生割得还快，妈没参加。收割后下了三天雨，麦子受些影响，现已打完，产量估计和去年差不多，我院收了170斤。

近要调来一个卫校毕业生，此人你们认得吧，碧口人，7月初可接班，寻思我就闲了，调文县事我们也拿不定主意，妈健康忽好忽坏。5月去武都一次没查出什么大病，似乎是神经衰弱吧。心里高兴就好，不高兴就说这里那里不好，我的耳朵暂时没情况，没钱也无法去四川看。

最近不算忙，生活也过得没兴趣，大家思想负担都很大，你在文县时，如充分反映一下，你印象如何就好了，可供我们参考，现在一切都迟了。

娜娜的像照得很可爱，就是不清晰，这次怎么搞的，电灯不亮，也没法放大，底片是自己冲的吧，特粗，先寄好。

这次挂面欠佳，一煮就碎了，没法待客，大米还好，这里没大米，经常吃米的只我们一家。

你的工作没变动消息吧？

父

1976.6.28

北京—桥头

1976年8月17日

与兄书

世璟：

你的信由家中转来了(7月29号的)内情详知，关于唐山地震之事，把你们也挂念，也坚从那时起，一直得不到消息，电报打不出去信件也不通，直到昨天小胜转来一信，是她大嫂的四哥，从北京工大给我一信，说四哥的大姐夫从唐山来办事，到四哥家来送信儿，说坚一家三口都平安无事，现在晚饭住宿都有保证，要我们放心。从昨天看到此信，才放下心了，不然还是得不到消息，这样请你也放心吧。

这次的唐山地震是在7月28号凌晨3点42分发生的，28号下午6点北京也发生地震，虽比唐山好点，但比往年较严重，我们家房屋及门窗也动得厉害。好像要倒了化险为夷的，当时北京的人是多么的恐慌呀！到现在仍是严密防震，每天在外面住。

我是7月18号来到大同的，真真7月16号添了一男孩，我在家也无事，他们就将我接来见见亲娘。真真在山西保德工作，回大同添小子，这次大人及小子都很平安，因真真吃不了饮食，见饭就食，直到现在还是如此，因此奶水特别少，在月子里迟补加牛奶喂小孩，孩子身长48公分，体重才5.5斤，个子很大，就是特别瘦，孩子五官特别端正，只要有奶就好，昨天满月，体重才7.1斤，真真的胃消化不好，也不痛，总是胸满，吃了东西下不去，我看还得找中医治。

我退休也未再参加工作，街道找我多次，去了三天身体顶不下来，我又不去了，近年身体老而衰，常爱腰腿痛，手也麻，药也不断，惟群休病假一年多，还差一年，现又上半班已两个月，他的病很顽固，春节后扁桃腺割出，才不发烧了，这样才慢慢地上了班。山娟子去年11月调回来了，现又参加工作，这地震要二人来大同，因还要上班，所以来了，我也是一心挂两头。大同此地也防震，每天都在外面住，我和真真及小孩在屋里住，有人值班，有动静就叫我们，反正比北京安全一点。我暂不回北京，一是真真有病，二是那也不安全，就这样待着吧。

你们在那还不错吧，去年洁君来，只待了几小时，要她住几天也没住，走时我也没送，很是抱歉。等时期平静了，你来京住些时吧。近几年来变化多端，孩子们长大都立了家，咱们应安点心了，他们又添了第二代，这都是大家的幸福，对于玉生你也不要过于费心，孩子大了，他会自理的，我的两个大女儿都是他们自己找的对象，都不错。孩子们都很有福气，我很省心，他们都要接我去他们家做客，万能明天去陕西，今年小胖可能要回京看看，人老了，能省点心就少管点。真是顾不到谁与谁，只是念念就行了，不心狠不行。自己要活命。孩子多太分散，哪有那么多心血操劳。你说对吗？我虽想开，而心还是悬着的，但又比平常人要好点，不多写了，今写了几封信也罢，一旦北京平静一点我就回家。

祝你全家好，你父亲好！

真真代问好！

无事，请暂不用回信。

世培

1976.8.17

桥头—碧口

1976年12月12日

与子书

发生、春文：

喜讯是宋师傅带来的，当时很早，也来不及装蛋，家中也不多，过了几天才托王院长带了50个到县上，现在蛋1角一个还不多，昨天给爷爷转了一周才买了17个，出一角群众还有看法，说高抬物价，真没办法。

小孩是22号生的，以前也不跟家里讲，否则早做准备该多好，何大妈去碧口了吗，这一次妈没法出去，身体不行，肝功异常加上过敏浮肿，勉强上班，我的耳朵目前又听得清楚了（时好时坏），不是特别紧张我也不想外出，冬天不方便，以后再说。

幺爷爷来了信，说很喜欢娜娜（此信已叫小六转寄你看），要给她打个毛衣，我已把何描写娜娜的信寄给她看了，并托她打听眼科名医斜视有无办法。何也不说大夫认为此病是如何造成的，既无外伤又无内病，如何忽然变成斜视呢。和幺爷爷把关系搞好，以后去北京治。你们一定要给幺爷爷写信表示谢意，春文词句还不错，要下功夫写封好信寄去，大爹给你的信写得很有感情，你也不回信，是不对的（地震后曾给你写了慰问信收到吗？）该回的信一定要下功夫回，不能马虎，否则让人家有看法，对自己无好处。这是礼尚往来，你们这一代不注意这个问题了，其实大错特错。发生字写得太次，质量也不高，但写了就是比不写强，谁也不挑你的质量问题。

爷爷在桥头住了十几天又回临江去了，他颠三倒四，老是有些不现实的想法，这个月我给了30元，却又不拿出来买副食品，又说吃不好，最后却拿了10元给小六买拖鞋，我负责爷爷已很紧张了，如何有闲钱补助姑娘，她是应该妈妈负责的，现在我和妈妈也在经济上分得很清楚。

二哥这两天要来桥头住几天，说下月初素芳调堡子坝。二哥好容易两月之后来了一封信，写得也很简单，情绪也很伤感，我看有些不对头。春霞半年无信，我猜想两个人是否有了矛盾，春霞喜欢写信，一下子很长时间不写，必有原因。9月份他们到哈市长春去玩。对地震事等不及时来信，也是不合情理的。他的岳父我一直打听，他们也不肯说，这些都是不好理解的事，你去信好好问一问，聊一聊，热情一些，你们兄弟之间，也太缺乏联系关怀了，反而不如朋友。

小五来信二封，头一封说11月下旬到京探亲，第二封又说改为春节，他7月份到京玩欠了100多元，年底又要借钱探亲，太喜欢玩了。手中缺钱，竟然向幺爷借100元，幺爷爷当然婉拒了，家中更是无钱，我告诉他不如等明年底来，现在京、桥都有地震预报，何必冒险。他还想把丁也带桥头活动调桥之事。10月份二人曾说不调来了，现在看地震不紧张了又想调来，忽上忽下，叫人不好办。我和妈都不喜欢他们来，来了必然添负担。现大哥已非常使我负担，他吃药都要让人费心，多麻烦。他最近不错，挑水做饭，上街购物买面，一如常人，但一少吃药，马上说怪话，本年度已修近

30台收音机。

小七比我高一些了，仍很懒，身体有病，现在注意时事，也能发表一些意见了，大家都在紧张地阅读材料。

妈打起精神写了三页，三哥也没回，她从不跟春霞写，可能春霞有意见了，一直不来信。

昨又小震一次。

父

1976.12.12

桥头—碧口

1977年10月28日

与子书

发生、春文：

信和40元收到否，也不来信，你和老三都是不爱写信的人，老三一个半月一封，而你们是两个半月还不一定有一封。

我近给任照了一张，也不知他调走了没有，交给他，问好，再问他还写诗不写，他的诗写得不错，现在更可大写特写了，但要写新体诗，可以投稿，丰富文化。你们四人的一张也寄去。放大一次，很不容易，给你们寄去，这里就没有了。

高考事已在轰轰烈烈地进行，小七当然要应考，也是高二的尖子，政治功课却过得硬，不过他要报文科。他的志愿是写小说，当文学家，的确也定得不错，不像很多爱好文艺的人只能欣赏，不能写。我是希望他学外文，当个翻译家，把世界名著译过来。他最适宜于这一行，他天生就是书呆子嘛。这些天他在突击数学，蔡大夫辅导，老师出了高中两道难题，他都做对了，蔡大夫还做了两次，花了25分钟就做好了，可见他有一定水平。在蔡大夫辅导之下，他又有了很大提高。现在人很多，但大都是实力不强，想到县上玩玩的人，插队的，工作的，他们根本没充分时间准备。小六来信急得很，要我们拿主意，我告诉她今年准备不足，又是培养了一年，先别考，万一考不上（她自己认为绝对考不上）也不好看，不如充分准备一年再考为好。看她自己如何掌握吧，小七都不是十分有把握的，更不要说小六了。二哥也可有条件，但他负担太大，可能也缺乏雄心壮志吧。

爷爷近况不错，今二哥来信说病了数天，已好。幺爷寄来莲蓉馅月饼几封，萨其马三斤，用了一个巨型木盒，买吃的真不合算。这是用大哥寄的钱（寄了90元买衣裳，其中有包退的30元），妈准备给小斌、娜娜分享一些去，看啥时寄到吧，其实有材料，自己做要合算得好。

今年桥头一直无油，又在临江换了5斤，糟糕得很，一热就发，味发苦，妈气得不得了，但又有什么法子呢，不知是粮站油底子，还是谁捣的鬼。

三哥存了300多元，已买了一架自行车，170元，三嫂想买缝纫机，不知你们能设法否。因三嫂不同意三哥探亲，要把这笔我用上，现在看来他已打消了来意，我叫二哥也帮忙买，其实缝纫机最不划算，要做170套衣服才赚得回本钱，我意不如买三团唱机，天天可以享受。

小五病返事要在11月初体检，希望不太大，因有些证明开不出，五叔考虑多，为此事不能冒太大风险，这也是可想而知的，估计希望只40%吧，他要送10条过滤烟70多元，幺爷说买不到这么多，因城里已开始整风了，后门不好走了，只给他寄了一条，显然不够，现在受礼的胃口太大。

幺爷想卖那架德制佛兰卡120机［(19)73年我替买的，有发票］，此机外观美观，性能好，有自拍，原价100元，赔了20元，因叶也不用。

娜娜婷婷如何，详细报道，妈很想小孩，她想最近去，高店又盖了新房，桥头高店又盖50米长之门市部，快完工了，我院也要盖10间房，已修了一个小桥，汽车过河可开至院内送料。你的胃完全好了吧，要注意身体，春文春节带孩子来玩。桥头公社已有新卡车一辆，坐车方便了，给娜婷的相片也放了，妈留下了。寄两张放大，因灯光弱，未加毛玻璃，故质量不好。

父

1977.10.28

桥头—碧口

1978年4月14日

与父书

爷爷：

信收到，我的信件此刻也看到了，不知幺爷爷住处之紧张，人来人往，贞生生孩子，故此至今也未见丁霞信。爷爷对我们去京之负担，丁霞虽表态不住她家，亦未具体说明如何安排五个人。

现北医要卫生局介绍信，我们要输，洁君力主早去京，但老大不会合作的，他非要250元才去，糊里糊涂，不知洁君有何办法控制，反正我无主意。

想回京，不知是权宜之计，还是百年大计，现在倒有些条件了。老大红星照，其人为小八姐，主动上门，不要彩礼，姿态甚高，洁君亦说此女比小六还有心眼，已来家洗过两次衣服，说还能干，不知你意下如何，她5月份初二毕业服侍老人，还可带一下小斌。只是房屋太小，你如来妨碍他们交际，此为老大所不喜也。

小七亦5月中毕业，他说现在越来越爱文学了。小六每天像服侍小少爷一样服侍他，叠被洗衣做饭，已经怨声载道了，这是我早已料到的。蔡大夫做一个1.8米的大衣柜，郭大夫做一小橱柜，令我们垂涎欲滴，必须赶快准备木料，手工费据说50元，八天做成。

世璟敬上

1978.4.14

北京—西峰

1978年8月18日

与子书

小七：

所有我抄寄篇章，都保存好带回桥头，抄之不易，才勿等闲视之，现在妈也支持你学文，故也就不反对我抄了。

信13号收到，这天我和妈于5点10分到老友家谈了两个小时，给他买了2.2元的点心水果，他很高兴，主动谈了很多，他正在写悼词，纪念1972年化验室因“5·16”问题迫而患精神病自杀的同事。他首先谈调动是不容易的，因三四个化验室的人想调回首都，还一个没成功，有的北医不要，有的兰州不放。但又说，北医要盖一个大医院，整个西什库都是，1500张病床，故需人很多，迟早调动也会办妥的，建议要和院长先谈打招呼，化验室是准备要我的。若文县肯写建议北医接收的信最有力，但一般不作书面建议，只作口头表态，故组织如肯写信才是最有力量的，总的意思宁愿支持帮忙。当妈提出我进修一段时他马上同意了，走时送我们好远，叫我们要有信心，不要怕。

我是思想有顾虑的，到京只有三个好处：一是大哥看病方便；二是看书看电影方便；三是你及小六可能调回。工作紧张，地震等等。都是不利的一面。

目前，是妈一人上路有一定困难，她常胃疼，人也瘦了，昨天有一点情绪，去逛了北海，照了一些相，还遇见了六姨、王平叔，今天又说不舒服，她的病假条到8月19号为止，打算明天去做胃镜透视，胆未造影。

二哥作文其实并不理想，石老师要求太低，光是传述事态本身，议论太少，你们描述人物事件的能力已具备了，但只缺乏议论，即思想性。当然这个要和情节有机地结合起来。你如果好好读巴尔扎克等大作家的作品，就会发现大作家是借不同人物来突出不同的思想、情感的。甚至作者也可以直接发表议论，这样人物就写得活了，有深度了，也就有了“典型环境中的典型性格”，而不是一篇流水账。中国目前的小说，大都缺乏这些东西，故只能作一般浏览去阅读，而大作家的作品，则要细心攻读研究，学习技巧，我以为你目前重点要读契诃夫作品。

我认为调到碧口好处多一些，这是我目前的认识，妈是光空想调到北京生活方便舒服，别的就不想了。如果我们挣300元一月，那也可以，总之在北京，钱少了，一点乐趣也没有。还有空气污染，冬天寒冷对妈气管喘息，对我气管扩张都无好处，何况地震并未根本解除呢。

妈对北海动物园很感兴趣，老说没在北海坐够，但北海游人极多，座位都是混的，这样，逛北海也无真正的乐趣，想照个相就老有人干扰，可不像40年前了。妈也学会了照相，来京后照得相当多，但由于没有发现毯子跑光，所以到现在也没照出出色的相片。

昨天宋叔拿钱，我去买了4张票去首都剧场看，晚9点10分场，京剧很精彩，是香港北京合拍，看得过瘾，比现代京剧好听多了。

估计你们看不到，我陪妈走回家，从西长安街（11点后无正班车）走了50分钟，这个看电影劲头也够大的了。

买电影票，表演音乐票，都要到处一找，很早排队，是很辛苦的事，我也懒得这样干，只看看电视，现在我对电视也很感兴趣了，现在电视内容的确丰富也清晰。未来的计划是一定要买电视机，不过有老大在，这个愿望不知道何年何月实现了。我们希望在你们未返碧口前赶到，小六说9月份回来好，难道你们还能待到9月中旬吗，她也没说日期，该说的不说。

一些趣事留着回来说吧，不写了，现在就等着钱来了给你们带些小小的礼物。

父

1978.8.18

桥头—碧口

1978年11月20日

与子书

发生、春文：

春文怎么样了，出院了吧，好好休息，不要急于上班。要吃点中药，很是担心。发生这次来家表现很好，勤勤恳恳地干了好几天活，妈是很高兴的，只是看到你比去年更消瘦了，很不好受，注意身体吧，不管怎么样，自己也要吃好，睡好，这并不矛盾，有了好的身体才能更好地发挥力量，为人民工作。

小娜娜奶奶是很心疼的，多懂事啊，将来家务活是一把好手，比你们要能干得多，做小饼子，洗衣服，杂七杂八的事全行，很勤快，嘴又乖。这次因奶奶身体不好，心里为大哥事杂七杂八的事也麻烦得慌。也没有好好地招待她，春节如能再来就更好了。

妈

1978.11.20

桥头—碧口

1978年11月21日

与子书

发生、春文：

春文身体恢复了没有，近寄一信收到了吧。

小七18号和19号连续两封长信，在西安未找到旅馆，行李又未及时取出，在行李房，哭了。后工作人员都安慰他让他烤火。又送他去饭馆吃馄饨，取行李后在汽车候车室凑合了一夜，12号抵学校。学校有楼房，很大，教师100名，他的屋子12个人，只到了6名，25岁以上的居多，有一个17岁，对他却很热情，铺位也安置得理想。到后就速看了两个电影。伙食每月17元，不错，小米多，气候较冷，黄土高原，无山。师大教授去他校作报告，表示要推尖子两年后去师大再学两年，留本校任教。小七很有信心，初步印象认为同学水平不如他之高，小七的信给老师们传看，都说很好，现寄二哥小六，然后寄小五三哥，你们那里就不寄了吧。

二姑来信表示去接爷爷，今年还有这个意思，是因为小五在，小五现在自以为交际广，但事实上拿不出干劲，幺爷爷说他懒，又抽烟，每次去了都要碰软钉子。二女在外也不主动去，自己做得不够，却说亲戚靠不住，他的表现，对我们去京都有影响。他很固执，是没法劝他改的，每月25元，他如5元交房费，20元交丁家，一起吃饭生活，不就可以吗。他却要在7号住，这样就要生火，自己做饭，每天到丁家去吃午饭，钱就不够用了。

上次信忘了跟你说一件事，我去文县时，文江妈妈对我很热情，招待我和小六吃了两顿饭，她对小六小七都很好，这个你也知道。她要我跟你打招呼，文江舅舅王北秋现在碧口鱼场，他如去打粮，你照顾他买些米，要优待些，王舅有文才，最近一校要他去任教，文教局长同意，只是县委意见还不一致。小七走时送了鸡蛋苹果，此事看他们自己如何，妈基本上无意见，你们如觉碧口水电有合适的，应迅速介绍，小六的希望是找外地人，特别是能把她转城市的人。

此事不必和小六说，她很敏感，对这事不反对也不主动。

小七走时带80元，来信打算寄回20元，家时极紧，本月份二哥即取了40元（其中给家里买了肉）。

父

1978.11.21

桥头—西峰

1978年12月2日

与子书

小七：

估计你上星期天写了信，星期五该到了。

昨天尖山张 ×× 你的同学，来家里待了一会说他当上了兵，半月内即出发，叫你如有信在12月15号前寄来即可。爷爷24号来桥头，精神尚佳，每天在家烤火看书，高兴了就到处串门，四方游说，老兴不减，要求每早鸡蛋花子，逢场买鸡，我一一照办。妈表现亦不错，说是沾了你的光，因你走了她一人做饭也无意思，故做饭也较主动。我到处找鸡蛋，用照相交换，他们也很高兴。

二哥来，建议我们调碧口，六姐主张文县，我们认为桥头不错。医院因给病人输液耽误，他们工作差劲群众反映极大，将来整顿，这是我们最不希望的，就按目前部署最佳，我乐得清闲。马和来桥头住了，他明年再考。

四哥很糟糕，我去一信，至今无消息，六姐把你信寄他了，这又不知若干天才能到北京，北京方面除宋叔外，无人来信，怪哉。

昨苗永成来家，说他在武都有一熟人，遂主动约他去北京玩，路费替他报销了，11月5号到18号玩了七天，各名胜都去了，住在西单堂子胡同，即红光影院所在地。

妈正好在给你打毛袜，新棉花裤也做好了，是小李在悲痛中做的。1号中午接到你的信，当即朗诵了两遍，赵亦在座，爷爷仔细读了一遍，说字又密又小，大家看了都很过瘾，即转寄二哥，且信大约六姐寄了碧口，再转寄五哥，周游世界。肖老师来说为何不把信给他也看看，安老师已赴师大进修英语一年，李未返。

2号，今天接二张叔信，并附一重要文件夹，我的问题可以申诉改正。恢复原待遇，工资不补发。原定标准极宽，殿生叔可能调光明日报理论部任编辑。

妈争取明天打完毛袜就寄，先寄了这信，要走六天。

林能远来信（六姐给他去信问对调事）说那个想调的人搞仪表工作，如对调成，六姐肯定喜欢，只看小林是否诚意，也得转正的。

书叫四哥去买。

爸

1978.12.2

桥头—碧口

1979年2月5日

与子书

发生、春文：

叫小六给你们发去一信，可能她未发，是记你们问收音机之事，我现已决定就在桥头买算了。

小六的事你们可能还不知道，化验室马大夫给她介绍了在大修厂做车工的王乃东（1.77米），北京人，父党员，亦本厂调度。小六27号偶然在马家碰见，却一见倾心，非常非常，认为人才风度及家庭条件是首屈一指。小六立即决定，放弃高考（本月11号至25号来桥复习了二周之久），每晚见面，其家长也非常喜欢她，要妈去看并定约。估计她们会先来桥头的，此人会做家具，小六说非常高级，佩服得不得了，说我家和人家没法比，此事算了结我们一件大心事，否则她要考不上，这刺激是受不了的。王据说可能要调大水工作，那就要更好了，家中只三子，母无工作，本人何程度尚不知，但会拉拉琴，会照相。小六说比以前的任何人都强。此事成功，失望的人有五个之多，能远是最伤心的一个，你们不愿管妹子的事，不相干的人却管了。

31号老三自黑龙江来电，病返京已成，但未要钱，不知如何决定，因哈尔滨尚办中，来信表示他不能长期接待，要我们和宋叔打主意，老三会困难，将来如何更难预料，也可能再调哈尔滨，小七

7月底到北京。

我近日病了三天才愈，比较恼火，打了七天庆大（霉素），妈也经常有病，说你们也不经常来信问候，甚有意见。

文县悉，省上已把六二六材料要去了，估计要有所行动，但不一定调京，也许调，我们仍取京，因老大情况不佳近又犯病。

小郭说他要找车来接，故是否就托他带些米来，50斤，油我已买3斤，想转6斤到文县去买葵花油，你们就不必费事了吧。

借给你们一本文学书，以前几本通通给我带回来，我并未看完，特别是罗勃姆，这是世界有名的小说，写作技巧很新颖。我正看美国小说《战争风云》，是写第二次世界大战，人物多，情节曲折，很好看，而且有罗斯福、斯大林等名人场面。还有出版“国外作品选译”内容多种多样，你们和小谢想看，必须有借有还，而且还必须注意绝对保持整洁，不许卷折损污，绝对不能借出去，这些书都是买之不易的。杂志参考，已寄到第五本了，70年代，在外传阅了不知若干人，已弄得一塌糊涂，我很心疼。

这些好书，不借人看太自私，但借了又往往不被爱护，小七也很计较这一点，我考虑这些书，寄给他们中文系学生看，当然由小七掌握。

父

1979.2.5

北京—碧口

1979年6月5日

与子书

发生：

爷爷写了很长的信，放了好几天，今天我才想再写一些。

今天来此已一月零三周了，每天的生活就是买菜（我没钱，每天平均要七八角）做菜，出去会朋友，看看文娱项目，也腻烦了。幺爷爷和爷爷也不太对付，主要是幺爷爷有时爱发脾气（三叉神经痛，情绪不好）。但我们也感到住的太长了是不好的，幺爷爷对玉生倒没啥，就是讨厌他不爱洗澡。北京很热，一出去一身汗，每天要擦身好几遍才行，可老大不在乎，要反复地动员才行。幺爷爷有一次还带他去找四姑，一起去颐和园玩了一天，说他很正常。其实是他们怕幺爷，幺爷说什么他都听，但是我要说什么他就不听。比如他到现在也没主动去一次亲戚和朋友家。夜间他都不愿到院子乘凉。沪生王大力找他来谈过几次，他都不去看他们。有一天，他自己去香山（有月票）玩了一整天，把我们吓了一跳，总的说他有进步，但离标准还很远，要第四次复查了。

我10号查耳科，说要住院三周开刀切除脂瘤，不切将来有不好的可能，我已去信要钱，估计这几天要寄来，这样一来大约到8月下旬我们才能回来。

幺爷爷很想要木料家具了，但我听好几个人说木材不能外运，所以你也认真地去了解一下，到底昭化能否托运箱子或木板，这是要最近解决的事，你也托托人吧。另外，我们回去时提包很重，想托运行李到昭化，然后由你托人带回文县（因行李走得慢），你看好不好办。

你说要买东西，也不寄钱来（妈已寄10元给你），要知道我们在这里除了吃饭、文娱，是一点买东西的力量也没有，我只买了很少量的拍纸照卷，送人情的钱还要妈另外设法，所以你或站上朋友买东西，一定要先寄钱，而且东西要寄回去，我是带不动的，好多人说买塑笔，也不给钱，也不想想我拿不拿得动，所以我一概不管，林这也开了一个大器材单，我也满足不了。

父

1979.6.5

桥头—碧口

1979年6月27日

与子书

春文、发生：

刚将钱寄出就收到你们的来信，华华也来了。

老三走出时都流泪了，说这是他们的亲生骨肉，千万爸妈看好，还留了个注意事项的条，我心里也怪不好受的。这孩子淘气，一眼不见就跑得很远，我就拼命地到处找，每天大刚、大刚地叫着。体质很好，32斤多重经常还让我背他，弄得我累得够呛，可不像娜娜安安静静的，这孩子一天到晚也坐不住房，这些时候才训练好，吃完午饭睡一大觉，嘴很甜，什么好听的话都会说，每天亲奶奶亲奶奶的不住口，老说奶奶的高级糖孩子，长的样子也怪可爱，谁都说卢家的这几个孙儿孙女一个比一个好带，都长得漂亮好玩。大刚走了，我们闷起来，像娜娜刚离开桥头爷爷每天都在学娜娜唱歌表演，说话。碧口如真的要有的话千万先把娜娜接来桥头，娜不淘气，所以都爱她，她也乖，听话。桥头在四月底曾有一次“雹子”很大，四分钟，有武都的大红婴桃那么大，嗑了满地，很可怕的。

大米和油都买好了，知道你们很关心家里，我们也很高兴。20元是买油的，2.5元一斤，很难吃，每场一斤，这粮站也从来都没有清油（我们本上有好几次了），最可笑前几天连白面也没有了，大家都闲着，你爸就白跑了两次都没有买到，吃了两天棒子面馒头，说新站长来了，找不到车拉面，这两天才来一车。小郎替我们买了80斤面，也不白，还是无油，青菜根本什么也没有，偶然有烂韭菜和老菠菜，我们发现有豆干，3角一块，买了两块，最近把春文春节带来的紫菜也做菜汤吃了，放上鸡蛋和虾皮，很鲜很好吃（虾皮或大海王的好货就买，钱给你们）。每年四五月份就是青黄不接时候，过些天我种的扁豆和西红柿就快长大了，就可以补助一下。

三哥来电调家事已经办妥，即返京，大哥效果不好，很焦心的。

今天是6月20号了，医院宋大夫和刘清言给六妹介绍男朋友。北京人在大修厂，组长，个头很高人长得不错，是宋大夫的朋友，说是知根知底，不会让六妹受委屈，家里条件也不错，现父亲是老干部，党员，工资120元。二弟也在大修厂工作，三弟上学，无女孩。一见卢莹就特别喜欢。现是见了几次面，二哥也去他家看了，说不错，画了家书，有电脑，家里生活习惯和老北京人一样，卢莹也觉还可以。只是觉得不是大学生有点遗憾。只要本人心眼好，忠诚老实，不是油头粉面的骗子，思想进步工作积极能干就行了。家具全是他本人做的，本人叫王乃东，比小六大两岁，目前正进展中，说考试后他回家看看。我们也在做各方面准备工作欢迎他们（我们已搬到新房，收拾得干干干净净的），说是由大修厂车子送他来。

三哥今天也来信了，他现已返京，一切都办妥，只等到京分配工作，很快，说是在8月份。

妈

1979.6.27

北京—文县

1980年3月20日

与子书

小六：

信24号收到了。

医院寄10元是的，因欠我们补助两个人两个月，应为20元，恐怕是老四只报30元，世培之款，原说明是做衣服的，何以又扣我10元，叫我在京空手难行，须知出门一文钱难倒英雄汉，我去看大奶奶，也是空手去的。

今天上午因带娜娜第二次看眼，已散瞳验光，并在西四配镜共9元，大夫说因斜得利害恐戴镜也纠正不了，观察一年，不行就动手术，而且手术越早越好，是全麻，手术晚了，会出现近视，又要长期戴，但我们在此既无住处，又缺钱花，如何能长住北京。

之后，在口腔医院巧遇三爷爷，当即握手言欢，娜娜又认识了一位太爷爷，三爷爷很高兴。此时，娜娜轻轻一捏三太爷爷的手指头，也发现出现了一个窝（这是娜娜事后告诉我的）。三爷爷说陈翔鹤手中有幅齐白石之画，都在世瑜手，一幅值2000元，陈岳母自已卖了一张为600元，还高兴得不得了，其实上了当。三爷爷本人已改正了退休费，为80元了，他第一次接工资还大吃一惊，这都是邮局待遇优厚，主动照顾福利之故。他要请我吃包子，我因有事，说改天再去看望。世�也要调到北京，刘维媛也退休了，90元。

在口腔医院又见了几个老友，张书香又白又胖，已申请退休，但未批，要她不做事，只看守办公室，做点接待工作，也是享老福了，但有一点是在私人医院工作那一段不引入工会，故此退休费只能拿75%，此事影响甚大。

中午同洁君娜娜找地方吃饭，先去延吉冷面馆，觉得昂贵，遂又去西四小吃店，计吃了八个包子，两个豆包，两个炸糕，一碗馄饨，合计9角1分。可怜请不起小娜娜吃烤鸭，但是娜娜吃包子四个也很要钱呢，要有政治觉悟，你要早些返回文县，早日工作做出成绩，争取转正，这才是正路。你父母年老，负担也大，要体谅他们，不要乱花钱才是。

一定要写一封单发，这样，能起一定作用，要不然他还会胡买。

你总说父母不在没法，现在你头脑陷于文县的错误，潮流极了，宋大爷跟我们说他们儿女怎么的，就是挑了两个星期天，在我家分请了两家亲家吃饭，就算办了事，连朋友也没通知，通知了别人要花钱，以后又要还，说不清的麻烦。我们也没精力搞什么大办，这样又省事，又符合新潮流。小六，我们看旅行结婚就好，不必大请客，有钱自己玩一玩倒好。

我觉得他们处理得很好，他女儿比你漂亮，但是只穿一身蓝的卡，一点色彩也没有，非常朴素，讨人喜欢，你相形之下，是不是过于浮华了呢，晓生穿的是蓝布衣，才结婚的新郎。我希望你们也如此。

来北京，没法住，小五没地方去，除了住招待所，反正要影响他们，再说北京路费150元，这钱太可惜了，我仍然主张走成都，你不听话要后悔的。小五说他置这个家花了近2000元，还不理想，你们省下钱买个收录机多好。

妈住二哥处，又窄小，又不能出去玩，又没电视看，比碧口差远了。事情就是如此，没有宽大住处，华丽家具，足够的钱，在北京是毫无意义的。这个观点，我说了若干次了，目前连个区文化馆也没有，看小报刊也不行，远不如碧口呢，我对北京可说缺乏感情，现在新盖大楼没住人的多了，但我们没有份。

小五认为取一间房没希望，他只希望我们早些回去。

父

1980.3.20

北京—文县

1980年3月30日

与子书

小六：

今天30号，我和大哥来商学院，收见你的信，23号发的信到碧口快，到文县则六天。

再写一些吧，此刻五哥准备白天说在京照的两卷相片，妈要带娜娜出门。

你几页信写得很使我及大家满意，我跟五哥说“你要写成六妹的水平要好好学五年”他不虚心，也没法帮助他。

你的文字，细心写也可以写出水平不错的文章，我经常也夸你的进步，就是错别字还不时有，要逐渐地消灭它。这封，“枯燥”你写成“枯造”，“鹅毛”写成“□毛”，“公式”写成“公试”，大概还有一些。

你误会我的意思了，不是开玩笑，就是来京花钱太多了，难免要影响正常的安排所以我急于快回去。

我给你们的信并不是正规的好信，真正的散文信在小七那里。我每写信，对象水平高我就写得高，比如给宋写的就不如给张的高，给小七的信比给你的高，给你的又比给小五的高。

大哥的花钱狂无所控制，但也要买一些零件，吃个小吃，看个电影，总之要陪他玩就要花一点钱，就这样，连买便宜东西及玩玩平均要1—1.5元一天，一个月三四十元，加上正规在家里吃饭，两个人花80元。你想想，这样怎能在北京过？这两天，我在东四起床后便要骑足足40分钟到商学院，晚上又骑回去，好上别处去，加起来每天要骑两小时车，我成了自行车运动员了，每天猛训练，好上奥林匹克比赛。

我每天从东骑到西途中，我的心情是痛苦的，我几乎是无家可归了。

关于你的私人问题，我只能告诉你，“婚姻是没有指南针可能的大海”，谁也不能保证说能把对象看得十分准确，能预测婚后的幸福或者灾难，只能说把对象看得差不多了，就行了，谁也不是完人，互相挑剔，永远也结合不到一块。要现实主义，不要太浪漫主义了。你有时想象力太丰富了，太感伤主义了，这只能徒增苦恼。我的老朋友有三个不美满都离过婚，他们也没成精神病。终于又找到一个，生活得比以前幸福。这说明，差不多主义是最好的，走一步算一步是最好的。他的各方面还是不错的，这是客观的看法，我们真是没有什么意见了。那个抽烟的幸好没成，否则你的苦头吃不消。

你看小说不要光看故事，要吸取有用的，启发性的。我很羡慕你目前的环境，还能安静地看书，我来此后可以借一些书看，但无安静的时间，我最喜欢有阅读的安静环境，我也特别想把构思的一组散文写出来，但缺乏这个条件。下半年，真的要考虑退休，我一定要搞写作，和小七住一起看如何。

小说《未完成的肖像》我看后就很喜欢，说要拍影片，果然在二张叔家中，看见作者陈光给张叔的信，说他去上海改编电影了，一鸣惊人了，是个工人，和张很熟。这样的小说，只是情节动人，思想性没有什么，小七也肯定写得出来的，小七的文字技巧进步很快，虽然他还不是十分努力，已经取得这样的成绩是可喜的，要知道他才18岁，再过12年就不得了。

我给赵写了信，托你代交，可以说看重了吧。

父

1980.3.30

桥头—文县

1980年6月17日

与子书

小六：

上午收到打印的稿子，我看了一通之后，立即非常感谢我非常聪明的女儿，你没有打错一个字，除了有一两个没有打标点之外，我没有想到你打字阅读原稿已很高明了，居然不出错误，一般的姑娘绝对做不到这一点的。

我给了四哥，他感到兴奋，谁知他能否欣赏呢，我又散发给几个同事看，他们不一定能真正欣赏分析优缺点，但目的只是要他们知道我在做有价值的事，而且并非一般人所能做到的。

我修改得已经比最初的稿子进步很多，但是否还能改得更好一些呢？当然还是可以的，一篇文章的修改可以说没有止境，不过我真的觉得有些疲乏了，我能改之又改，说明水平在不断地提高，只是精力不够用就是了。

我想先寄一级杂志如《人民文学》，散文，然后寄二级如《作品》，最后寄《甘肃文艺》，全国的一种杂志，总会有知音的伯乐会看上它，也不辜负卢莹打了一遍。

题目也不理想，我觉得还是“留书信漫步”较好，图书馆“思索、联想”也可，我还要为此考虑几个小时。

三首诗已寄诗刊了。

下午老罗亲自来家送杂志、相片，坐了半小时，逢郭正要大哥修收音机（从1点到9点终于修好了，据说张庆华也来修好）。罗说他保证二嫂平安无事，很有礼貌地告辞而别。

石师来信，希望他不能留校则回一中，该收到我8元又给你了，工资未收到。

大哥看信后未问，故未给他看相片，以后不要放了，他是经常说了又怎的。

一个同事好意地问是否故去的老人没安顿好，应当烧香烧纸之类做个仪式，这似乎是迷信。但我从开始想这个问题，你们的奶奶的确没安顿好。你们孙子孙女一点不怀念奶奶如何把你们引大的，想起来正在歉疚。奶奶身后之事的确做得非常草率。按照她这一段的表现，不该犯病，中西药都在吃，唯独端午节犯病。这的确让人思索不已，你记得陶斯亮她爸爸吗?

卫生局来了简单的信，说不去挤的话，则评不上就不要自由反映了，一些人说没有希望了，可能他们听见了风声。妈和我思考了一番认为不去争了，争也争不过人家，反伤了感情。为这五六元不值得。如评不上，再跑组织反映意见：①（19）77年开了又取消了不对；②根据133号文件应调级如莹大夫一样。目前大哥如此，也无法去，妈实在懒得动，她在北京每天也只是待在屋里，办大事更不行了，你陪着去也没有用。

我已说评不上我就持取我的方式，在楼上做化验，一天只一个小时就完了，然后写文章读书，像张玉树、孟乐旺都是在自己屋上班，自由得很，我白干了十年，又已年岁大了，又何以去开展什么新项目呢，老也没情绪。反正老大状况大家也知道，我在楼上陪他，谁也不能有意见。老罗说，可把你调碧口派出所当户籍警，有实权，你希望来吗？

我的文章，你妈随便看了看，没表态，很冷淡，除非农机厂稿费来了，她是不信服的。加上过去寄了没发表，当照现在比那时的要有练习写作达一人高的稿纸之后，最后才成了名家，我不过老者写了一篇啊。

当作家也不是为了名称，而是创作使人非写不可，这当然是做了一个作者的基本素质。就如同陈景润非搞数字猜想一样，我每扯到一篇好作品，就想我为什么不可以也写出同样的作品，创作就开始起来。我的缺点就是缺乏坚持力，也是由于我得到的鼓励太少。1945年那时，如一再地写，一再地发表，也可以有所成就了。

我那时寄了散文给一个当时的比较有名的诗人（也是翻译家，北大英语红牌，妈见过），他马上回了信，说我写得好，要把文章寄上海发表，而我后来去天津工作，又很快结婚，创作就放下了。缺乏坚持性是我的致命伤，但我的日记是一直写的，这20年又不断地写信作为一种锻炼，所以现在才能有一点信心写东西。

《人民文学》五月号，王蒙的《春之声》及《小说月报》的《月食》，值得你细细地读，水平是好的，构思行文都很新颖。我们现在还没有这样的水平，但并非不能达到这水平。

李志兴在文化馆借书了，这多好，你还没有调查文化杂志。石老师对杂志一无所知，如果小七在一中也很难出头了，妈反对当作家，而只希望当一个老师，或者研究生。

小六的字、句子比乃东的好，乃东如用心，也会有进步的。

买了茶，大哥请人家喝茶抽烟，他真是好性格，对人坦率热情，和哪个兄弟也不一样，就可惜得了这病。

又是12点半了，每夜只睡五六小时，只靠白天补觉。

那个图书馆，已不理想了，杂志少了一半，那位端丽的管理员也病了，许久没开门，我的文章发表时，已失去时间的意义了，故我想把“碧口”改掉。我信一封也不要丢失。

父

1980.6.17

桥头—文县

1980年7月16日

与子书

小六：

你这几页信，比较使我高兴：

①你说是小矛盾，主要是你自己过于挑剔，其实就是“使小性子”。

②你说有基础，不是字草，就是好。

③去不成北京，就去征订，这比较现实。

今天我和妈又给三五哥写信，劝他们支持房子，又给张炜叔信，让他试操下张叔房子能否借，他的点点在外，交通好，房子大，双人床，曾建议我们去住，我每处住半月，不致影响太大。三哥处恐怕你们不爱去，优点是市中心，要对付也行，因你们每天只在外边跑，车子除三哥外，我已向二姐提了借女车解决了交通，否则炎热的夏天挤汽车，以你的身体一次就垮了。

二哥说你根本不能旅行，我和妈在火车上一连站八个小时，谁受得了。

去成都玩一次，可说价廉物美，重庆、武汉夏天是有名的火炉，那是三四月份去才好，北京是10月才好。比较理想，我希望你认真考虑，旅行如还不能避免，回来大请客，则是双倍损失，你要考虑经济的压力。

最理想的是就地结婚，又不大办，买一个录音机，这是我衷心的建议。

去四川，你要考虑天气报告，四川面临水灾，刚才电视广播一月之内还要下大雨暴雨，天灾人祸，出门是危险的。

你是不是害怕地震呢，妈说4月份去天津时，京津也有地震预报，哪里也不安全。

一切冷静地考虑吧，我的女儿无论如何还是懂事的。

给晓的信用词还不错，但实际的东西不多，比较空，不知你寄出没有，这人还不错，这一发表也出了名，但不知谁来也问，给她写信的人少不了，能否回信，很危险。

小七我每天等呀等，结果是在庆阳等月底，8月初才能回碧吧，他对分庆阳也没意见了，四海为家，神经比你健全。乃冀事我已试探了小马，不成，她是大学生，又是党员，条件自然要高，我现托人引一个。

二哥也不精神，神经衰弱得很厉害，也不看病。

你为什么总不注意我的要求，书应带回，打听书的情况也没回音。

表的事，你又买不起，何必折腾，让四嫂算了，表一戴就旧了，好表你不必还，不就省160元吗？这点还不会算，妈宁可给你这表，也不愿再出一笔钱。我们苦了这几个月，本月份我个人只买了2元的书，多么可怜，本想到八九月可以翻身了，你还要不饶，你是一个幻想家，为了满足个人的幻想，影响了多少人啊。妈已给了你50元，你还要多少，就明确地提吧，如无大哥事，你要多少也行，大哥病不好，还要考虑去外地看病，没有钱不行，他现在相当恼火。天天发一封信，把两位院长也恨上了，电视也不敢看，在屋里走来走去。妈已六天不敢在屋睡，在小赵处挤。如无有效法控制住，住医院又不可避免了。这次还无法去京，现在吃王培扶的中药，他认为有把握，其实我没有信心，如中药也不好，自然要想最后措施了，这里比桥头人多，压力也大。

你要从全局考虑，要做一个懂事的姑娘，你健康已经这么坏，应集中力量看病，要不然，结婚会垮的。你和二哥都该好好看病，却都不注意身体，都故意毁坏身体。我现在精力也不行了，我不缺写作能力，只缺乏写作的精力，大哥给我的压力也越来越大。

我说的都是老实话，都是有用的话，你要好好看，认真地考虑，你懂事的时候少，任性的时候多，你说是不是这样？

爸

1980.7.16 晚

桥头—文县

1980年7月22日

与子书

小六：

其实你寄厚东西也不必挂号，丢不了，每次从局里寄出来又多又挂号，叫外人莫名其妙，起不好影响，难道就没人检查人的信件吗？

给小潘的信，为什么采取稿纸？而不用普通信的写法呢？想发表吗？

像写文章一样，又缺乏内容，无非是自己诉苦，你最爱反复地叙述自己这几年的苦恼，说来说去也没意思了，又不是写自传，回忆录，你如果成了作家，你的芝麻蒜皮都值钱，但你又不是作家，写得再好也没人看，何况你写的又不出色。你在修辞上下了功夫，但还是有病句，有错字，不能引人入胜。小清需要的是帮助，而不是听人家诉苦，她自己还解脱不了，怎么来解脱你呢？你写的用意都不明确，人家当然不可能回你的信，可能向她诉苦的也太多了，她的压力一定也大。

你应当在信中夹带一个贴好邮票的信封信纸，叫她接信后写几个字“我收到了，谢谢你”——这样也好知道这封信终于被人家看到了。

这次信最让我满意的是作了自我检讨，对乃东有了正确的态度，这样就好，不要大女子作风，不能无理地干涉他的交际活动。他除了属于你一个人之外，同时也属于他的家庭，属于社会，你不可能每时每刻都占有他，要尊重他做人的权利。

他也有不小的缺点，在语文上不肯下点功夫，你去咬文嚼字，而他又错字连篇，词不达意，这就需要你的耐心的帮助，你能否规定他每月给我写500字的信，要求不出错误，而且要言之有物，禀报一下你们的情况，等等。要锻炼就要有痛苦，邓宁打球也是一种痛苦，今天来说感冒了，要求输液，不知怎么解决的。

小五今天寄40元替老师买“虫草”，附了几句话，没提亲子的事，我看希望真的不大，张叔那里也很难说，住旅馆两人不能住一块，这是中国的规定，而且限日期。老三那里是油毡棚，热死人，而且是单人床，简直无法可施。

除非你们厚着脸皮去找四叔，他有九间房之多。

都是你妈不喜欢联系人，否则宋大爷、四婶、幺爷爷，都可联系得好，这完全不怪我，我孤掌难鸣，你妈把钱偷偷攒起来，本不愿为人，似乎如此。商学院有招待所，1.2元一天，但都是四人一间，包一间房4.8元一天，谁住得起？我再次告诉你，没有舒适的住处，到城市等于到了地狱，你要不信就去碰吧，你会痛苦，懊悔得大哭，那时不要怨天尤人。

关于乃冀的事，我也操了点心，小马回了一信，看样子不是拒绝，只是她说明是农村人。看这一点王姨也无意见，我知道她并不负担家庭，在校时生活支援不错，小赵还跟她借过几十元，自己存钱，小赵和她买了两卷，在碧峰沟请我给她们照相了。她很会摆姿势，和你一模一样，又垂头，又微笑，是个时髦女郎，一点也不土气，而且口才比人好，嘴巴子挺灵，也有礼貌，据说有点厉害，不吃亏。文笔比你强，写的病历比较好，偶尔有错字，思想也纯正，对院长的看法和群众一样，说明没有宗派主义，看法正确。

我的文章你也不关心了，也不帮我寄出去，我寄北京文艺，是因为王蒙可能在那里当编辑，也可以试试，它发表了我一类风格的散文。

节省一切钱买录音机是绝对正确的，你难道不爱音乐吗？不想留下自己的声音吧？电视＋录音机＋洗衣机胜过十个北京。

我本来很生你的气，但因为你信中表达了两个好思想，所以我又没法生气了。

我这封信写得怎样，可以让他也看看嘛。

父

1980.7.22凌晨2点写完

桥头—文县

1981年5月29日

与子书

小六：

妈和你的信于26号收到，说是邮局用人背运的信件，我寄往北京的信件压在邮局发不出，火车据说下月才能通，损坏的比较大，从20号起无信，小七的信也过不来。

大哥等车通了再说，去看一趟解决什么问题呢，他的治疗问题大夫自然会考虑的，像他那样顽固的病人不是他一个大夫总有办法，去看他无非增加他出院的念头，我不知如何办才好，反正探视不是解决问题的办法，这个问题要想开一点。

春文接电话未说清，我未托上李志文，故信款都未去，只寄了一本杂志，附小七散文。我25号去五局检查，大夫查得比较细致，但水平不如蔡，做超声波毫无问题，肝也不大，肺透视亦无问题，28号做肝切，自然也不会有问题。剩下的是胃造影、肺片、肾功能等，但此三项大夫还未开。要做一次全面检查也不是依个人意志决定的，我的食欲转好，体重在观察中，估计不会再下降了，一个月来至少掉了六七斤，胃看来也不会有大问题，因没有什么症状。

小唐要做外科手术，张院长碰见我三次皆未提妈事，大概忘了有这么一个下级。

小马仍来交谈，其妹昨来上碧口高中。

我仍打游击，四哥处有小姨子，故我未去住，我喜欢热闹一些，四哥处太沉闷，春文要不说话空气就有窒息感。我现在很寂寞，信也发不出去，小说尚未继续，主角封妈腿骨撑伤，20天不能走路，看来几个月也好不了。素芳也不热情去看她，因二哥不愉快，猜到是为了15元之故，我劝她打个折扣，因郭挣的不少，应对小彬照顾一下，他不见，宁可要钱不要人。

29号，今接玉生及五姨信，小七信估计快到了，昭化压了很多邮件，路不通极难运，只好等着，我给李大夫去信，路要半月才通。

放大机太重，怎么运？以后再说，大相机已借给别人一年已告诉你了，只有小旧机发挥作用。

五姨很想妈去京，我也不知你妈之军事行动计划。

三哥杳无音信，给他放大了一张，二哥在家给他照了一些，连一张都没给他洗。

我昨天买了三斤半肉，在厂招待小舅子吃了一天，有蕨菜，味道还好，微苦。在四哥处，也拿了3元招待小姨，但她很不爱吃肉，太沉默，我给她上了两次大课，讲继续学习的重要性，但学习也要有才能，有兴趣才行。

小马一写信我就开始转弯，坦率地给她提了建议，她表示接受，小马缺点不少，但也有别人所无的长处，就是写得太好了，甜言蜜语，她好好努力可以当个作家。我小说让春文看了，她很费力才看完，有一点感兴趣。

再写就第五页了，废话就此打住吧，此信通要好看，如何？

父

1981.5.29

碧口—北京

1981年12月4日

与子书

玉生：

我们认为你这一封信写得不错，你问到了好几个亲人的情况，现在我一一告诉你。

爷爷因为天冷，近来睡在老二里间屋子里很少起床，没有病，他常常喜欢躺在被里看书，享福，我星期天去给他理发，也很精神，他反对老二他们砸核桃挣加工费(砸100斤挣3.5元)，不愿帮忙，所以也不愿治疗了。牛奶每天喝，是一碗奶和两个小孩分喝，饮食不算满意，因为老二他们很忙，很紧张，也顾不上每顿都做称心如意的，但一周至少也能吃两次面，主要吃抄手。老太爷禁忌太多，所以把伙食弄得满意也很不容易。老二砸核桃，利用晚上，有时搞得很晚，连电影也不看了。但好电影仍然看，等孩子睡了后他们看八点半晚场。他们经济一直很紧张，所以利用业余挣一点钱。冬天最花钱了，上次老太爷一天得看两次电影。

老四每天上半天班，因中午不休息，人也多，每人半天够了，群众也满意，他还没有把零件拿回来，我叫他回来自己在外边修了，先拿电视看看，反正要花一点钱修，比买新的也合算。一大夫买了一架台式半导体43元，音质不好，他买了一个60元的手表，很不错，素芳也想买，但又嫌大了。她要攒钱买一个120元的女式表，攒一点钱不容易，所以你也不该买不必要的东西，放着三个收录机的零件不做，反而不能去买新的，你想不是浪费吗，真希望你出院了能达到修自己收音机的标准就满意了。

卫星应该早就带给小张修，现他去泾川进修了，王小三也在学习修。

小七春节多半不回来，因要给考大学的学生补语文课，他说明年暑假回来。他寄回了录音，有他拉的手风琴（音不好也不熟练）有他和老师学生们的谈话。我们还要录了寄回去，寄费0.32元。他已经1米70了，穿41码的鞋，他把39码的旧皮毛鞋寄给我了，我穿大一点，很暖和，相当新，你想不想穿，我穿大一指。

医院前的马路在修柏油路，还有七天就修完了，非常平滑好走，整个变了样子，再不会泥泞满街了。镇革委前面都拆了，电影院门口也修了柏油路，最近要演中国片子更多了，妈不太去看，她怕走路，彩电我也不常去看，质量没有黑白的好。

王文治老师搬到文县了，在他的门前正在建六间宿舍，一间会议室两层楼，把他的屋子正好挡住了。

现在许可用电炉，今年木炭没有，每个科室发了电炉，我们用的是1200瓦的电炉，特别方便又干净，妈很喜欢，我们找电工安的，屋里有保险闸合，很安全，比烧木柴安全多了，整个医院都换了新貌。

你箱子仍放在屋里，大屋住了两个年轻大夫，今年招收的三个年轻人，表现都很好，你回来也可以认识一下，他们都不爱说话，也不串门。

小三还没来信也不知怎么了。丁涛休息半年，工资照发，小子长得有福相，很讨人喜欢，你想看他的照片吗？

街上的修收音机摊还都在，我也不认得，不知哪一家修的好，他们服务态度也不好，对顾客不热情接待，收费也很贵，所以我也不愿去修收音机、修闹钟。

朴大夫接班，你要合作，服从治疗，住院不容易，这一次病好了再出院，现医院房子没修好，回来也没住处。爷爷最近要搬我们这里住，老二那里很冷，冬天又没木炭，他的小子也吵。

就写这么多吧，各方面都写到了，小五没来信，他看孩子很紧张，也去不了。

父字

1981.12.4

桥头—碧口

1982年6月5日

与子书

发生：

这几天我正准备给你写信，就接到了你给爸的信，这次的信和字体还有进步，不错。我是5月12号回来的，在武都住了半个月，拔了16颗牙，是残根，总是反复的感染化脓，必须要拔掉的，当然也受了一些痛苦。目前只能吃半流食。要伤口完全长好，7月中旬再去准备检查做模型，安上牙就要三四个月以后了。还需100元左右才能安上（拔牙可以报销，安牙要自费的）。这次主要是解决拔牙的问题，其他的病也查了一下，没有发现什么新的，基本都还好，总起来说近来身体一般情况还可以，已经上班了。

去武都的车上遇到了小任，我们很高兴本想请他吃饭，结果什么也不好，所谓的红烧鸡，就是水煮了多少次的，还有毛，一盘里有两个鸡头和鸡爪子。小任在我拔牙的第一天晚上，他看电影去了，他还陪我一晚上，第二天小任走我也没送。小七见到任叔叔非常亲热，小七给他照的相很好。你爸准备给他放大寄来，我告诉小任让他经常找你去玩，多方面地帮助你，我想他一定和你讲了吧？

你二哥很好，很关心家里和弟弟们，我感到很高兴，你们哥几个都团结得很好，都彼此关心帮助。老大自从调到文县，思想有一定的进步，比以前好多了，我是经常针对他的活思想进行帮助工作，他也很听话。最近他来信讲他这次工资定为21元，按学徒工有劳保，第二年24元，两年后评级我也给他寄了信。他心眼比你们几个小，我告诉他以后有什么需要，妈会支持支援好，但一定在自力更生、发愤图强的原则上。他也来了，毕竟是县里开阔些，接触的事情多些，文化生活好些，这对他来说也受到了一些教育，也得到了锻炼，总起来说是好事。我们特别是你们哥几个都应该多帮助鼓励他。家中的形势是一天天地好起来，妈是希望你们几个都可以身体健康，好好工作，争取入团、入党，严格要求自己，听领导话，多团结同志，搞好工作，不犯错误，妈就放心了。

你们那人事关系还好吗？你的服务态度怎样？有进步吗？群众的反应呢？关于这一点你一定要多注意，不要自以为是，要多为群众着想，多为贫下中农着想，多依靠组织争取组织的帮助，多读毛主席的书，认真改造主观世界。在继续革命的道路上不断地前进才行。你的工作态度要努力地改，服务行业就是要做到百拿不厌，百问不烦，生硬只会碰钉子。希望你随时总结经验教训，你的工作是很多人羡慕的，不要不知足，开会要争取多发言，不要做喇叭，一个人的政治水平要通过言语行动才能表达出来。

近来雨多，被子晒了又潮了，外屋褥子还无空晒，上班没多少时间。化验比较多，看报时间都少。

瓜子长了虫我洗了晒了，但有一些是苦的，我怕致癌，干脆扔掉算了。今年不要傻买了。小五那里瓜子也完蛋了。薇菜不吃带回来勿忘。是5元一斤（照顾价格）呢。现核桃瓜子正上市，也无钱买。西红柿一直卖了三个月，现在还有1角3分一斤，菜很丰富，就这一点是个大遗憾，晚上想吃点夜宵也没有。老四也不给我买粮，油给了一斤给素芳，晚上主要看书，近多半在老四处吃晚饭。

刘有华昨找我看放大机，要做一个讲究的，我试了他的镜头等都很不错，他也高兴。我想不帮他也不好，不知他搞好了是自己玩还是怎么的，反正不像是自己玩，我想是否交别人搞生意。反正我也不怕竞争，我收的价格比任何人都要便宜，不找门路，能供养得起儿子吗？只有搞这个才能立竿见影，写作是第二手段，有了钱再慢慢搞写作，名不如利要紧，我也想开了，以后白天洗相片，你来帮忙。

你写的账我都相信，主要是小五手下无情，他不知父母是缺钱户，并非富翁，他绘画是投资大，收益无，将来也未必有收益。我希望他能搞出连环画来就可挣钱了，他走的路是极少希望的路，是最吃力不讨好的路，一篇不好的小说可以发表，但一幅不好的画绝对发表不了。

你从来不说你的打算，故我弄不清你何以要拖这么晚去天津，现我也无法，等县上汇款可能还要几天，等你拿到已十七八号了，一步走错满盘错，现又下雨，本来不通的路更不通了。

妈、爸

1982.6.5.

成都—泾川

1982年6月18日

与子书

岩：

上一信信写完了13—15号的经历，现在躺在团结旅馆缺少团结气氛的床上写续集。

我已于昨日下午在旅馆近处的车站售票处极方便地买了今天晚上7点45分去西安的车票，如果真的到西安，那么19号我会抵达可爱的泾川，当然我还不能实现这计划。泾川啊，我和你握手的日子不会太远了。

由于我不断的努力，我的两个提包已逐渐充实了，当然它们还不太满，我的脚板在抗议，我的钱包也在抗议。

我如果是一个发明家，我将发明两件给旅行家造福的东西：一个是机动鞋，你踏在它上面它便如行走一样缓缓运行，它比自行车灵活，而且不需要在进许多店铺时有无数次停车；一个是微型三轮机车，你不必担心提包如何沉重，尽管放在上面推着走好了，你从西直门走到崇文门也不会累。

由于发明家的愚笨，至今尚未产生这伟大的发明，我只好拖着疼痛的脚，提着沉重的包和万有引力作不屈不挠的斗争，植满遮荫的美丽榕树的成都街道十分赞赏，我到最后也不蹒跚的脚步。

昨天我几乎放弃了去杜甫草堂的愿望，只是由于店铺9点才开门，才利用了这个时间，但一小时显然是不够的，我损失了对于购买物资是个宝贵的上午，而对于精神享受来说则是一个丰收的上午。

我当然没有忘了带相机，我现在已体会这老战友有不小的缺点，它必须照八张才能摄进足够大的范围，但我的放大机便无法放进这么大的底片。我应该批准它的退役了。我在草堂里一个极大的竹园——真是“门有千年竹”，我没有见过如此高大如此茂密而幽深的竹林——进行自拍时机子出了故障，恰巧旁边的“摄影亭”开了门，我向两个青年呼援，他们马上抬出了暗箱，我顺利地排除了故障。他们的贡献是如此伟大，我立即购买了一个胶卷作为感谢。

唯一遗憾的是我未能和两座杜甫像合影，因为光线极不理想，我没有带三脚架，这伟大的诗人一定会埋怨的，并写出“憾哉未合影，怅然望君去”的诗。

我轮番地用放在地上自拍和请人代摄的方式为自己留了五张相，当我第一次请一位青年人代拍时，他沉吟了一下然后果断地说我当然不能按，他把按一下快门看得如此神秘而困难，使我有一点惊异，但在一分钟之后我便请了另一位。

自拍发涩，每60秒不能响，我安排好之后，等它吱吱地响了40秒才站到那座小亭流水处去，这时十多位小伙子转向那拍机看它工作，过了十几秒当我还无法数九寒天是否响了，还在那里摆姿势的时候，一个小伙子笑起来:“照完了。”我于是走下来，解释说:“我耳聋听不见响。”这是一群不向你作恶作剧而显得有些礼貌的青年，我在背后听见一个在发表议论：“这是照八张的。”我真想回过身去说一句："你真是内行。"除非伯乐才能识我的骏马！

在杜甫图片展复习了他的身世创作，一张大地图上绘着他历遍大半个中国的路线，他住过天水，经武都过广元而入川，但没有绘出碧口，说不定那时候诗人背着手在我们医院里土地上漫步沉思过，诗人的旅行显然比我幸福，因为他一定有马骑，骑在马上有足够多的时间精思。但使我聊以自慰的是，我在火车上长久地站立时也写出了我的"断想"，我和杜翁遵循着共同的创作规律而写作。

即竹园比北京文化宫的"拍园"要好多了，园里满布石桌石凳，形成一个美妙的几何图形，竹林，淡雅幽深，那是一个消暑、写作的好去处，我想它使人赞赏的因素也有一点是由于人密度不高之故，如果几十张桌子都坐满了人，地下满是纸屑瓜子皮，即使幽深也会顿然消失。

北京之患就由于人的密度太高了，我偶然在街上看了一下《人民日报》，那上面登了一篇文章，强调人要住卫星城，以减轻北京市区人口密度的重要性，出了草堂之后已力乏，放弃了去武侯祠一游之想。

前天即16号，我步行到"展览馆"，然后问了许许多多的人——在饭馆吃面时详细地问了几个青年人——走了许多的路（简直是丝绸之路那样的长啊）才找到那个卖"放大机"的地方，5.5元一个，技术员又提出要买9伏稳压电源的喇叭，最后这些都一一办到了，一共花了28元，只差一个音箱了，买一个小的半成品音箱要35元，我这个做好之后将超过四喇叭收录机。

展览馆那条路与北京的展览馆，异常宽大，而且马路中心有花从，有灯柱，一望无涯，这也是成都中心最“豪华”的街道，展览馆也和北京的展览馆一样高大、华丽，最独特之处是矗立着一座毛主席的高大塑像。我希望我从侧面拍的是成功的，我请人代拍了一张，那个人的妻子还在骄傲地说，“他会，他很内行，什么都会搞呢”，那就好，这一张一定是成功的。

成都有一个奇景，当我初见时简直是目瞪口呆，那是骑车者的后架之上稳稳地站着一个五六岁的孩子，两道布条把孩子和他的爸爸象征性地固定在一起，因为整体是如此地松，孩子的手扶着爸爸的双肩，就这样完成了他们每天常规的短途旅行。我以为是偶尔碰见，而其实是上下班的许多人都这样做，为什么不坐着呢，可能是孩子的两条腿放在车的两侧增加了宽度并不安全。这是成都的爸爸智慧的创造，但我宁愿歌颂成都，我将可以把婷婷娜娜也放在车架上站着，扶着我的肩头，在繁华的大街驰来驰去地观赏城市风光，而兴奋的孩子将欢乐地喊：“爷爷，多好呀！”

对于成都的猎奇记，还要有许多才能写得完。成都的姑娘们是如何解决工作时午饭的问题的，这也是奇景。在北京你看不到她们如何在中午吃饭，那是十分保密的，而在成都的任何商店，这一点是公开的。到了中午她们就聚集在柜台里面公开地旁若无人地吃饭，我们看到的一律是米饭，是成方形的紧密的“饭团”，盛放在饭盒里，带汁的菜覆盖其上，一定是相当可口的了。他们不完全不理睬顾客，如果你只要一小件东西，并不废话，她会很快地拿给你，但你如果使她们觉得不好应付，或者她要十分集中精神去品尝菜肴的美味时，她会果断地告诉你“没有”，很大的可能在这一段时间里许多商品都消失了，我很懂得这一点哲学，因此我宁愿 安静地等她们吃完，当然，她们一般都很迅速地解决战斗，她们也不希望有人旁观他们吃饭的风姿，那毕竟是不很美妙的。

信就写到这里，时间是那么短，那么紧促。

父

1982.6.18

天津—桥头

1982年6月23日

与夫书

璟：

那天小孩们都去了吗？不知老二给孩子们又买了点吃的没有？

汽车走了整整四小时，到家大姨、张媛都特别高兴，热情地招待。她们身体都比我强，很健康，很精神，又白又胖，本来是白的头发，也变黑了（不是染的）。天津人特别热情，服务态度好，还有你最喜欢吃的切糕是5角一斤，各种小吃都有，很便宜。小五来了吃完饭就走了，大姨留他也没留住。因为惦记三个女孩怕走不了，我也让他回京了。王华结婚没房子也住大姨家，太小只有一间房，我和三人住，张媛和小女孩在另一个单元住有两间房。如你想来玩玩等幺爷爷回来临走时接我来也可。在幺爷爷家一切都要特别小心，做饭可别把锅烧着了。最好在外边买半成品回来加工，二人要吃好，别太辛苦了。工资证老四寄来(9月份的，已告诉娜娜了)。老大你要听爸话，好好吃药，要什么来信我可在天津买。我还是吃安茶碱。天津很热，空气不好，煤球烟很大（早上），我哪也不想去玩，大姨上街逛去了，我的牙仍在肿，北京的两个月够呛，这次真是小不忍则乱大谋，确切地说就是撒钱，还要想开。斌斌在哪了？我已去信告知小六小五，我想9月份总可落实，工作看能否使人满意。

幺爷爷来信，说小六已去北医看病，见好，小六不太喜欢看书，幺爷爷很忙也无暇辅导，反正头几个月是玩为主，9月份和小五一起回来，我看住长了她也没意思。

君

1982.6.23

碧口—天津

1982年9月6日

与妻书

君：

你再写信万勿两面写，因纸太薄了，今天两页信写得特别整洁，应予表扬，信可写两种，一种是给儿女看之信，他们也极爱看的，尤其是春文，是看信专家。

小七又来信，今寄去你不要怪没给你单写，给我寄也等于给你写了，小七很难面面俱到，他又搞了中心工作，不容易，我还未给他寄书，因无寄书款之故也。

世培已复信，说未接任进玉信，她认为应给老太爷加强营养，我也觉得每天一碗奶粉一个蛋是不可少的，看了书，胆固醇高不妨碍吃奶和蛋。因蛋中有卵磷脂可降醇，但最好配合维B维E和胆碱，猪油不可吃，一定要吃素油。春文建议冬天老太爷要住楼上，因上厕不便，前天街上又死一老人，是走在路上就完了。他们也说要上楼，小屋太潮无法住，也收拾不出来，杂物如山，我希望你能配合安全过这一冬，不希望出事。

我已给张去信拜托了，你们也奇怪，何以不让小五陪你去，不买礼物有什么要紧呢，要别人来，架子太大了吧，基础课去了是扫地还是擦桌子？

老大药已够，吃完了再买，五氟和针可用三个月。

你说的是李惠新大夫而非写《人到中年》的谌容，你应该提我就对了，当然我也不认识她，但她一定对我的“大批判”很熟悉，因我并不喜她的作品，故也不想给她写信，你何必买她的书呢，这里文化馆可租来看，她的作品不值得买。

我很向往小五的收录机，要不我去趟北京欣赏吧，晚报说现在出了“中国民歌轻音乐”磁带共四种，可惜没钱买，你买了鹦鹉磁带，可叫小五录些好听的轻音乐，卫星牌老大买了电池安上了，但杂音大得很，大楼卖降价珠江收录机140元一个喇叭，比我的好。

9月5号下午：

上午，老二拿来你挂号信及五氟利多20片，很及时，老大马上吃了一片。

你半月多无信，你说一封信没收到，为什么不写清几号寄的，寄何处？肯定去了一封，是什么内容，邮差也老换人，上一信是你写“二公子”那些的信，你回忆一下，白纸信在此信之前之后寄的，寄何处？

我不是把老二写清“钱的角”已经寄你了吗，为什么还要问33元呢？那钱寄你180元之前啊，老二很仔细，把每一分钱都记录得清清楚楚，他扣了7月份120元，我还欠他50元呢，反正一切都有账，你不会吃亏的，不必多心。

我知道你剩的牙不多了，现在安塑料牙也好了吧，结实吗？你要知道我的牙根本也没治，照了片子也没看，你的收获比我多多了。哈市长春安牙三大收获，再去天津四大收获，比上不足比下有余。

今天和老四清理破烂，他把破烂都倒在河里了，他怕丢人不敢去卖，我们挑得很严格，能留的就留了。

街上那卖卤肉姓李的主动跟老大介绍侄女事，老大非要我去跟她谈，只好去了。李说的人很漂亮，老实，也不乱要钱，我说没存款，她说没关系，最后她要老大写信，老大非要我打稿子，我说等妈回来再说，他说等不及，我只好写一封。你看怎么办，这个李很精明，我还要侧面了解，春文、素芳都不表态，只说怕上当。老大来劲了，压不住，要招是惹非，你回来处理吧，老大也着急。

你这封信也不说初步计划，要我接也得有一个方案啊，是10号回还是15号回，也不说清楚，如果写“设法接，即返碧”也好办。你到底要带多少东西，反正老二可派车亲自去接，带多少也不要紧，老四说想去，但谁拿钱啊。

老贠对我很欢迎，因工作两人忙不了，强大夫也很好，妇产科来了个叶红，她爱人在派出所，未返。小唐仍未上班。

我在京因无钱买空带故未录音，老五的收音机不能录音，你也不要买小型的，听不成，以后修五星牌好了。

9月6号，早上下了中雨，打伞上班又接你挂号信及三氟拉秦。

这一信好容易才说“寄了钱就去天津”怎么不掌握好时间，早知道今天6号，如跟老二借钱，还不如早五天借。

180元一个月就花完了，也很惊人了，如今老大要交朋友没有钱不行啊，逼死人啊，我在碧口三人每月就要100元，一个钱也剩不下，不开源节流怎么行呢？

儿女都要开单子买东西，买了之后却说：“你们钱怎么花的？”

老二又高姿态说："那50元不要了，您买助听器吧。"可是我哪里来的多余的50元呢，只有退休后的150元。

关于老大的钱，8月份已取，前两月自然畅快在京花完，老二写明用钱账，你没有收到吗？那我信又去了一封，我也懒得抄了，回来再算吧。

我返碧时，老二手还余120元，他全扣下了，我已说了若干次了。此120元，就是我剩余的。

强大夫说，加工厂夏天奖金，第一等是400元以上，老二一直不说，也就是说，他二人至少奖金600元，这是我分析的，出口数字比去年多了一倍，而去年一次奖金是300元，那么今年一次就应该是600元。

老二说，攒钱明年再去北京，素芳去，住旅馆，财大气粗，有了钱，鬼也能推磨，这话不假。我不要什么东西，毛衣也不必要，一切从简吧。

我打算跟老二借70元给你寄去，发薪还。我不愿多借，借了还不起，因我对"照相馆""写作馆"都缺乏信心，我不太相信你能帮多大的忙，因你所有的信都不谈具体前景，而尽是牢骚，不务实际的话。老四要跟老五合作生意，也一字不提，似乎都在想钱，但不动脑子，无行动，所以钱就来不了。

宋瑞祥也打退堂鼓了，大约想单干。

我的设想是开"洗印服务部"价钱非常低，放6寸只收3角（本钱1角，这里单干是1.1元）肯定上门多，一夜几张就是6元，一个月180元也够了，我想所有单位人员都会欢迎的，我们内部也如此收，但是照相馆一定会抗议的。你有什么设想呢，写作我没有“绝对长期安宁”的条件，顶多只能写小小说，而就挣钱而论，只有洗印才能立竿见影。

现在我分析卫生局不会批同意退休，因没送礼，你想退他就故意不让你退，因有些人已分析我为什么退。你看送局长什么好？现反映这个人还好，没有架子，碰见我总是打招呼。

以后，申请拍照也要活动费的。

老大也希望你快回，我看你没决心早回，而是慢吞吞的行事，现在我似乎是无家可归，无业游民一样。

老四积极收拾小屋，因老太爷身体很差，一动就心跳，吃了心得安还不得半年了，没劲了，恐怕今年难办啊。

璟

1982.9.6

碧口—北京

1982年9月11日

与子书

小五、丁涛：

又是许久未写信了，你们都好吧，茜茜会的把戏更多了吧？

碧口进入多雨的秋季，公路经常不通，照片则还正常，五姨这几天来信说她近已来京，须出差办事到10月底才走，住处未定，不知去你处没有？

妈也想去，更想和我同去，但大哥这一关不好办，他正常时我们走，不正常又非要同行，很难办，所以恐怕还是走不成。他现每日打一针，效果比口服好得多，比那时在京强多了。问题是我怕他花钱买书，造成浪费，现在二哥处住，又干家务又买菜。相片很好，在京住，自然也是这样，就是怕他乱花钱，书是每月都要出新书，每本都要买就不得了。他现存了200元，不计划也花不了几天。他要不乱花钱，我们也可想办法长住北京，当然北京花销大，光看电影、车费就是一笔开支。

我明年春肯定要退休了，最近有可能再调一级，退休就可有70多元，妈退休尚未批下来。

北京消息你们什么也不说，寄晚报来吧，上次我问你们各女有无钱花，(19)82年第一期也不寄我，望来信说一说，此事很重要，因此期有写作小说、文艺界的大事件。

老太爷很好，现不太想回北京了，谈何容易，二哥忙于学数学，准备考试，你们怎样？也要考吧。

宋大爷怎么数月无信，你不了解情况吗？

茜茜没有近照吗？也不知长得怎么样。

你刻章，是消磨时间，其实没有意思，不如读些书。画画也是消遣，画出一定水平也不容易，主要是你动手太晚了，艺术都要有才能才行。我希望你学学修理收音机倒是实用的，这里有人自学精通维修收音机、电视，花了1000元买仪器，开业修理，是生财之道。而大哥有技术却不知做点生意，否则也不致如此困难，他以为搞点收入是犯法的，所以只能拿着金碗讨饭吃，否则，我们旅行也有钱了。

就写到这里吧，希望你来信多写一点，字写清楚一点，爷爷最怕看你的信，说像天书。

爸
1982.9.11

北京—碧口

1983年5月22日

与子书

和生、素芳，转小六：

五一节妈已到京。

从头写起吧，我30号清晨同姨奶奶去二姑处看爷爷，姨奶送了一大盒点心另加5元钱，当时二姑进城参观，也没见到。30多年了，二姑父做饭，吃完饭，姨奶奶就坐12点班车回家了，我留下过了五一节，我帮着杀了一只一斤重的小公鸡(5角钱一只，便宜)。五一节上午同二姑小培上山坡散步谈话，谈新闻，小培不爱说话，她很喜欢我这个二舅，但我还没有正式跟她谈话，做些教育工作。如说她学习不自觉，今年要考大学，今天5月2号5点半就辞别了老太爷（他要去看幺爷我未同意，他说二姑很行孝）上了长途车，到动物园走了50分钟，然后换车到甘家口，我慢慢走回商学院花了40分钟，一路欣赏练拳的练跑的人们，边猜想也许妈已到家，结果一推房门，果然妈就在里边。

妈说刘院长站了长时间排队，好说歹说才买到了两张卧铺票，路上车晚点，6个小时之多，下午4点到京，院长满身大汗，小五安排他住商学院招待所，每天4元。院长说我不用招待，他每天自己出去玩，我去帮他买器材，他住了10天。

我这些天跑房子，到四邻看房子多在5—10元一间，离城越近越贵。但找到房子，家具生活用品是从碧口运来还是在当地买呢。妈愿意回碧口，我说碧口的儿女们关了大门，回不去了，只有死心塌地在北京混吧，住不下去也没办法。北京人太多，今天气温28度，很热，小五屋里还凉快，但真正热时不好办，现多了一个人怎么住还没考虑好。宋大爷那里姨奶奶那里都表态可以住，但不好带小孩子，大哥非由我和他同住不可，可以想象这几人安置，多么伤脑筋啊。

他一点也不想爹妈了，早就忘到九霄云外了，小兵对小茜很好，尽哄他玩，兵兵从来不跑楼下玩，因没有小朋友，他只能跟我们坐汽车出去玩，我来了半个月，还没空带他去公园玩，你知道，时光过得飞快，每天做不了什么就是一天。

我已到北医去了，新门诊非常漂亮，化验室更是漂亮，老同事见我们非常热情，但谁也帮不了我的忙啊，他们都住上了新楼，一家一个二居室单元，还有好些同事要三四次才能拜访完。

住北京远郊区生活上会不太方便，但有许多亲戚朋友，这是碧口所无的优点，我可以享受，但不爱活动的妈就未必能享受了。

娜娜不想爷爷吗？可怜的爷爷太穷了，能买什么送给孙女儿你呢？爷爷想开照相馆，但不是那么容易，姨奶奶也说想和我合作开照相馆，但哪里有门面呢？姨奶奶67岁了，每天还跑各工地做巡回医疗，她身体很好，走路飞快，和五姨奶一样。

婷婷大傻瓜，这么好的机会不来北京玩，华华也瓜不兮兮，不知道北京多么好玩。

北京点心太多了，兵兵喜欢吃卤咸点心，这是我发现的。虾米皮是1.5元一斤，虾仁就贵得很了，什么海味都买得到，只要有钱，住北京那真是天堂啊。

你们什么时候来探亲呢？我们不知何时才能接到你们，那时候，打地铺吧。

找到房子，还要运家具，问题还多得很呢。

佳生无信，我想写个信吓他：“我和玉生即将赴哈，望做准备。”找房子后，还要安置老太爷来住，一切都不是简单事。

父

1983.5.22

北京—碧口

1983年6月8日

与子书

发生、春文：

我们已来京三周了，在29日，已历尽一些艰辛，为大哥办了住院登记，但何时能住进，尚在未知之数。效果是尚可睡觉，怪话不多，但每日上下午，晚间外出使用他的月票到处逛逛，其购买狂仍未歇止，在初来第一周，就花去了他手中掌握的150元，计购零件100元，衣物50元，到后来，无钱花了，又退掉了一双鞋一件的确良，马上就又买了3个零件。他设计的自称高水平的半导体图，但都未能得到肯定，使他感到失望，另外他又声称："县委要我病返北京，不回去了，把箱子要弄回来。"

由于他的无节制地花钱，使我们除去吃低水平的伙食外，不敢出门游逛。妈什么地方也未去，我借了一辆车，还参观了市容，去了图书馆，风景区还未去，朋友处也不敢多事交往，还有五周时光，到时他住不住院，都是一个困难。至于我们是否回去的事，关于调回北京的事，初步谈了未能解决，这是关系到今后如何能妥当处理他的事，因如反复发病的话，则反复来京住院，这在我们经济上来说，是受不了的事。我们都回去，留他一人在京逍遥，小五也不敢承担责任，初来和妈商量，只好妈退休，陪他在京拖下去，但住处长期如何解决又是一个事，此房是五叔的，顶多住上半年，再长也不合适了。

一切如我所料，到北京只是花钱和操心的事，好处不多，但这也是没有办法的事，因他的病不可不看，又不能强制他住天水医院。

我是不同意的，因幺爷爷及二姑无要爷爷在此长住之意，如来，无非浪费了这110元，而医院尚欠310元未还。我们来京又要亏一笔。所以，我已阻止他们来，不要轻举妄动。爷爷和小六是从不从我们的景况去考虑的，只知今朝有钱今朝醉，这些做法，只有使我们焦头烂额。我到京后，只买了一双塑料凉鞋，妈什么也没买。

谈谈北京观感吧。

北京天气不好，一直阴沉沉，雾气腾腾，令人气闷得很。算不上热，只是气压低，昨下了短时大雨，凉爽些了。菜种类极少，目前只有洋白菜及扁豆，肉排一次队买2角钱的，但可排多次，蛋、粮皆限量。冰棍只有3分钱一根的，冰激凌根本无货，说是无牛奶之故，这和洋人多有关系。面包也没有，反正和牛奶有关的制品皆无。轻工业品很实，特别是服装，穿布衣服的只是老工人、老太太。比较好的家庭都有新家具，特别是沙发。我记得以前只有算得上资本家的才有沙发，如今很普遍。电视很普遍了，如我们院中就有三家拥有令人羡慕的电视。宋叔已有一台9英寸的，但知幺爷有一台12英寸的想出售，他马上就想换。丁涛家已决定年底添一台电视，有一种说法，9英寸电视将停止生产，说太小，射线对人体有害，也说明人们买得起360元的12英寸的了。

15层以上的建筑群很像上海风光了，但人口膨胀使得房荒突出，几乎家家都在自盖简易小屋，所以院子都显得狭窄了。这些盖房的砖瓦，以及制家具的木料，都不知从哪里搞来的，反正不是人民币换来的。所以《北京日报》刊登了《大河不干小河满》的文章，力劝人们不要光顾小家庭而忘了抓纲治国，但是这个风气已非一篇小文所能制止。养鹦鹉、金鱼、花草的很多，也时时可见。这反映着人们已有了较多的自由。

青年们掀起一股购文艺新书的热潮，新华书店门口总有排长队的青年，即或这些人并非文艺的专诚爱好者，他们也乐于购置起来，装备他们的书架。现在可以充分说明你们那时推着小车，把我惨淡经营的文学名著论斤出卖是个错误了。历时10年的摧残文化的罪恶是“四人帮”所无法偿还的。今晚小五让我抄了一个世界文豪名单，好使他贫乏的头脑有所充实。

父

1983.6.8

北京—天津

1983年6月14日

与妻书

洁君：

今寄女儿信，赶快回她的信。

老大基本欢迎，说看底片“还漂亮”，大辫子，尖脸庞。

我回信说：“你态度不明朗，到底是把倩送北京来引，还是单纯为了大哥，要引小倩，远离数千里父母，这风险太大，倩倩是娇乖乖，谁敢负责任。至于大哥，也得看人家愿意不，要什么条件。”

我说服老大，先别作为什么对象，只能作为保姆。

看来小六要你引孩子，因为她迷信，只有你才能引好。北京有小孩王，丁涛说就好了，她本人也向往北京，孩子在京她就有借口来。你姑娘的好意还不能拒绝。我说要回碧口，她和老二都要急疯了，你自己考虑回信吧。

硬着头皮也要住个一年半载，老二说了，住北京他支援1500元，回碧口则只有小楼两间，不是闹着玩的。

我明天又要进城，拿相纸，老大想去书店，昨给他打账，这些年他买零件用了211.28元，他还要买喇叭18元，还不算买书，加上买书共是300多元了。

现在老大站在旁边笑眯眯，说有个媳妇也好。

你拿大主意，我没主意，我随波逐流，我反正要自学成才，要进图书馆，这是你说的。

钱寄来后要考虑买便宜家具，当然一切从实际出发，小五非要塞我们沙发椅。来信别忘了，赶快照相寄来。

世璟

1983.6.14

北京—天津

1983年6月15日

与妻书

君：

你13号发信，我15号就收到，何其神速也。

正好跟和生写了一封，赶紧给他寄去，你也不住京表态，说什么归宿，归宿就是八里庄九里庄！

小三是哈尔滨动力区热电厂锅焊车间本体班，我5号早已写了信，不管他回信与否，你也要去，可能他不知五姨地址。

今天凌晨三点牙又疼，服药二片就睡不着了，四点起来看《巴尔扎克传》，8点去内诊科看了牙，说没材料补，以后还得去北医补。又买了两床凉席5.1元。

今给小马写信，问他房子盖了没有，要他回信，如他回信，就可落实租房了，明天我进城在近处观察一下，用望远镜。

小五非要买沙发给我，我想把喇叭（30多元呢）给他再添10元把沙发要了，沙发坐着舒服，当然他的沙发并不好。我另外再花55元买一个音箱。

文村朗读你的信，也说二嫂字写得不错，世培说要是字不好，二哥能追吗？我说："对，就冲这字写得漂亮嘛。"世培很仔细地看了所有的信，她陪我去看牙，又说要陪我去海淀看牙，比北医省事。我们相处很好，但他们异常节约，不许晚睡，不许点大灯，饭凉了也不热就吃，一开灯就要拉帘子，屋内闷热，吃饭不许说话等等。所以我也无法适应长期住下去，我吃饭就要又说又笑，才能帮助消化嘛。

你十七八号即可去哈市，再住到7月中旬，回来差不多了，回来太早没地方住，小五已拆了床，除非住甘肃，没办法，上世培这挤就要睡地铺了，或上天津待一段时间。老二会寄钱给你的，估计十七八号到。

我要考虑是否买家具，你跟老三说叫他们要有良心，大刚住了一年，又给他们100元，要帮助我们解决困难，哈市好你就多住一时，等人安排好了再回来。我不去哈市，没有钱啊。

世璟

1983.6.15

北京—天津

1983年6月22日

与妻书

洁君：

16号信想已收到了，这是第五封信了，不可谓不尽其力也。今天凌晨4点半我即去海淀牙科排号，去晚了，放弃了。昨看耳已开80万 ×4支，耳又聋牙又疼。小马未回我信。到小五处他在画画，也不爱说话，也不谈房子，看来有情绪我就走了。又买了安乃近止疼，到西四给老大买书没开门，因他又跟我要5元买。

相片很好，我已寄两张给老二，并写了三页详述情况，我又动员他以返碧为上策，因北京投资大，风险大，你也给老二写信表示是心有余而力不足。北京气候坏，生活高，好处只是事多而已。来信写二页，一页是专让老大看的，一页让我看的，注意注意，有些事不能让老大知道。

早上到小朱那里看了看（路过白石桥），他也有冰箱600元的，真气派啊。明晨打算去北医牙科看那里能不能补。我脸也微肿，右耳全聋，中耳炎，吃安乃近，针也带进城了。

看老二意见如何，他如坚持，那家大投资试验吧。小六是冲动，都是冲动。老太爷留字亦不行，儿女也像他们，吃饭不许说话，我也不习惯，星期天我就出来。

世瓌

1983.6.22

碧口—天津

1983年8月18日

与妻书

君：

14号发信，17号收到了，这一天又收到小六长信，内容是急于带孩子下来，并有乃东信，估计是怕总不下来会影响调动。尤其是小马还有半月生产，王婆一定不想让小六走，或者想用小屈，总之急于下来是有原因的。我已复信说一切条件都好，不必顾虑赶快下来，老大也表示欢迎。老二去码头接，这两天小雨缠绵，要等睛了，两头接，还要爬山，恐要乃东送的。

乃东已来两天，没有谈什么事，他是来五局学习的。

你的牙怎老长不好，我怀疑他们是故意拖，但强大夫说长不好，也不能勉强来，否则不舒服。小安说补发事，是他自己猜的，没有什么根据，岳兴祥倒是说了“众说纷纭”，说明总是有一个说法，一个苗头，25万右派不见得全都老实巴交地认命吧，我一定写信给党中央。

化验辩论你怎么提的意见，我准备写一封信去，说明他们基本功不好，没有起码的负责精神，一切乱糟糟，也难说。

四本书如有屠格涅夫就对了，第四本你写契诃夫小说，不对吧，我没见这本。

小五花了钱该还他，他也知家中困难适可而止吧，要知道未来亲家送了木料，又加上迁南京，但如何才能筹得出，慎用记账，老二夫妇已做了派力斯神，上信我已说，信写得多，要反复看了。

世培已去住，奇怪的是她居然还没来信，张炜今天倒来了信，说我来后老宋去才知我走，他说此行也有数个收获，看了亲人等等，他常去服侍老人故未能看你。

现上班的人迟到早退，故我较忙，我给左大夫写信借白血球计算，报销事无进展，我也未再找刘有华，刘治中常来化验室聊聊。北京没条件不该去，儿女也靠不住的，态度还好。今张志方叫我去，行政发给我们一人一斤白糖，一斤茶叶，你也有。茶叶是一般的还可以，正缺茶叶，工会要发一人一把弹簧自动笔，反映此物不实用，不结实。我希望换一条棉毛毯，夏天有用，碧口晴天也相当热。

黄花木耳你存了多少，老四都已取走，否则就坏了。我叫他买米面，小六来了好开张，油放了三个月了不新鲜了。

褥子没晒，有味，天晴了再说。小六来了他们开伙，我住老二处，不知他上班否，如上班，不知小屈一个人如何处理家务，男孩子，估计她25号前后就要来的，每早我送华华到娜处，下午下班再接回。

我想写的小说已开始动笔，有三个块头你看哪一个好，看了台湾小说，启发很大。你回来一块研究吧，我希望你真正支持我，无论如何要在一年内做出成绩，我拿不定是写一分钟小说，还是短篇小说。小五可提建议。

斌斌又换了一只小猫养，有猫玩了就不跟华华了。

西红柿已1角2分一斤了，1角1分好买，康林买了一台260元的收录机，我们什么时候才能买呢？

李淑容还未上班，已回来，罗局长见我一次问“调资了没有”，我说调了，他就走了，不知何意，他以为我们是万元户。

今晚看了埃及片《大饭店》。

璟

1983.8.18夜

碧口—文县

1983年9月11日

与父书

老太爷：

今天碧口中学开大会，逮捕刑事罪犯，11点半结束，我去了加工厂，无人。我又上楼，老四忽然来了，说小六跟科长在他家已待了三小时，我马上拿了倩倩东西赶去，老大已烙了饼请小六他们四人吃了饭，他们又坐了十分钟就去派出所带犯人回文县了。小六不太瘦，但也不胖，气色一般，还高兴，穿了警服戴警帽，腰带手枪，她说已收你信，说国庆节来，把孩子小屈留下，她说你可能去大姐那里了。

晚饭时，文燕忽来，我们正吃烙饼，老四也来，怎么接待他们，吃完饭和文燕谈了一会又送他们上街，文燕留了三样吃的（两元多）给老太爷吧，她也不说。她是调回河北路过碧口的，我手中无钱也不能买东西送她，只好后补吧，她说娅雅找了一个拄拐的双腿残疾的青年做对象，这事很奇怪。吴学岚去武汉未回，要调回去了。

发生小屋已换顶棚，今天休息准备和老四彻底弄好，让老太爷搬进去。

五局商店交碧口公司了，货物大甩卖，便宜，我买三盒胶卷（4角钱一个）等春节照。任大夫买了24英寸大电视380元（原价1000多元）但买来就坏了。现核桃正上市，2角多一斤，无钱买啊。等你信却不来，真奇怪，真沉得住气，小五写信最懒，又缺乏内容。兵兵在这里闹得很，他很想五叔，还想去北京，不知五爹妈欢迎不?

她的小眼镜是粉色架子，戴上倒也好看（几天就取）。她已看见好几个小朋友戴眼镜，故此也思想开通了，她很欣赏北京。

我们出来，洁君想去小五那里看一看（她住老三处已一周了）到了那里，正好丁涛也休息回来了，遂决定吃饺子。此时，老大忽推门而进，说他先去了春霞家，一看我们不在，马上去了大奶奶家，也见了幺爷爷，他说两位老人家很高兴。老大说了很多聪明话，报了一切情况，惹得幺爷爷哈哈大笑。大奶奶对门一个新单元，和张庆环老师住一起，又花了800元买一台录音机。走时送玉生到大门口，招手道别，并要娜娜去玩。

老大不说假话，以上是实，可见幺爷爷对我们并无恶意，是误会也。

现在我和洁君都还想幺爷爷，准备马上就去，大奶奶上次见我并未说明幺爷分配了一新单元，可见也有一定的积蓄。

玉生并说二姑接了二爷爷来京住，幺爷爷马上说那很好，接二爷爷到我们这里来玩。我想您老人家是福星高照了，来京之途绝不可在昭化上，必须先去成都，然后购成都—北京之票，才能有卧铺。

现我在此，丁涛不能回京，每周来一次，已和她姐姐吵了一架，故小五也着急，很盼我们带老大作早归计，但老大病情回去也有不利，住院也不够格，故此进退两难，一时尚不好决定。老三住处更狭，在搭一个小房子，要买5元的油毡，洁君手中又不富裕（花钱如流水，老大一周乱买花去34元），故老三也吵了一通，惹得洁君掉泪，总之一切都靠钱，有钱能使鬼推磨，有钱则全家皆大欢喜，无钱则寸步难行。故此想来想去，只有早做准备为妙，走为上策也。

北医联系多给一间房之事，恐也希望渺渺。

我给小六写了信，可看之，互相补充。

在京观感甚多，准备写一组北京记录，和小七定的水平较高，只看他寄信去老人家看否。

世璟

1983.9.11

北京—天津

1983年9月24日

与妻书

洁君：

上午接到的信整整走了八天，我现在发一封，也不知你还在天津不，我已寄去了一封。

谈近这几天事，中秋前一天中午，老二一家来发生家，给我和老太爷各送月饼一包，然后晚上我去吃饭。发生21号去文县帮岳父搬家了。我就常去服侍老太爷，看来老太爷又可以顺利过关了。中秋小六让同事给我带了六个成都月饼，说给我一个人吃，我给你留下三个。小六说一定来和我们住在一起，做孝女。润文送了爷爷一盒月饼，我让他跟孙伯说照相事，今见孙伯他同意了，准备细谈。这里下了五六天小雨，才停了，文县路尚未通两头接，乃东国庆后去河北外调，倩倩可以背唐诗了，特聪明啊，说爷爷奶奶成天陪二儿媳妇也不过来了。

告诉大姨，知道她身体健康我非常高兴，祝她长寿，我们以后还可以爬景山照相呢。如果大姨能帮忙在天津找到房子，那最理想了，老二一定也非常感激的。只是不知道能找到不？天津我还特别想念小白楼，真想重返30多年前的故里啊。我看干脆你就在天津找房子吧。有了我们马上全体动员，卷土重来。新港船厂你问张媛离天津多远，在那里有一套房没人住，我可跟他联系看，近他单位，来信了解，我们一家情况，于主任来了解过了。

灶房太乱，无法收拾，你回来再说，屋里基本上干净了，老下雨，也没法洗衣服，两套被子。春文已洗衣了，还要晒一晒就行了。

我一个人很清净，谁也不进屋来，小唐和小戴打架也精神不好。午饭基本买的，吃了好睡午觉，晚饭则机动，昨上厂吃饼。8点半老大和老二夫妇看电影，我把华华弄睡了，才给老太爷去打针，婷婷肚子长疮感染已三天未上学，治疗中，未打针。

门诊大夫每人上半天，倒很舒服，以后化验室也可如此，还要添五个小护士来。

今天我想买蛋给春文她不让我拿钱，素芳却不一样了，蛋1角4分了，不好买，核桃、瓜子都未买，买了还要晒，等你回来再说吧。老二如4号走，我就要长住厂内了，要去一个月之久。

我喜爱的你也买不起，快门你争取买上，很重要，磁带当然要录好听的，照相了吗，相机好借吧，最好照一张繁华街景。

问全家好，到京待几天？我下一信如何寄呢？

上午11点50分到北京，坐了摩托三轮到能仁寺，开得飞快。这是想不到的贵，西安有摩托三轮（三轮装摩托）同样距离1.2元，玉生一到就吃面包，玉生虽然未评级，他说也不影响公疗。

而爷爷到澡堂洗了澡，便去大茶叶胡同，大奶奶前一阵吃了中药身体已全好了，大哥夫妇正和幺爹讨论“退赔事”，据说物资都已丢失，他们要反映到市委去。庆生非常胖且高。把志平也带那边去了，点生还没走，据说花了一年运动费，故是50多元，而且把户口迁来。

傍晚幺爹叫我去找兴玲，便去和四爹四妈谈了三小时，吃了晚饭。四妈身体不好，四爹听说给广疗洁，便高兴地要我做，我还给他写，摸了肝，不大。四爹情绪很好，兴趣很浓，谈了桥头见闻，八弟七妹也在，九妹也在。四爹说也是很老实，我回来时八姐已闻讯赶到，和玉生说有对象，带到家里来了。

幺爹晚上问玉生病情，她有一个熟人是前协华搞精神病治疗的，玉生态度也不自然。他看一下，已写信约时间了，又和我说了世培来，突然把老太的被子拿走了，她很生气，说二爷爷没用，说得我直打盹，她只好不说。

上午洗衣，理发走了很多家，到下午才理上，玉生说休息三天再去看病，他太累了，老躺着。幺爹也很奇怪，他胃口还不错，上午坐着吃粽子，老太跟他加了好几匙糖。后来我问老太这是谁，老太说我也不晓得，我说这还是玉生啊。她才恍然大悟。玉生坐在床上看书，她看不清，问我是谁，我说是玉生啊，给他把被盖上。她发现玉生老睡觉，就说“这个儿倒乖，老睡觉。”又问你那几个儿呢，一会清楚，一会糊涂。我骑了车把北京转了一圈，还是老样子，正赶上迎接越南贵宾，街上非常热闹。照相机的确50—70的非常之少，而且毛病很大，有一个哑巴也要买，就和我交谈，征求我的意见。这时老太拿起蛋糕，我撕了一片，给玉生吃了，刚才他已偷吃了一块，我还要买上，到这里来啥也没买呢。晚上，幺爹让玉生和我去看大奶奶，在家，见他很高兴，他看了德生的画册。

6月5号上午和玉生去看电影，他想看，没买上票，去缸瓦市吃了炸年糕，然后回家。正好张和杨大夫来看我，张先走了，杨留下吃饭，幺爹也回来了，忙着炒菜，后睡了一会，就去看电影。幺爹听说杨是大夫，当然也很看重。杨大夫告诉我他又有了一个小儿子，是晚来了，很活泼，一直在说话，他给玉生做了好多思想工作，说他自己受的刺激很大，但很乐观。他说住院精神刺激更大，不如多去散步找娱乐，多做思想工作。他厂有一个已好上班了。自己说她也在患病，有时哭笑无常，安眠药吃很大剂量，一家和幺爹亲如骨肉，她们买了粽子，幺爹就送他们鸭蛋带走。

昨晚给幺爹50元，她一怔，说给这么多干什么，我说是钱，她给爷爷8元，今早又交我30元说我掌握买菜，她自己留12元。

你寄来的药已收到，还没取，为什么不把药价写上，别人好付钱，天麻不好买，她说就不必买了。

幺爹晚上不让睡得太晚。6月6号老大一起来我准备了江米饭，后来他又吃了一包子。我说老太喜欢吃什么我买，她说不要买，这里总是，我明天再给买。

下午我考虑晚点去北医，于是先到王府井转了转，4点半去了化验室，见到李秀清，谈了一会，然后又到楼上，见到宋金谈得很热烈，小佟也问长问短，散会大家见到我都兴奋得不得了。王大夫一见我椅子没放下就和我握手，于是到另间房坐下和她详细谈了，她立即热情地去打电话，托三院一个大夫问许迪看不看（许是钱信忠——卫生部副部长——精神科专家，科主任)，后来，叫我明天再来听信。于是又和他谈了大约半小时，各方面都到了。之后他们要开大会，就告辞了，这次见到大老温，我说“老王就是对您不写信有意见”，大家都笑了。最可笑的是我见到小吴叫不出名字来，她们都说你记性不是很好吗，怎么这样健忘。小佟生了三个孩子了，化验室添了好几个新生力量。李庆堂孩子住院，于敏章也在，老休病假，不太精神的样子。

6月7号早晨先去买了豆腐，豆制品那么多，爱死人了，北京人那么幸福，点心也是使人眼花缭乱，只好先买了半斤给老太。售货员还是那么傲慢，不知天高地厚，应该送到甘肃改造，我问有没有黄油，她根本理都不理。

有一种桂林腐乳（1.5元一瓶）太好吃了，给你买上一瓶如何？

8点30分，同玉生一起到北医，他在花园等着。我上楼找王大夫，她首先说许大夫已同意看，但挂号不易，要自己四点钟去排队，我说没关系。她停了一会说，我再托人争取一下，又打电话。她又上楼去打了一会，这时我又到生化室见到小六、小洪、小方等人，大家问长问短。特别是那小元最热情，她生了一个男孩，还问你身体怎样，我说："干劲别提多足了。"王大夫后来告诉我下午找宋去再听信，她已托了两个人。告诉我，唐绮弟文离婚了，这位老奶奶也是命苦，然后又去找，她这个人事少，又比较谈得来，于是谈了半小时。说方问题已落实宣布过，但方后来神经逐渐失常，先是兴奋，滔滔不绝，再以后默然，情感淡漠，最后在会议室服毒。我再一问，原来真是长期精神病，听了使我不禁紧张。周说我乐观，善于生活，分别后遇到黄大夫，她爱人也是多年病，现服药一天达20片，上班，基本正常，较迟钝。碰到一些人也问你好。

回到家，托幺爹买药的华侨小陈正和老大谈话，其姑夫是安定医院副院长，托陈介绍经诊，于是下午3点带玉生到和平里高大夫家，陈亦骑车赶到。高是68岁，介绍后，很耐心地坐在老大对面，一个问题一个问题地问，老大慢慢谈出了活思想，主要是幻听。高作了解释，并说，先作肝功，正常则加营养，直到幻听消失了也要长期服下去，说病很轻，不够住院条件，因病人太多太多了。老大听了很信服，临别时还说“以后还要找您看”，高说“欢迎欢迎”。到和平里汽车走半小时1角5分，看来要买月票，幺爹一直动员买。昨还遇到了张瑞珠，她说玉生不能老躺着，一定要多活动多玩，高大夫也强调要多活动，以转移注意力。

晚上庆生是同大妈来家，买了10根冰棍，玉生吃得很香，饭后幺爹又拿出豆沙馅绿豆糕，口福慢慢地享吧。兴玲带着她四岁小儿子也来了，大吵大闹，十分乐天，说昨买了音乐票，想给我已来不及了。

8点多去找宋，他说喜事，王大夫所托之人，先后给玉生挂3号，只好退了一个，是11号，明早8点即去三院，宋叫我们化验室找肖英（原精神科化验室，其夫是精神科大夫）以便关照，并谢挂号之寇大夫，这是很不容易的，你想这么容易挂上号。玉生听了也很高兴。宋又说我的信每次都在科会上宣读了，很受欢迎。

世璟

1983.9.24下午

北京—天津

1986年6月9日

与妻书

洁君：

1986年6月8号，此刻我正百无聊赖地躲在北郊温泉邮局写信，今早6时多悄悄起来，谁也没醒，只有兵兵去了厕所，我打了一个手势他又上床睡去了。草草收拾了一下便出发去世培家。小五车子极好骑，本想路过海淀买些副食品，但道路却已大变，认不得了，一骑便到了西苑、颐和园，吃了一个干糖火烧，踌躇良久。到附近小商店买广西两袋速溶咖啡两袋果子品，上岁数的店员在算盘上打出6元4角，我没有像一般老头马上就按嘱掏钱，觉得钱不对头，我拿过算盘一打是5元3角7分，他只好承认我的正确了。

给大奶奶幺爷买苹果是售货员口算的，我也未核对，说9元就9元，反正是送礼吧，苹果是1.2元一斤，原想香蕉1.8元一斤，质量欠佳，且不出数，没有要。买礼物要怎么才使人中意，是门学问。我原来想买鸡鱼之类，但动物园没有，结果幺爷在路上碰见我们，我说买了苹果，她却笑着说，现在的水果不好吃，这个说法是对水果的客观评价，倒不一定是嫌我买错了。

三包木耳是想送张、王效道和周士俊的，分配方案煞费考虑，如准10包20包就好了。

骑了四分之三路时，屁股开始叫苦了，毕竟三年没有锻炼，一下子骑一小时多是够呛的。好容易找到世培那个楼，叫门却无应，问了两处邻居，说他们去长城了。我怅然如失，徘徊良久，考虑是回去还是坚持等。回去吧，虚了此行，人也太累，最后决定去更北边的温泉区，到新华书店转了下，想买本书消磨时间到下午，没有中意的，书架也远看不清，然后到邮电所，有不少杂志，买了一本小说日报，还先买了一本信纸。这样，我的消磨时光便得到最佳的处理，邮局的写字沙发很软，可以坐他几个小时。

你要说为什么不去颐和园玩，首先我累了，第二没带照相机，去了有什么意思，人山人海。我一定要等到她，问个水落石出。

再说昨天，从蔡大夫处碰了钉子出来，小五便带我们去超级市场，中午没有吃学校午饭就回家了。有一些细节，不好报道，卖个关子吧。

做一个公平的“记者”不容易。

小五没有怎么认真地看信，他也绝不会对侄女娜娜的信作出反应，我在推测他有了三居室会不会作出反应。

在郊区小树丛见有放蜂人的绿色帐篷，我只注意到这帐篷，想到北京来，就带一顶帐篷吧，在这郊区的田地空隙里，就在那里睡觉。然后站在天安门的中间吃一根冰棍，领略北京人的幸福。

如果我有一辆摩托车，就幸福了，自己屁股不会那么疼。

感谢邮局，还有几个小时可以见到世培了。

(19)86年6月9号上午10点在去商学院途中邮局，从世培家。

昨中午在温泉小铺吃了饺子半斤（1.4元一斤，真便宜），味道还不错，然后去太舟场，一敲门，小培出来了，她没有去长城，我和她谈了好一会，这孩子很被动，不爱说话，说“我妈没意见，就是不爱写信，我老催她”。两点多我睡了一觉，梦中世培叫醒我，很高兴，他们单位组织逛长城、十三陵。

整个过程很融洽，什么事也没有，晚饭西红柿炒蛋，刚上市，看电视（20英寸，1600元/台）色彩极佳，边吃边看。她说她不满意老二夫妇未来看她，她以为素芳还在京，(19)84年她在街上看见春文未叫她，是有这回事吗？说最喜欢华华，长得漂亮，所以二四房应和二姑加强联系，改变看法。

她送我出来谈了一路，说我一个住可以，有老大麻烦，害怕，招待所好的3.5元一床位，便宜的等明后天决定，我说多方面进行，四爷那里空着一间房。

爷爷上月来住了一个月，身体尚好，说卢静去了一趟法国，她去上海和兴玲见了面，都不爱说话，很瘦，学自动化专业。

今天陪玉生转一转，晚上住四爷那，明天去门诊。世培说“二嫂总不来”。

世璟

1986.6.9

又及：

一连串的凉爽天气，世培给我的草帽也没必要带，北京对我很客气，初步结算，七天花了路费交通费88元，杂用的50元，急等汇那400元来。

昨东四邮局发信后，去隆福寺吃午饭（已两点）一盘年糕3毛，一个芝麻糖火烧1毛2，小豆甜粥2毛，嫌贵未吃，既未吃冰棍也没喝汽水，但也不渴。该小吃店比（19）83年差多了，年糕居然有大盘7毛者，豌豆黄原来是一小碟，现都非买半斤不可。艾窝窝上面爬着苍蝇，排队的沉默着，没有人提意见，一支凄凉的队伍。给小五买了双人凉席6.8元，是他提出的，那就买吧，挑了两处，花了20分钟，售货员坐在那里不理你，我真想拿起就走，看她们能不能保持冷静。

到小五家，开了大收录机，音色还好，小五一回来就关上了它，真不知买它有何用，摆在柜顶上，太可惜了。晚饭后和小五去海院看那位刘大夫，送木耳一包（北京价半斤9元，极碎小）薇菜一包，另小五买两瓶橘汁，刘马上挂电话（她爱人是主任，室内有电话）给外科主任，立即同意去看，也不要病历了，刘一直推辞橘汁，看来人爽直不错。

随后小五随我去孙正家，稍后张炜亦来。小五把画向他请教了，谈到10时方散。张要请他和我吃饭，我推辞下周，张对我的友谊是其他诸友比不上的，孙只说太忙故未给我复信。

幺爷爷唤起了兴趣，畅谈而不已，又看了一组相片说对薇菜表示很有兴趣，叫我看四爷爷及世菅。世睿出差了，世璧马上要去奥地利访问，还问老四是不是当了所长。

有两事要特别提一下，幺爷问“到底住多久”，后来她说：“自己不做饭怎么行，范华有煤气灶，可以借你们用。”我道谢了，说准备住长了再借，在礼路胡同放着，幺爷用的是管道煤气，每月两三元，还说要借竹床给我用。

另一事是她很想用一个甘肃小保姆，要求识些字，靠得住，能洗衣就行，不让她乱跑，说小六用这个就很好。我想此问题要小六立即进行，把现用这个送来，小六另找一个，总之要认真进行，和老二下个月来就行，具体条件可以谈，待遇15—20元，工作不多，管路费。我给小六立即写信，要对方家里能离得开的，要爱干净，十五六岁。

身体好一些没，想来不？老五说可以再借一房，北京不是想象那么热，生活也算不贵，带骨肉1元一斤，瘦肉2元，木耳18.5元。

谁要来都可以，车到山前必有路。娜娜来吧，要先学礼貌，幺爷爷希望你来，今天还去了26号，金大妈问你好，金小丽见到了，石爷爷、王爷爷、王奶奶都不在了。

一个中型生日蛋糕4.65元，大型6元多。

各种袋装肉炒菜1.50元，丰富多彩，什么都有。

1986.6.12下午写

我买了茄子6角5分一个，三个1.1元，小五用了极多的油炒，肉是冻硬的，片成薄片极容易，多薄都行，冰箱真好，一定要买冰箱。小五大手大脚，说二哥200元早已用完了，就是喜欢花钱。晚饭可惜老大未来吃，饭后小五也骑车去蔡家，快到时车链条断了，车铺不敢修，返回时我扶小五肩膀滑行到武定胡同。

金嫂子说小六来过26号，希望都回来看看，送我到门外，赵德成也搬新楼了，院子挤得要命，生活在这样环境毫无乐趣。

孙正的房陈设最好，长沙发短沙发都是高级的，地上贴塑胶，电扇钉在墙壁上，还忘了说，今晚特地给景颐送去木耳，我说：“这是洁君送志询的，没你的份。”宋说：“嗨——！！！”

上午修好链条去幺爷家送彩照，适逢她又在接待朋友，交照后即看大奶奶，又谈家事。说庆生采独身主义，友生爱人不能生育，小红爱人是卖火车票的，可找他买卧票，世琪去美进修一年。四爷爷昨晚来了，知道了我的情况，坐了一会。世睿大哥出差回来，见面极为高兴，谈半小时，他在天坛卫生研究所，谈了做手术之事，不复杂，有镇静效果。小五要找我去吃饭，到11点多回来了。饭菜做好老大进门，吃得很满意，他买了8角钱的肉肠。

兵兵昨半天课，下午和我一起度过，我睡午觉他也睡，五时他开电视，看白蛇传颇专注。我是带他在院子骑一回车子，他知道我们住在别处，回家没小朋友，有此寂寞。食欲极佳，饭后喝汽水一瓶，点心仍不吃，食堂之点心极佳。

街上风光，女同志99%穿长袜，据说是为了美观，有人说是流行皮肤病故穿之，小伙子穿极紧之短裤（不是西式短裤）。家庭小三轮甚常见，280元一辆，女同志抱小孩，男同志在前蹬，状颇轻快，也很稳当。个别残疾人的三轮摩托，骑摩托车的人戴有保险盔，威风凛凛，速度快，目标小，极难发现，故拐弯只见大车而看不见摩托，须特别注意。汽车不许鸣喇叭，街上安静。我照了三张街景，觉得不好取镜头，须登高而又找不到。

来京七天了，尚觉一切顺利，唯钱花得快。

小五醒来，马上拿出汽水喝。叫醒了酣睡的老大，此药强镇静，他从来午睡不打鼾的。

世璟

1986.6.13下午1时

北京—天津

1986年6月18日

与妻书

洁君：

昨全天在小五家吃饭，他回来吃现成的，真有那么舒服，乒乒回来就做功课，叫大伯检查，有了错误就改，不像华华，不虚荣。

今天又全天吃饭，老大买了切面，我去给四爷送借来的《唐山大地震》全文，惊心动魄。后找了宗清华，他在街道工作，月薪30元，还保密。

再去丁大妈家，共送礼6.06元，总计给在京亲友送礼已达50元（包括木耳，所有该送的都送了）。

到十五，见李芬电报，啰里啰唆，多花了一元，应措辞“站方索款”就可以了，我今与莹发电报：“手术效佳，予交800再汇400。”

决定按自费600元交款，即与张庆华写信，当然600元也要报。

晚饭做烧茄子，小五又买10瓶汽水，一瓶葡萄汁（他等于消费15元），大手大脚，不知节省。

归家时去宋处，宋说是离休，因他（19）48年参加了外围组织之失业，这个事蹊跷，我也和他同时期参加的，是否我也该离休，此事要问张孙。宋现拿150—180元，他问了身体如何情绪如何，如何排遣，建议打牌，说打牌乃万乐之乐，必然上瘾，最好来点钱的。

刘成天听音乐打毛衣，一点也不烦，问何好来，他的小鸟渴死了，甚为悲痛，不想再养了。10点半告辞。

昨晚去张殿生家，电梯下来时，他正好在里面，是准备找我去，幸好相遇。在他家谈两小时甚洽，他对整党悲观，说大补费已经吹了，中央不想给了，提意见也无用，约我星期天吃饭。

宋还说，联合退休者办一个联合结核病诊所，在北太平庄，正招兵买马，问我有意合作否，可以来谈谈，打算去一下。40年代和方塑，是地下工作领导，张殿生说退休后写小说，他当然有条件了。

璟

1986.6.18

现在是上午10点，我在西四邮局。

昨天即18号，是他服药10天该复查了，我半天怎么挂号，幺爷说可跟大哥借车，我也没借，凌晨3点即起床出发，街上根本没车，只有极少的行人也是去挂号的吧。我一鼓作气往北郊走去，路上还快跑了一阵，想五点即有班车，必须赶在上班之前到三院，结果5点整到了三院，足足走了一个半小时，合16里之多，到时已有50多人（各科一齐站排）。我站排不久，汽车便到了，一下子来了40多人。6点一刻顺利地挂了个第4号，于是我又坐车赶回家，又跟老大出发，于8点15分赶到三院，他根本不信我是徒步走到三院的。

这次是方大夫看的，别的大夫不在。我问别的家属，他们说谁看也是一样，就那么三种药，一个病号还是自己去看的，他已病一年多，开始说胡话，现已很好，上半班，减量每天只服10片奋乃静了。萍荪说你如来京，她就请假来京聚会。

冬虫草已到，幺爷去取，是12元吗？多少苗？几分一苗？不写清楚。

早晨幺爷让我送东西到前外金鱼胡同，带老大去玩，我说他妨碍行动，但她还非要我带，并说“玉生不许捣乱，要不就不让你住了”，他当然很听话。到了前门他果然提出先看电影，我嫌贵，他还是花6毛钱买了两张票，在等开演之前他带我（必须以他为主）逛了几个服装商店，他想买上衣，便也只雾里看花。电影看完，想吃包子（幺爷介绍）我本来不赞成，这时已一点，包子铺的掌柜也午睡去了，只好到一家饭馆吃了一个熘肉片。

然后买了6斤19个香蕉（2.7元）准备给幺爷送人，老大精力充沛，说走天坛的路吧，于是进了天坛。他很有兴趣地看了橱窗家居，逛了祈年殿，阳光非常好，可惜的是没书包，没带相机，他也不愿坐长椅歇一会，老是走落后，快出北门时，才设法在草地上坐了10分钟，出北门已三点一刻。

我寻找到金鱼池那家，他在外边等，我进去送车的，主人说儿童影院有电影，于是老大感兴趣，非要看不可，走到前门包子铺，要等40分钟，他就建议走到东长安街去买票，我看他精力充沛，只好支持。路上遇见欢迎马里贵宾的群众队伍，他也挤到跟前来。

五点一刻顺利到达东长安街买了票，我们便在街旁石凳上坐等，6点50分开演直到8点20分才完，这是一部反映医生思想斗争的片子，蔡大夫应该很好地看，老大聚精会神地一直在看，该笑的时候他也笑，说明很能欣赏。

散场后他又建议在外边吃，我反对说：“你也不心疼钱吗，以后还要玩呢，今天已花了近3元了。”他只好跟我回去，这时王府井已歇息了，一片乌黑，完全不像西安那么灯火辉煌。回家果然很好的饭菜都准备好了，幺爷爷知道看了两场电影把我说了一顿，说把他太累了。

要知道从前门绕天坛公园再步行到东长安街有十几里路呢，但他没表示怎么累，而且在公园还吃了中午一顿药，路上有时说少量的感想，这都是很不小的进步。在前门一家修半导体的铺子我们一齐参观了达15分钟之久，他钦佩不已地说：“这个人修的速度太快了，但他们的检修仪器还比不上我的。”

他到眼镜铺参观了好一会，很想配，他近视程度太深了，戴我的正合适，但是钱不够了。我们两人花钱，从5月20号起已花了80多元，下月你不大力支持（必须7月1日电汇）就没力量买任何物资了。

和生来信，还要我给豆买一件的确良上衣及裤子，你说怎么办？

1986.6.19

又及：

我已通知小三小七，小七仍然不急，没有来信，真是沉得住气，潘驰也还没有来信，但我不怀疑他对我有了深刻印象。

老大说，为什么妈总不写信来，我说，一定在路上，快到了，但我也很难肯定你是否已写了信，你生活情趣太少了，人家怎么那样会生活，宋基本上不上班了，7月份就拿离休费了，没有提去大同，大约因为我有了住处。

路过刘玉馥家，敲了几次门，无人应声。

400元小五取了，我也不问，看他私自动用否，你儿子我不保险，他在物质上永远不会满足的，我不敢向站上提出1200，但如按自费600交，以后报销会不会有麻烦，不得而知，我已向张庆华打了招呼。

已给萍荪写了信，问她能否来京？说你7月份可来。

北京一点也不热，不用怕，电扇一直吹，空调是1万多元一台。

我的耳朵已争气，早7点就开，直到晚7点。

北京的外国影片是6角一张票，令我大吃一惊。

所有的书亭，纯文艺只三四种，大量的是综合性、娱乐性的。

图书馆还未去巡礼，但商学院的书已不如（19）83年了，地方小人多，没座位。

北京还可留恋的吗？

1986.6.20

又及：

7点多钟，我叫老大去商院，我自由一天。

自由自在地飞驰在如镜的柏油路上是非常惬意的，不知道老二为什么不想享受一下，非要在汽车里当官迷！

在林桂斋喝了一碗豆浆，没吃午食便出发了，在西单照了一张

“天桥”，照街景要非常耐心，等待时机，我想同时照下骑小三轮和骑摩托的，但没有获得这机会。什么时候小三轮也按上电马达就好了，有的是老头拉老太太，有的是妈妈拉孩子，但绝对没有老太太拉老头的，女人到底不如男人，女人的一半是男人。

到长椿街（即顺城街），找到了自由市场，只有一个卖旧杂志的，两个卖旧铜器及自行车零件的，很失望。一位外国女郎在和一个摊贩做什么交易，大约是古瓷器之类，围了许多人看，她走到另一处，问：“有什么好东西？”

想到了菜市口有一家小吃店，我的年糕瘾犯了，一找，没有了，我开始分析是江米供应之故，很愤愤然地离开了那里。到信记店，问：“为什么这索尼磁带这么便宜，不是4—5元吗？”长发青年说：“那是什么皇历了？”我只冷笑了一声：“你一无所知。”他都没有反应。

从和平门穿过去，经过厂甸，那里特意搭了一个牌楼，涂上鲜艳的红漆，没有下车进书店，一路驰过去，到小六部口过期杂志部，我不能不下车了。一位中年人无声地递给我一本又一本选刊，这是友好的推荐，和黄毛丫头截然不同，我买了二本，便宜了一块钱，在马路边，又拍摄了一张，收进了摩托骑士。

直驰王府井，进新华书店从三楼到一楼，一个部一个部地细细翻看，开架式就是好，看中了至少10本书，如杨沫的日记（4元），希特勒传等经过非常严格的筛选，只买了沈从文文集及王蒙的小说创作，花了2元5角。要知道，小五两条黄花鱼就是3元。黄花鱼和两本书的价值却有天壤之别。

女店员毫无顾忌地尖声谈笑呼叫，下次我要带录音机录下来，周围全是她们的声波在激荡着爱书者的耳膜。北京是她们的，甚至中国也是她们的，她们真是爱店如家。在店里和在自己家里那样的自由自在，快乐逍遥，为什么不呢？她们坐在椅子上，等着顾客毕恭毕敬送上书，即使是一本书，也要神气活现地按计算机电钮，我怀疑她们的智力衰退了，衰退到1元1减1元是多少也必须用计算机了，也许是向我这甘肃人显示她们工作的舒适与现代化。

我说："书全翻烂了，为什么只放两本让人翻呢？"

回答也很快："你要是领导就可以这样做——那得多少次给拿书？"

"这烂了应该减价。"

"我们宁可扔了，不能减价，这是规定。"

铁饭碗就有铁的回答，我们之间毫无共同的语言。为什么要和你有共同语言？亲爱的大北京是我们的，而不是你的，我们占有这座位和电扇，而你却没有，你只能站着，难道不是这样？

确实，我在这伟大的文化提供站老老实实站了三个半小时，从上午11点到下午2点半，我失望的是没有找到(19)81年之后的内科学，内科学年鉴也没有介绍脑外科治精神病，偌大的书架竟然没有精神病学。

到音乐公司，女店员快乐地放送"通俗唱法"的巨大音响，五个店员围坐一起欣赏彩色电视，直有那么幸福，没有买主，哪个买主敢打扰她们的专心呢！这电视，豪华收录机以及巨型音箱全是她们的，你掏钱才能享受，而他们不掏钱便能日日月月享受。

从书店出来，太阳已有烤灼的威力了，我极想吃一根冰棍，但人家却在吃蛋卷冰激凌和“双棒冰棍”，在2角5分至3角5分之间，我没有买，我必须把精神食粮和消耗找回来。

尽管脚板已开始发痛，百货大楼却不可不巡礼一番。楼旁的羊肉馅饼店已换成了“快餐店”，西式的座位，金碧辉煌的组合灯换来了高消费，一盘虾仁炒饭是两元，我和几位客人一看牌价便逃了出来。人行道上有一个食品柜，两位外地游客望着蛋糕和4角5分一个的巨型麻花，喃喃地说：“可惜太干，没有汤。”他不知道这是王府井，是向外国人显示中国人的富足和幸福享受的橱窗。所以，宁可叫中国同胞饿着也不能让大碗茶和馅饼向外国人丢脸。

大楼我巡视了两层，我只注意到照相器材外表豪华而普及教育物却贫乏极了，这和年糕类食品的减少是一致的，菜市口的江米制品已不存在，你必须去护国寺才能找到，而我已没有精力和情绪去护国寺了，尽管我十分想念那里的豌豆黄。

一直到4点，我才吃我的快餐：一根蜜麻花两只小烧饼，一共1角8分，然后睡了一觉，不想去商院了，6点又出去买了两个糖火烧1角6分，这是真正的美味。想吃方便面，无热开水，全天的食物价值3角9分，可称节约世界之最，是白开水两杯。

老大回来已8点，说小五把鸡做了，才想到今天是星期六，改善伙食之日，今天虽无口福，但有精神之福。

老大开大了小电视，影响我看书，于是我骑车出去，考虑了半天是无家可归的彷徨，于是决定去花园村，快到的时候发现黑云压城，赶紧往回骑，然已晚矣，大雨倾盆而下，我摘下眼镜，浑身是水地挣扎骑到了武定侯，老大表示遗憾“真对不起”，马上拧小了音量。

幸好衣服有两套，马上换了，室内温暖，灯光明亮，于是我写下了以上三页。你们看到这里很高兴了，说“内容丰富”，而我却是开始叫苦了，谁要我不多买一个糖火烧呢？

我要去睡地板了，凉水擦身也不忘胃，天之降大任于斯人也！

1986.6.21午夜

早8时小五来找我们玩，但我今天要请张炜吃饭，小五买东西送蔡，我拿出20元让他考虑去买，不拿钱不行，究竟小五跟他怎么讲的不清楚，结果他买了三卷画轴15.5元，由他自己来作画，再送蔡，蔡是否中意，我就不管了，反正是满足了小五心愿。

他们去前门买了画轴，都一处吃了烧卖一斤价4.3元，比我昨天多花了10倍。

10点到张家，随后孙夫妇也来了，黄敏穿一条黄花格荷叶裙，帮爱玲切菜，收碗，落落大方。菜颇丰富，凉菜八盘，熏鸡、肉饼、皮蛋、罐头鱼、粉条、腐竹、沙拉土豆，热菜是红烧武昌鱼、西红柿炒蛋、青椒肉丝、蘑菇炒肉丝、香瓜汤，喝啤酒加橘汁，饭后是自制冰激凌，味甚佳。我也学会了怎么做，只要你买了冰箱就行，天天吃冰激凌，原料是鸡蛋、糖、牛奶、香精等，你看人家请客是如何大方。

谈话的水平很高，都是政治、弊病、人事关系，没有废话。饭毕，孙问我们想不想听中宣部部长、文化部部长（王蒙）的最近讲话，于是打开笔记本一五一十传达了半个小时。中央的精神是团结、宽松、和谐，对于整顿改革则活血化瘀，不要大补大泻，意即和风细雨。

中央对《新星》持肯定而保守的态度，认为捧得太高，事实办不到。重要的是要进行体制改革，说现在只有一个大发动机不行。

党政要分开，厂长还要给更多的独立权，经济搞活基本上是放手搞，摸索经验，不要轻易约束控制。现在苏联都在认真地学习我国经验。

但对于人民如何享受运用更多的民主权利没有谈什么。还回忆了40年代的生活细节，记忆极好，他说“你曾写信告诉我，下次来洁君就要以主妇的姿态招待你了”，他把词句说得多么清楚。

我再次表示了宋对老朋友离休和入党都不说，说他和宋的交谈，根本没有我们这样的水平，纯粹消闲聊天。

对岳也有意见，彩照一年多都不见影子，张给他写信告知我已到京，也没回信，他到处通知卢世璟已到京都，如同李向南到京都一样。

到3点钟才尽欢而散，张说他腰疼，过一两天去海淀看。

回商院，也没法休息，给小五兵兵老大小茜理了发，老大特精神，穿上新衣新裤，朝气蓬勃。兵兵和茜茜玩环行火车，他的题都由大伯检查，有错就更正，有两个100分。他听说爸妈奶奶要来了，欢欣鼓舞，每天回来就喝一瓶汽水，3点半准到家。今天由五婶带他俩去动物园，外国婆婆给他们小粒巧克力，小汽车，气球挺大的，很高兴。

晚上回来不久，又在下雨，我和老大聊天，谈“妈为什么不来信”，碧口情况一无所知，我们很想知道，每天有什么人来看你。

老大只有110元了，我只有两块钱了，真是可怕，现在就等站上再寄400，老大让寄40元来，6月的等用（他让写的）。

你怎么也得五天写一封来嘛，精神还没恢复吗？到底想不想来北京？李向南来北京还没有走。

孙正送我6本世界画报，老四最爱看的，回去要带一大包书。

比我们那书柜还小些的书柜，商场卖200元，大组合柜1000元，简易小沙发96元一对。

这十几天很难熬，你最好和老二快点来，也好叫老大好混日子，他说明天跟我去少年活动中心玩。

真希望明天你的信就来了，也不能这么懒，碧口的情况也得报嘛，平等往来嘛，我每两天一封嘛，老二的深圳信来得很及时。

1986.6.22

又及：

下了一夜的雨，昨晚张炜特地来商院看妈和娜娜，和生也在，大谈深圳观感，尽欢而散。其时开始下雨，冒雨返回武定，仍然睡我的地铺，老二在雨中去常州，撑一把自动伞。

下午和小五去取厂内汇来的购胶带款2000元，又去厂甸，王府井买条幅，为了庆祝么太爷爷的寿辰，小五自画寿桃及梅花各一幅，两幅共10.8元。

娜娜仍然没写信，她说“妈妈让我记日记”。我说：“日记写在信纸上让你妈妈及时看到，不更好吗？”但是她不听。你们应叫她写信才对，她对着彩电目不转睛，只有到了切菜时才放松一点。

她跟兵兵玩得很好，兵兵做完作业她检查。

6月28号上午五个人一起去海淀见了一位张大夫，详问手术情况，他解答得详细，术后最多住15天，要做高级检查，如CT，做这一项即200元，还未弄清这检查费是否在1200元之外，妈渐同意手术。

下午3点，除小五外，我们四个人一起去展览路，幺爷爷很喜欢小五的画，当即叫老大给大奶奶挂起一条“梅花”。幺爷爷有一位老同学暂住她家，说7月4号以后娜娜可以去住了，又夸了一次她能干，娜和兵旁若无人地玩。奶奶和幺爷爷一直在谈手术问题，结果6点半才走。因为四叔大多大好全回来了，一个一个地谈，大爹大妈送到门外，妈说没有架子了。

他们三个回商院，我和妈去宋家，到8点半才回。宁又离休又入党又加了一级工资，还定了副主任级，四喜临门得意扬扬。

今天商院宿舍一邻居向我说：“我跟你孙女说了说话，她语言表达能力不错，应该培养，可以在北京借读嘛，以后考商院，分配好，要注意数学和英语。”原来娜娜和这老师对话了，这老师较有水平，肯发表个人意见。

娜说我外出时“抠门”，我当然要“控制”，妈在展览路上。

我大房关系彻底好转，谁都可自由前去探望，都会受欢迎的，不见礼物没关系，二姐来信想看兵兵，准备带他去。

想喝橘子水，想要三杯，我说：“不要忙，先打听价格。”一问，原来是6毛一杯，吓得赶紧出来，转去买5根冰棍，5毛，如上王府井，5根就1.25元。

卢静穿一件旗袍和爱人赵庆照的相，赵长得很年轻，小孩样，比她高一头。

西瓜是2角一斤，这几天尽在吃西瓜，还很甜，宋大爷知碧口无瓜，说他到碧口去种去。

站上来电报，不信要600元，非要住院证明不可，只好让海院开了证明，这样一样，只好按公费交了1200元，公事公办吧，和水电五局的，公费的收费多，私人的收费少，我想替财政局省钱，他们都不信任，不理解，是大官僚主义，在术前还要做好多检查，费用也惊人，如CT一项即要200元，此机器北医才有，是100多万一台，全国只有两台，CT是透视，有无瘤子一清二楚。

按公事公办的话，手术要排到两个月之后，我们可以提前，但至今还未完全落实，介绍人已送第二次礼了。

1986.6.27

上午约定去八一湖玩，我因发信耽误了，两次去八一湖未见他们，只好听音乐。这收录机为二哥所买，音质很好，他们12点才回，奶奶又晒又累，原来他们下了小路，说娜娜下水游泳了，相也没照成，兵兵不知下水没有。

午后八个人怎么能挤在屋里，我和娜搬两把“躺椅”到操场寻了一个荫凉，后来奶奶也跑出来了，于是我又铺了凉席，轮流在上面睡觉。夏天真正地到来了。4点钟，学生在太阳下打篮球，青春的活力使人羡慕。

郭院长要茶叶不会是一斤，可通知他，可以买，要几斤他就寄钱了。大学毕业了就分配北京，要留在甘肃，我就做大官，改造碧峰沟。之后我带娜娜骑车，丁涛带兵兵（在前边）骑车，她技术异常熟练，一起到附近买蛋买菜，八个人吃饭嘛。晚上丁涛做了四个菜，饭是要求正规的，按照小五的习惯，西瓜每天是不可少的。娜看见香蕉（1.20元）非要给奶奶买，我没有同意，我说不能看见什么好的就买，娜娜也同意了。

娜娜还是只写日记不写信，到底还是孩子，条件也不好，小屋子人多也不安静，加上彩电老在放映，晚上要无法利用，老五什么也不干，指手画脚，又怕丁涛受累，我当然还帮奶奶洗头，洗衣服。丁涛表现任劳任怨，是员干将。

娜娜没有喊挤喊热，每晚和奶奶睡小床。

晚上去北医看老朋友，他是教授了，神经科的，他告诉了六号文件内容，其中三条和我有关：①经济上适当补偿（即不全部补发，只发一部分，不会是几百元）；②级别要拉平（即我比同样的检验员低，就要拉平）；③生活上要妥善照顾（我的情况即可向上反映）。他告诉了落实政策办公室负责人名单，建议我去找医科大学（即医学院）落办谈目前困难，这院子几座楼全是北医人住的，有好几位熟人。

六号文件是全国性的，你们可注意，打听一下，文县是一定会成立落办的，这是在（19）87年以前要落实的全国性政治任务。

今天寄住院证明，并给张庆华写信，说本来要付600元的，因要证明，就按公费公事公办预交1200元。再寄800元来。小六今天来信说是站长主意，她正为难，现在重要的问题是动手术如按1200元交，则要先借出800元才行，还不包事先的检查费。因此，数目惊人，还不知如何办才好，后果堪虑。

世璟

1986.6.29夜

北京—碧口

1986年7月4日

与子书

发生、春文：

文竹浇水了没有？小五的文竹不如我们的长得好。我和老大的信件，邮购书都要去梁家问问，天津应有4本书寄来或退款。

小五半真半假地说，你们每月寄40元，让娜娜在这借读，娜娜嫌贵，天真地说："我自己掌握，每天在学校吃饭。"我说："应该讨么太爷爷喜欢，把你收留下来。"娜娜说："我不稀罕。""你怎么这么倔呢，在北京念书不好吗？"娜娜是有心眼又死心眼，她并没意识到留不留北京上学只有她自己努力方能做到。

在张爷爷家吃西瓜，因不甜她只吃一块便放下了，张爷爷让她再吃，我也劝，她却说："我说不吃就不吃。"张爷爷吃了一惊，这孩子怎么这么硬啊。我赶紧说："这样说不礼貌，应该说：谢谢，我刚才水喝多了，不想吃了。"

后来，张爷爷拉着她的手说："星期五让你爷爷送你来，我带你坐汽车去看那个住12楼的张爷爷，让他尝尝坐电梯的滋味，好吗？"娜娜同意了。

昨天，张表哥来了，带一个10多斤重大西瓜，娜兵各拿了一块特别大的吃，7个人都没把这瓜吃完。最近买的瓜大都又沙又甜。1毛5分一斤了，是水果中最便宜的了。想做冰激凌给娜兵吃，但两次做都失败了，娜吃得直想吐。说不好吃，但兵兵说好吃，还要学习做。淀粉说是玉米面做的，又细又白，但不知是否没它就做不成冰激凌。当初老太爷做，我也没学怎么配料。小五说，只要户口来了，肯定要分三居室，因是三代人，现商学院正盖宿舍楼，这恐怕是他的主观愿望吧。

此次落实政策，非常认真，所以退款及户口95%没问题，但户口来了必须和小五能和平共处，因为退路已没有了，你向各房商量，要不要迁户口，此事事关重大，各方必须商定，和各方利益有关。

父

1986.7.4

碧口—北京

1987年1月5日

与妻书

洁君：

上午10点去门诊给老大买健肾丸，回来老大便说素芳来过，把刚到的北医来信拿走了，我只好先看你的信。贤婿的信也看了，写得很好。我10点刚写一信给你们，现在只好又花8分钱吧，好在什么都涨价，只邮票没涨，所以要多写信，趁没涨价时快把所有的信写完。

按顺序讲吧。

11点，赶紧煮面条，是昨天外边切的面，既不白，也不耐煮，怀疑被人换掉面粉，以后再不去轧面了。然后去厂，12点半老二才回，素芳在收拾很多的肉，似乎有所行动，她曾说7号是华华生日（却忘了我6号的生日，腊月初七）要我去参加宴会（我一查记录，兵兵生日是1月6号，即本年赶上和我一天）。

老二半假半真说老三来了长途，一会说春霞得了结核，一会说老三要出国到肯尼亚，一会又说是业务电话，搞不清，然后他请吃饭，很简单。我陪着吃了几片肉，素芳未吃，一直在忙，到1点2分，玉祥夫妇带一女子来了，我和老二去办公室取信，问他玉祥何以来这里，他不语。

看来是请玉祥吃饭，我就回到春文那里，说了这事，她说订购的大彩电已来了，颇高兴。我说为了孩子学习，买彩电不一定合适。她说我决不跟你借钱，我说："借倒是可以嘛，确实为了孩子。"

唯一的乐趣就是看杂志，王安忆的风格大变而特变，卢莹什么时候才能欣赏呢。

世璟

1987.1.5

碧口—北京

1987年1月8日

与妻书

洁君：

发生回来见彩电甚喜，但有雪花现象，今天已把乃东天线拿去安装，想能克服。

礼物一一收到，乃东支援的材料极好。彩色洗印究竟好不好掌握，有开展价值否，希望表态谈谈见解，今年我想买虎丘相机。

昨下午发了我二人之（19）86年公费医疗费（我们发的是199.73元），想存入银行，给老大也存入50元，已还老二200元。

可以过一个肥年了，但我集中在精神享受上，要买耳机、磁带、音箱等等，只有音乐才是最理想的伴侣。

老大之一日到晚高度音响令我心烦，我只能关两扇门把音隔件，然后享受我自己的音响。他们买了60元钱肉，此外还要买米面。

你不回来生活也过于寂寞，伙食单调，我一人对付他也心烦，但你回来，必定阻挠我的音响爱好，或者我住到灶房去，开阔天地。你回来家里就来人，热闹，你不来鬼也不上门（现在老大忽外出，没说干什么，可能又去镇上了）。我们几乎没有可能去文县，故要你作归计，我是无心过年了，什么扫房洗被都完了。

已给幺爷又发一信，寄什么还未定。

川流不息的信邮局也烦了吧。

那插头还买两个回来，极好，已用上，是双插录音，质量好，你买的是2.5mm 的，有3.5mm 的才好，买一个比这个粗点的。

璟

1987.1.8

碧口—北京

1987年1月29日

与子书

和生、素芳：

今收到29号信。

素芳写得很清楚，又生动，只是动态写的还不多，如斌每个星期天怎么过的，你每天又是怎么过的，北京还有什么新鲜事，小五学习如何，你们计划何时返等等。

写幺爷写得细，幺爷留你吃饭你就吃嘛，幺爷再没说12条吗？我现在对幺爷不抱希望了，以后他搬四姑那里很远，我也不会去的。四姑是卢家最缺乏人情味的一个，尤其四姑爷，到过德国，更洋气得不得了。

现在华华在这里很习惯，和我们很有感情，她一点也不想你们，每天高高兴兴上学做功课，写大字。奶奶提高了伙食，早晨叫醒她经常是牛奶蛋糕，油条发糕，变着花样吃。华华也胃口大了，一顿吃三个包子或20个饺子，饭也比老二吃得多。奶奶看见也高兴，孩子皮实，下课回家洗手马上吃饭，不像娜婷还要饿一个钟头。大伯给她拉灯，还和我一起给她洗衣服，苹果花生梨枣天天吃，要欠什么学习用品就买，奶奶说："华华像一家人，想要什么就说，华华性格老实讨人喜欢，我愿意把华华包了。"所以你们不要考虑华华，放心大胆地在北京过，做临时工也不要紧。

以后，万一斌斌回来，也千方百计让华华跟我们过，明年小六答应我们去泾川，也把华华带去上学。

我想去信和蔡大夫谈谈，看看他有什么建议，他专搞小儿肾炎。

小六近日来信，公安局及大修厂都顺利同意放人，把商调函寄去了，故落实很快。小六目前在公安局办公室，写了些材料，领导也夸她。只是身体太差，出发时陈送家具走武都天水，小六从碧口走，她想让妈跟她一齐去，以后我和老大再去。

妈自9号病后，三周未上街，近10天才做些家务，慢慢缓起来了，但仍有头晕乏力。已开了两瓶脉通，治血管硬化，食欲还好，妈也想开了，提高伙食，不心疼钱。今天大鱼（2斤重）又涨到3元5角了，不像话，肉仍1.7—1.9元，蛋大的已2角6分了，工商所还没采取限价行动。

华华的厚衣服也取来了，随时加减，每天就浇花，邓华没陪周去玉门，斌帽子一到即寄去。

小唐小戴28号返碧口了，磊磊也回来上学，说以后寄讲习的，也可在北京参加考，他们调动仍未落实，但存在希望，因她妹在大兴。有病不能照顾老人，这一点符合条件。过厂把挂面拿了一些，留了一些，没受潮，我把屋子又擦了一遍，缸也准备换新水，我把许多相片拿来贴你们的新相册，有时间就贴。

老二种菜也要注意身体，至少每晚吃两片安定两片B6、B1，有帮助，谷维素也要吃，先保证你自己别垮。我们最担心你脑子出问题，夜里大喊大叫可不好，北京好中医好中药那么多，去治嘛，我院张荣发、许结荣夫妇都请病假去京20天看了病，也逛了一番，长城都去了。

胡克兴来碧口，我们请了一次，他因忙于走未来吃，我们是诚意请的，因他帮乃东向厂长求了人情。

我给老三写了信，问他们近况，孙儿女太多，照顾不过来啊。明年去泾川是方向。

父

1987.1.29

碧口—文县

1987年8月30日

与妻书

洁君：

5月28号情况如下：

昨未接到信，却见到了叶金山，不知何故不让他带信，他就住在里边那个院子，房子是别有洞天，小而招人喜欢，是妹夫之房。

昨晚老大又说了几个新的妄想，使得我很焦急，今天上午却又转好，反复不定的思想终于同意了去京，接受了一切准备。我早上又和张师傅谈了半小时，他早晚来看玉生两次，并帮办好汽车票。

上午他们都表示要照相，于是和张杨国萍金等人都照了，大家都很高兴，带200元开证明，再支老大二月工资，换粮票代办了，总之一切都很好。下午睡了一会，并写了介绍信托人买火车票，住转运站暂时休息，并去唐家，她叫上孩子带玉生送。

晚饭他只吃一个馒头，菜也不让买，心疼钱，昨何大爷给他带的肉饭，吃得好香，我问谁给做的，他说是何大妈做的。

傍晚我谈了40分钟，谈得很好，他说是他建议让我代表去，路费报销的，我说何想得很周到，我解释了何不去的原因，他说能否去十几天就回，我说那怎行，他含糊地说，三个星期吧，他倒对我扣得紧，叶金山说不管他，去够了再返回。总之双方都还满意，他给我倒了茶，送出大门。然后又第三次去学校，仍无信，赵新平明去桥头，于是在王老师家给你写了一个条带去，又去看了茹主任老师，风荣的妈也在那里，找宁大大看病，下午我去找黄大夫碰见宁，很骄傲，架子大。黄不在，后在街上是遇见，他约明天找我，不知有何事（后来没找我）。

何大妈大哥也已谈妥，让小六在那里吃住。

我的外交做到了高峰，非常活跃，还忘了说在街上遇到谁，他说不久到桥头看我们，问我身体好不好，然后他去理发了。

和大妈、姨父照的相昨在叶家冲出，很成功。

我要去何家好几次，坐一会就走，只吃了两次饭，不敢打扰。

所有的白纸都给何用完了，故用此纸写。昨和生给小六写了页信，鼓励小六，寄20天无信，他很焦急，还想给她买东西，他跳高扭伤了踝部，卧床休息，兄妹俩很亲切，小六说寄不会不去信，街上遇股长两次，人很文雅。

老大这些天大部分时间躺在床上，但吃饭也走得很快，如果商店遇见熟人也主动谈话，就是不能串门，有时和我下棋。

何也要和你的熟人写信，要求帮助治疗等事。

张师傅建议上车就打卧铺，多花十几元，他也不想买，看能否买到。

我现在是一时冲动去北京，夜里想能办好，白天却又缺乏信心，反正多找老领导吧，北京的活动更加要活跃，此次是应该有必胜信心的，我吹了大话，说啥都好解决，如不有些好转，也不好回来见人。

你要做好精神准备，7月底接我的班，钱就别还了，200元也要？

29号，上午萍找我写借条，我写了预支200元并老大工资52元，结果到下午4点萍说还未批，车票也未买，我去问张，他说明无票，要后天走了，我一急说了一会，杨把萝接来了，我一看他们要研究，就出来了。

现在是夜里11点，我估计为什么今天他们要研究问题，是怕不同意预支老大的？怕是杨想跟我们去看他的头痛病，他下午给我们送了10个火烧来，我说250元太多了，他说借300元才好，我们去京他是支持的。

看明天怎说吧，又拖一天，上午我还打电话说明不查呢。

粮票下午带给了两个月78斤换了30斤全国粮票，其余要老四换，因有火烧，老大不想去食堂，我正发急，小六淑文找我去吃面，只好去了。我每次要出去他总是不同意，但出去了他也无所谓，睡大觉，毫无办法。

世璟

1987.8.30

文县—碧口

1988年1月11日

与夫书

世璟:

今年过得好像特别快，怎么糊里糊涂的腊月初七都过去了，看着看着春节在即。今天问了一下人才知是元月10号了。本来我说送老四去，还有些话要交代他，说又感冒了，有些喘就没敢出去。姑娘马上就要考试了，她特忙很苦，我只好等她顺利地考完再考虑走否，我看你们就别来了，老大不愿来，再犯病也不好。这里住处也不太方便，现在他们俩在外屋单人床睡，我和倩倩在屋里双人床睡。做饭也麻烦，电炉子电不足，每天定时来电，没电时室内也冷，我就对付着穿得多，有时太阳一出来我就坐在院中晒太阳看书。等电来了才做饭。每天也是干力所能及的事。姑娘是不叫我做，我在这里看着活不管心也急。乃东和你一样早上不爱起床，每天左叫右叫的，倩倩还听话每天按时到校。也会说好多话了，大了懂事多了，北医批了500元就还给老二吧，还欠200元，我也不知道。要存300元待外出用。我们的工资发了吧？我也没钱用了。你在发生走前安排粮食油都买好（我们从京来买的40斤面50斤米都快吃完了？不可能吧？）药费报了除去还上400元也只能报140多元，你算错了，不是550而是540。我还要等着找张站长一趟办老大事，找人很难，好容易走到那人又不在。我出门困难你也知道，路不好走，灰尘特大，特别是起风的时候。大嫂旅游天府去了吧？衣服也不给我带来，我没换洗的，这几天都是上呼吸道感染，每人都咳嗽，天气很不好，春节前下场大雪消减疾病。四天前有一次地震电台报了，凌晨3点，卢莹他们也到了，我幸亏是吃了安眠药睡着了，不知道。好了，叫虎大夫来看我说北京来电报批了回京，中医学院大概过了春节后走。我打算买一斤木耳给大嫂及幺爷各半斤寄去，你可叫发生代买。包二个包分袋装。我们把叫壹拿来了，答应给她寄粮票，我寄，张卫也要送点东西，你考虑好抓紧时间，春节前？我在这一想起你们老大就心急火燎的，不知你们每天是怎么过的。你们千万别把老大放在家里不管，自己玩去。要监管他吃好，检查还要买什么。不能太忘了关心，少管闲事，两人把伙食做好吃点，老大你也要活动。再有千万可别乱花钱了，站上什么都有，再乱花钱就不给你涨工资了。花这么多钱，我受这么大罪为你，你心里要清楚。现在弄得我无家可归，有家难回，妈最苦了，在那也要花钱，受累吃不好，这你也清楚。我还能折腾几年呀，我在文县给你办事也是最后的努力了。出门多难，找人求人更难，我也是硬着头皮干，每天我都是自己安慰自己，自己劝解自己，一切都想开了，能干多少就干多少。为子女也就够意思了。妈没有什么福，到目前我还不知道依靠谁好。反正节不节的我无所谓。我不来就让发生将工资给我。这两天家中老二老四他们都有什么事，斌斌的情况怎么也不告诉我，很挂念。节前你不打算给幺爷爷大嫂寄去封信么？小五来信了么？医院情况如何？

君

1988.1.11

碧口—文县

1988年2月18日

与子书

发生、春文：

信收到了吧，又想给你们写了。

昨天看(电视剧)《血线》正好计的是工商银行信贷员犯了错误，道理我不太清楚，既然贷款人找了保证人，贷了30万很快又还上了，怎么就有错误呢，中国片子就是吝惜对话，以致交代不清，如郑越打了儿子一个耳光，却没讲他到底怎么错误了，仔细讲一讲，外行也长了见识嘛，我理解是信贷只接受了5000元辛苦费，算是个错误，这片子正好和你的工作结合起来。

我今天找树平做了胃镜，竹竿粗细，软的，插到胃腔当然不舒服，四五分钟就结束了，眼泪都出来了，我抓住何院手臂不放，恐怕妈是受不了的，结果是浅表性胃炎，食道炎(下端)，胃酸多，返流到食道导致发炎。他建议吃雷尼替丁，说如好转，就不一定在京复查了，但也得小心恶变。

说胃镜两年前就买了，小曹也出去学了，但并不让他做。

你们好多报告文学我想订成合订本也来不及了，一定要保存好，这是历史文献，别的可以卖，这个不能卖，要订成合订本才不至于丢，不要随便借人。

以后家具怎么运也不知道，五个箱子都得运，被子还装不进去，总不成到北京买被子，两家的东西恐怕要三辆汽车运，淘汰一些也得两辆车，一辆自行车据说运费要40多元。

关于我的录音机问题，现在还没想好，也许留给你们也许带去，因小五的是台式，这个是便携式，将来娜工作了给她也行，小的当然留给你们，换一只马达12元就行了，邮购。

你们今年也搬不成吗？邮票册这么重要的东西为什么不带去？价值连城，你们也不怕人偷。

父

1988.2.18

泾川—碧口

1989年5月20日

与妻书

洁君：

18号当天12时到昭化，立即花2元坐小面包去广元，到了后顺利地买了8次特快27元，2点42分开，走4小时，午夜12时到西安，我坐了5分钟马扎，邻座就让我上去坐椅子了。不挤，一节车厢三四个人站着。没有带杯子是错误，只好喝了两口人家的浓茶，全天只吃了两个豆包，两块月饼，尽量节省钱。邻座三人是师傅也谈不来。

到西安一些年轻女子招呼住旅馆，没有去住，因花五六元只待5小时划不来。于是在街头待了5小时，又困又乏，马扎起了很大作用。在小吃店吃了一碗所谓刀削面3角5分，认识了一个中年男子，聊天，他也享受了我的马扎。站外来了大批农民工，最后有300余人之多，我担心买不上票。5时开门，人群一拥而上，所幸买平凉一线的只十余人。我问一个穿全身军绿精悍打扮的女子，她正好也去泾川，戴一副眼镜，垂一圈眼镜链子，想不到在售票口她主动提出代我买票。因窗口小而又有一段距离，手臂短的人很吃力，她比莹稍高一点，很快买了8.8元。然后交谈，她单刀直入问我到泾川什么事，于是告诉了儿女在那里做什么事。她马上感兴趣而又肃然起敬。她是太原煤矿管理局的秘书，到泾川附近农村看教书的父母，也要到县委办理报煤炭工人的事。5点40分准时开车，非常准时，有20余节车厢，车身比普通班车还长一米多，车速极快，往西北开。一路上继续交谈，她非常健谈，于是知道她参过军，19岁就结了婚，大约26岁，有个5岁的儿子，人极瘦，不算好看，但气质极似杨澜。山南海北地谈，但避开敏感话题。她经常去北京出差，还办一个内部经济学刊物，她也写经济稿子。于是我说，我的记者女儿像你一样是外向性格，但还不及你的处事干练。7个小时有了一个可谈者自然不寂寞了，但也有一段时间我大打瞌睡。她用近身小刀削了一个很大的苹果，切了一半给我，味极甜。我吃了也无法还赠，因西安水果极多，香蕉1.9元，苹果1.5元，梨1.3元，但我两个包的拉锁全坏了，只好用别针别上，也疲乏吃力，没有买。提包在到昭化途中便发现拉锁部开了20公分长的口子。分析是被人用小刀打开的，幸好没丢东西。旁边小青年一直在睡，两手也没动，我也没发现脚下的包却出了问题，也许是在上车一刹那间的事，我只好在广元买了针线马上缝好。

12时许车终于到泾川，这女子便主动要送我，先到了县委门前，我打听出电台在另一方向，便说先去女儿家好，她表示不解，也许怀疑我有县委主任儿子是吹牛。人与人之间互相戒备，说明社会人们往来不正常，说明社会秩序并不稳定。但由于我和她的知识素养，很大程度上突破了这一矛盾，总算互相信任吧。她又陪我走另一方向去电台。泾川第一印象便很好，街道宽达七八米，柏油路，整齐的格局，楼房交杂，饭店高达六层，很壮观。一些大单位楼房皆气象肃穆，比如公安局便气派非常，人民政府县委办公楼更非碧口可比。上了电台四楼正好莹从房门出来，见而大喜，我介绍了那女子后，莹便下楼送走了她。

王爷爷也在这里住了一个多月，我们大谈特谈家事，很投机。王奶奶从塘沽来信我看了，说二姨父是机修厂的厂长，已替乃东找了车工事，房子也有，只要他干得好便可长期干下去。乃东于是请了一个月假，去塘沽试上班，一月后如一切都好，便考虑把这边工作辞掉调去，以后莹也可活动。这一步非常要紧，莹在此别无大方法，但她毕竟要跟乃东在一起，所以方向也是塘沽（离天津约100公里汽车一个半小时）。岩的意思怕塘沽若干不长，这边又丢了怎么办，但实际是多虑。因二姨父特意让王爷王奶在塘沽定居，他给安排一切，而且和泾川杜经理要洽谈在塘沽也开一家饭馆，王奶奶要亲自去北京新春居找杜谈，此事如成功可安排王小三的工作，甚至素芳要去也可以。房子好找，开个体饭馆照相馆都可以，极有前途，小五也可开表铺。莹已不想调碧口了，放弃了。

我想，王奶奶姐妹之情难能可贵，人家都考虑彼此切身利益，倾力相助而不只是问候而已。

按次序说吧，莹马上找来了岩。岩不胖也不太瘦，十分沉稳，烟已真的戒了，别人让他抽他说嗓子疼推辞掉，也不给别人发烟。晚上林红带小梦来，梦和照片一样，大眼小嘴，好看，也聪明，很重，我抱着吃力。岩春节便可分一居室一厅楼房，离莹较近，现四层楼已快落成了，他建议那时都来住，就不成问题了。当晚去看了岩的居处，房显窄小，用水须楼下提，所用保姆小女孩还能干，也住在这里，名金秀。县委大院很深，要走一会儿，院内花木扶疏，十分雅静，你会十分喜欢的。

莹四楼共两排8间房，其余房只晚间有单身汉住此，十分宁静，水也就在她的跟前，厕所亦近，比四房方便多了，比二房也便。炉子安在阳台有鼓风机，生火极易。倩倩不算瘦，是王爷来后才胖的。每晨六时王爷送她上学在外吃早点，上下课都接送，不接送她也可自己回来。车子不算多，但主要大街道，王爷特别警惕车子，老叫我别骑快车。倩极聪敏，总爱问各式各样的“为什么”，问得有水平，因之知识也较丰富。能说“寂寞”“孤独”这样的高级词，只是爱吃零食，做功课很自觉，按时睡觉，也午睡40分钟，由王爷叫醒送校。老师严格迟到就挨罚，莹每早也得6点起床，给倩带一点食品课间吃，早点则习惯在外吃面茶、油条、豆腐脑。

世璟

1989.5.20

第二天即20号，莹决定随拉木料车去你们那（后拉车不去）。因莹学习要走一个很长时间（上班就无法回来，也许要半年一年莹不能调）她一个人既寂寞又劳累，工作和孩子难以两全，比如冬天炉子没有怎么办，所以想要我们来住，以便解决问题，她也极希望你来，我认为泾川相当好，是一个正规小城市，早晨王爷陪我散步河堤，小树林葱葱郁郁，视野开阔，许多老头老太太在林中跳迪斯科或作气功跑步，在碧口看不到。商店很多，大楼货物比碧口齐全多了，街头包子馒头全是洋白面，农贸市场比碧口近多了。缺点是大米1.20元一斤，莹岩已数月不吃大米，吃饺子打牙祭，吃大馒头才7分一个（二两票）随便买，我吃一个特大，此处肉、茄子、洋白菜价格差不多如碧口。

20号下午王爷和我三人骑车40分钟到温泉，在“太妃池”洗温泉，池塘有老二浴盆4个那么大，深1米，哗哗放满热水，如游泳一样在水里起伏，不必心疼，才6角钱，泡一个小时，洗了后我背部也不痒了。诚神泉也，你一定会喜欢的。碧口是又小又窄又脏又乱，而泾川是卫生城市文明城市，行人很少，寂静得很。

21号上午我等四人逛了回营，不算远，你也走徐州，看上此地，当晚放大了，陈上相有一笔收入，他查之还有一批我来做，逛完了回营到岩家吃饭。

王爷说如我不能值班，他只好安排文县住房，事后再返泾，但也得11月份，希望我在这里住好，今已22号估计仍不考虑来，我只好去协助莹渡过难关。此去意义重大，关系今后生活决定安排，倩冬季病无人照顾不行，这孩子又极聪明，能和人随意对话，也是乐趣。如你回来，你和莹倩一房，我和老大一屋（两床），各得其所，只是冬季气温低，屋内可点炉子，但走时我衣服带少了，帽子也没带，鞋也没带，莹说你们如不来，只好叫我过了十一返回。因此莹给我买了一件毛衣（如伍建民的一样），买了一个助听器30元，我戴了很响，就留下了，我耳朵更聋了，不戴不行了。

他们说从（19）89年元月起职工每人都发了6元“高原补助费”，我怎么没有你打听一下，人人都有的，王爷说还看了文件，退休者每人给生活补助费，但不知何时实行。我衣服带少了，长裤只一条薄的，又是单鞋，大错而特错。

我仔细观察，乃莹过得也很苦，家具不全，碗橱小，餐具没处放，吃得简单，室内大整修。似乎刚搬完家的样子。一看即知生活不安全不正轨，都需要钱和家人的支援。莹精神还好也不瘦，只是欠休息好，一天忙忙碌碌，以后更困难了。所以我一心想留在这里，岩看来还好些。

今天赵书记在街上也要去开会。我说至少一个月吧，他也没说什么，不过，他们只斤斤计较我的假期，可见他们是多么狭隘，你要跟他们解释，这个病积极治，就有希望，不积极，就没希望，而且不能只视眼前利益。

世璟

1989.5.30

碧口—泾川

1990年4月10日

与子书

莹女：

最新消息：

富生今(3.1)来信，说上海南京流行肝炎，上海人“外出逃难”，死亡数不公开云云，对南方来客采取预防措施，建议我们考虑缓行，此外重申要住需花费500元，18楼有急病不好办等等，要我们“利弊你们全面考虑，来去自由”！

我成了台湾人士了。

此外今年还有全国预防地震的消息，说一有情况“18楼大难难逃”“生死也不在我们一家”等语甚悲壮。

怎么办呢，是否泾川才是“王道乐土”？

老奶奶吓得说：“今年哪里也不去了，死心塌地跟素芳过算了。”

刘心武又写六篇小说，一篇一篇地发。

文化馆又订了小说及散文，甚中我意，只是馆员大不如那个，是睁眼瞎子。

书，如有他的散文集立即买，此新开书店是肖庆生亲戚开的，又售烟卷糖果根雕之类。3月3日前后消息老二和张通，紫苏、薇芽也有希望，中美合资公司想要。

上午带娜婷去看斌华，三个女孩比较沉默，谁也不说话，没有喜笑颜开，只是默默地弹琴，默默地看画中电影明星，默默地到了一点多钟，我只好下令撤返，王倩在此想必改观。

娜说写了一篇“小说”？只能给爷爷看，而不可给妈看，但她还未正式宣告何时向爷爷呈递杰作，据说第一读者是卢婷，但至今也未给我。

娜收到一信，不想当场打开，赫然乃一大贺年片，贺词写得很有诗意及哲理，最后署名为“你的同学”，于是大家哗然，然后心照不宣。

我不能去参加政协了，给主席精心写了一信寄去，不去也要扩张影响。

不订阅报告文学者都是政治文盲！我希望卢家儿女都读“报告文学”，它几乎全面地反映中国政治，我相信西方的情报研究员必读“报告文学”。

然后于2点30分回来睡觉，再去厂，此时知道老二是26日坐8次从成都去京，带了4封信，说到吴大夫家送了好酒（30元一瓶），然而还是得于次日到中医院挂号开处方。他说激素吃得太多，建议逐步撤。

9时回来，才知道春文带二孩已来过了，吃了晚饭把剩余物资一扫而光，谢天谢地明天好做新鲜的。你们老两口也不晚，引一个病人，我也是不孝之子，说得老奶奶掉泪。

父

1990.4.10

北京—文县

1990年12月12日

与子书

发生、春文：

每天注意广播，知你们平安无事，二哥3号来后，即去市人事局海淀审计局报到，户口也上了，还须另拍照领身份证，随身携带的行李也在4号去车站取出，8号小五说讨论是否他同意分福香园西里二居室，因路远20分钟，如搬，则需要我用三轮每天接送4次，学期三年，我说这任务太艰巨了，恐完不成，因茜经常被老师留下做功课，下课不准时，最后也没定下来，他说还是努力争取14层三居室。

8号二哥下决心搬，马上拆了上下床，连同其他生活必需品，一共七八趟用三轮运六郎庄，彩电也运去了。三轮起了大作用，当晚他俩和四孩住内室，一人床一上下床，两个火炉，十分暖，但蜂窝煤一天要12块。这天下午，小五给娜学校通了电话说家具正到，前两天老二去过一次东部货场，说未到，要天天自己去打听，则可由他们去打听，不会说事。

9号星期日一早6点多，和富出发去货场，中午12点25分才运到，两汽车，东西就卸在胡同外，不管搬进去，我们全体动员，包括大哥娜娜，用三轮运了30余次，三个半小时才运完（胡同有100米长），邻居小罗也帮了忙，院子都水泄不通，摆满一大片。

11号上下午我和大哥去参加布置清理，晚上丁涛也来帮忙，她和老二抬重箱子，令我们惊讶不已。到晚上9点，院子里物件才搬完，只余遍地的纸板草绳待处理。

北屋三个大床支好了，箱柜自然摆得密密麻麻，空间不多了，但是显得很暖和，大圆桌组合书柜放里屋，孩子学习方便，只是斌不愿住外屋，非和姐妹住一屋。

电冰箱被货场倒放，关门检查说坏了，要260元修理费，今二哥去货场交涉，才开了证明明天去海淀保险公司索赔，还有桌断了两条腿，碗柜箱柜书柜也断了腿，只好用砖头支起，大玻璃碎了两块，还碎了二碗二碟，在上车时他们也未精确点数，运家中时也未点数，但到目前为止还未发现短少什么。小西屋当然也满满当当，恐睡一个人也困难了。

婷每天做娜指导的功课，还未着手进行转学事，娜感到负担沉重，她嫌六郎庄远，二伯说以后骑车上学，接连两天娜到18楼吃饭，三女孩每天都得去18楼上“大使馆”因六郎庄无厕所，公厕脏不可言，今天娜开始穿金色大羽绒衣戴毛线帽，更显得胖胖乎乎的可爱，她校开了上级视察会，说有可能改重点职高，师生都高兴。

小五问娜想搬走吗，娜说不想，和五叔婶待了一年挺有感情的，主要是这边有厕所洁室，生活方便。但六郎庄住习惯了也会觉得不错。

是时，因和芳对因他们睡哪个大床意见不一致，芳竟哭了起来，说何必来京，丢掉了工作，做临时工不好看，发了一通牢骚。所以真正适应新环境还得一段时间，特别是经济上花费大，夏天要好些，虽然有了煤气罐，但要买高价煤气10元一罐，蜂窝煤平价不够用，也要买高价，1角5分一块，平价5分。

小五愿意同老奶奶住，而二房则要我们过去，两房都在争取，看来我和大哥都得过去，14层住不长，老奶奶也不想去，这样我只好两边跑，更要疲于奔命了。8号我带奶奶去口腔医院补了三颗牙，用13元，遇见好大夫优惠了，否则没这么便宜，整个看牙五六次用70多元。

婷刚来时气色不好，现已好转，犯喘，她已快会三轮了，还照了相，以后寄来，华的脚板一直未全好，走路疼，还要看。

12月11号，我和大哥二哥一天的努力，加上晚上丁涛又去帮忙抬箱子，终于所有器物都进了屋子，北屋大致放进了30多件，其余放进西小屋，无法放床了。北屋三张大床，设计得非常稠密，空间就很少了，但三处全有沙发，比起小五家要舒服多了，画个图如下：

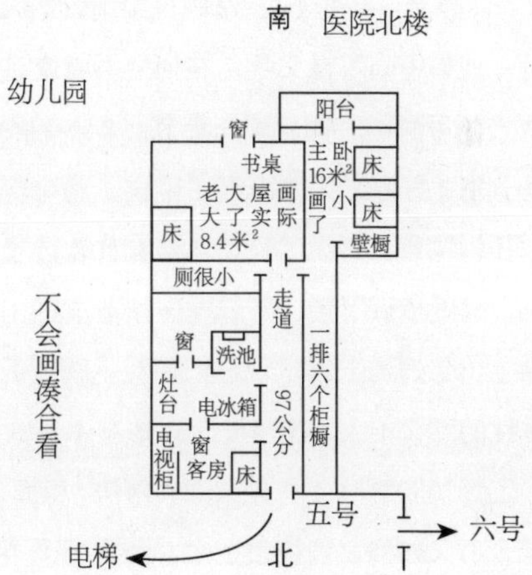

发生、春文：

你们好！11月工资给和生了没有，如给了就算了，如没给请速寄11、12月工资及烤火费，等用钱呢！孩子们都好思念，欢迎你们春节来京过年吧！1000元怎么没寄来？问大爷、大妈、大伯好！

12月12号，上午奶奶独自去购物，我看18楼，下午去六郎，二哥说：①审计局已批准上班，工资一月发；②户籍警说18楼人口多，须上集体户口，区政府同意，小五说也可以，上他户口无何好处，租房不能入户口；③保险公司同意索赔，明天来看冰箱及家具损坏情况，寄保险单来。

晚收你信及婷证件等，小五说钱琪红来数次电话，说晚上来家谈转学事，我即叫老二及婷来，娜说功课多来不了，一直等到9点10分钱小姐才进来，满额热汗，自带一副袖珍耳机，面色健康，谈吐爽直，无多礼节，到10点5分才走：①她仍介绍统战部某领导，活动中（太远了，婷又不会骑车）；②她说给地震老人打了电话，对方查了资料说：地震中心不是文县，在何处不能说；③发生、春文要找工作，两人都写简历，而且须在春节前来办，春节期间来无意义，意思要马上来才好办，因要人都在年底。

奶奶向她托付致意，她说“只能说办着看吧，我也不能保证”。走时电梯不亮，只好步行下楼，老二婷一齐下去。

她说了徐宇仍是扫地工作，说你们如转干就好了，但会计也较好找，做临时性的意义不大，要争取正式的。

问题在于工作如能解决，住处又如何解决，老二费九牛二虎之力租了房，但今后又如何，经济负担大，且租房又不可靠，再搬一次家，又得200多元运费。

调动问题发生从未仔细谈过，你们到底如何打算？

奶奶情绪不稳定老想回碧口，跟儿子过主要不清闲，我住六郎两边跑，老大住西屋放不了床，空间少，且又得生火取暖，费用更大了，必要时，只能他住18楼厅，我和奶奶过六郎，六郎一天两次水，须用缸备，垃圾须用三轮拉到150米倒掉，孩子们一天得上一次“大使馆”，洗澡洗衣也得去。老二把好些杂志都处理了吧，真可惜，不知你都拿去了什么，那些连环画其实不该带的，而杂志都有保存价值。

小六那里我一周一封，小七则读多了，他极少发言。

父

1990.12.12

记忆：举目天涯

这是深夜，小河的水哗啦啦地流向远方，不时传来磨坊里咕噜噜单调的磨面声，伴随着一阵阵飘来的“牛儿回来了——牛儿回来了”低沉而又有点凄凉的磨面老乡的歌声。窗外正下着大雨，雨点急迫的节奏打在大芭蕉叶上响个不停。

——摘自母亲回忆录

十三岁作文

那年我十三岁，在张家口扶轮小学五年级，级任老师姓储，一米八的个子，健壮的身体，性格善良开朗，讲课非常认真负责，但是也很严格，对学生要求高，而且最喜欢好学生。

那时我是全班第一名，女同学劳云瑞是第二名，第三名是吴振坤，她是残疾人，每天拄着拐杖来上学，十分吃力。我们三人都好强，在学习上竞争得很厉害，谁比谁少0.5分就会哭鼻子、不吃饭，上课时背书互相抢着举手，都是对答如流。

真正的考验到了，记得有一次全班到云岗游玩，回来后要求写作文“云岗旅游记”。

我细心下功夫写了12页那么多，从出发到游玩一直写到回学校，写得生动流畅，交给了储老师。他批改完了作文。一下子跑出教室寻找到我，高兴地一下子把我举起来了，他举着我的作文本要我看。

我一看啊！本子上全是打着红红的圈，评语是：“见贤思齐，颇知努力，真乃凤毛麟角也。”储老师把我的作文贴在黑板上，上写“王薏荪大作”，然后又在班上大大地表扬了我一番，我高兴得趴在桌上偷偷地笑，又流眼泪。

当我抬起头来，发现黑板前拥挤着同学们在看我的作文，劳云瑞和吴振坤还趴在桌上哭。

光阴似箭，日月如梭，一晃我已八十四岁了，每每想起童年往事，学生时代的快乐生活，一种得意和满足渗透着我的心灵。

储老师啊，您在哪里？我怀念您，感谢您对我的教导和鼓励。劳云瑞、吴振坤，你们又在哪里呢？

我真想你们啊！

2005年4月14日深夜

于床上

黄家花园

那是在1942年的天津英租界黄家花园义达里，有一座二层的小洋楼，盖得精致漂亮，是一家私人开办的小诊所，院长孙子洋是日本帝大毕业的妇产科教授，圆圆的大脸盘，白白净净，一双海样深的大眼睛十分有神，一笑眼角微微地下垂。

他的夫人也是帝大毕业的妇产科大夫，胖胖的有点严厉，叫人不由生出敬畏。妇产科的病人真是有点怕她，常常产妇忍不住痛苦大声喊叫起来，只要她轻轻说上一句话，产妇们就好像打了一针镇痛剂立即乖乖地安静下来。

大儿子也是帝大理科毕业。这时还没工作，协助父母经营这个诊所，有两名护士，管护理兼管药房，还有一个拉黄包车的小李，两个搞卫生做饭的勤杂工。

这个小小的产院在黄家花园小有名气，每天来就诊者络绎不绝，楼上有三个床位的病室，经常住满了妇产科的病人。

在一个雨后夏日的傍晚，大姐带着20岁的我来到子洋产院面试，这是大姐的小姑子的朋友许文娟介绍来的，她和院长有点亲戚关系。

天气凉爽，使我心情愉快，但也不免有点紧张，孙院长微笑着接待了我们，很和气地向大姐点了点头，又飞快地上下看了我一眼后，坐在桌边拿起我写的简历说：“听说卢永春医院出来的人都很不错嘛！”

他简单地提问了关于诊断治疗护理及药剂方面的一些问题，我都一一回答得准确无误。“不错，你明天就来上班吧，有什么困难吗？”

姐姐连连地说没困难，她高兴地站起来和院长握手，说谢谢，然后又说，我妹妹年青老实，离家远，院长多关照吧。院长微笑着看着我们离去。

总算从此又有了固定的饭碗，管吃管住，减轻了大姐的负担，我心里别提有多高兴了。自此我不怕脏不怕累，勤勤恳恳一心扑在工作上，对病人热情负责关爱，院长夫妇对我都很满意，经常有急诊外出时，也带我去，我配合得很好，总是使他们满意而归。

吃饭是在二楼厅房，四菜一汤。我们和院长一家人在一起吃，护士李小姐、白小姐和我共6人，每次吃饭院长和徐大夫都给我们夹好吃的菜，这对于在北京家里只有棒子面窝头，而且还吃不饱的我来说，简直是掉到幸福窝了。

我拼命地把工作越做越好，一天没有病人，中午休息，我正在药房写药名瓶签，整整齐齐，忽然院长匆匆地推门进来，看了看说：“你中英文都写得帅，好极了！你怎么不抓紧时间休息呢，傻丫头！”

的确，我的钢笔字写得很漂亮，很多人夸我呢。

就在不长的时间里，我刻苦地学会了接生的技术。

八十四岁，2005年4月24日深夜

旗　袍

尔岛百惠从日本东京由丈夫陪同飞到天津子洋产院来了，可见老院长的名气。

她是院长的老病人了。28岁的百惠长得小巧玲珑，白白的瓜子脸，一双迷人的大眼睛闪动着长长的睫毛，柳叶眉，小小秀气的嘴，一笑一排整齐的小白牙，好看极了。

她是怀孕第一胎，才三个月。反应严重，吃什么吐什么。院长亲自检查，病人因频繁呕吐，处于脱水的状态。

“王小姐，准备病床，要输液，尔岛太太来了。”院长说。

病人很虚弱，千里迢迢，她疲乏无力极了。我赶快挂好输液瓶，一针见血地穿刺好、固定、调好速度，她紧闭着大眼睛，静静地躺在床上，她丈夫拉着她的手，温情耐心地安慰着她，一边不时地抬头看看高高挂着的液体瓶，看看液体走了多少。

这已是中午12点多了，尔岛已经完全安定下来，是该吃午饭的时候了，我让尔岛的丈夫山本太郎去吃饭，他取出自带的干鱼片、三明治，还有一瓶红葡萄酒。

他也会说简单的中国话：“王小姐，请你快去吃饭吧，太辛苦你了，”说着一边深深地朝我鞠躬，真是太客气了。他穿着西服，没穿日本和服，个子不高，但十分健壮很有精神。

我看太阳从绿色的纱窗照射进来，室内显得透着热了，就随手把窗帘拉好，看看病人，摸摸她的额头，看看输液针头好好的，液体的滴速也合适，又整理了一下床单，小便盆放在床边小椅子上，我轻轻地告诉太郎先生有事就按铃叫我，桌上有开水瓶，请随便用，我会随时来看看的。

我轻轻地拉开门，轻轻地走出病房。这时，院长和徐大夫在二楼窗口喊，王小姐，快来吃饭吧，都等你了。

尔岛太太每天都在输液，但还不时地呕吐一阵，妊娠反应有时是非常顽固的，但经过治疗，已经可以吃一点东西了，就这样一直住到终于剖腹产生了个大儿子。

院长和全院医护人员每天都围着她转，想尽了办法让她产后快些恢复，百惠抱着她可爱的儿子，深深地感谢中国的好医生给了她幸福。

又是一年的夏日中午，孙院长收到了从东京寄来的包裹，是一个非常精致的古铜色饭盒，是日本人每天必用的器物，其中有6个小格子，装着日本的特产干鱼片，还有一件细丝纱的旗袍，淡绿色的叶片，衬着粉红色的小桂花，院长递给我说：“这是尔岛太太特意在日本给你定做的，快穿上看看!”

我不好意思地穿上了，果然很合身，我对着镜子左看看右看看，真是漂亮极了。

2005年4月26日深夜

北新桥托儿所

那一年的夏天，我刚刚下夜班，就蹬着车直奔托儿所看小四，没有回家。

那时因爷爷奶奶在经营着一个小奶茶铺，十分忙累。我们俩都在医院上班也很忙，无人照顾孩子。

老大老二老三都在洁幼托儿所日托，早送晚接，有个熟人外号叫西葫芦的大爷专门接送，每半月交一次钱给他。小四是全托在北新桥托儿所，每到周日回家一次。

快一个月了，我一直牵肠挂肚，心不安宁。我慌忙地推开育儿室，一眼就见到了小四一个人在小床上来来回回地走着，小手指头含在嘴里流着哈喇子吭吭哧哧地说：妈我还吃——妈我还吃。

小床上只有一块油布，上面全是尿，一只小脚丫踏在粪便上，室内有三个小孩在睡着。我一把抱起小四儿泪流满面，气坏了！匆匆地给小四洗干净小脚丫上的粪，穿上衣服抱着他，直奔所长办公室，他们正开会交班。

“你们是怎么搞的？太不像话了，为什么没有一个人照管孩子？小被子、小褥子都哪去了？他的衣服呢？你们把这么小的孩子弄成什么模样了！家长怎么能放心？”他们要接过小四，我拒绝了：“把东西给我收拾好，还有奶瓶子，马上出所！明天我来结账。”

他们惊了，再三地抢着找原因来解释——我们刚才还看过他了——有话好好说嘛。

我气坏了！不由分说将小四子的东西团个被单走出所长办公室，喊了一辆三轮车，坐上就走了。

外边下着大雨，坐在车上紧紧地抱着小四亲着他的小脸蛋：“妈再也不送你到托儿所了。”他的小手紧紧地抱着奶瓶，吸着奶露出幸福的微笑。雨点不断地打在车棚上，啪啪的直响，我的眼泪流在孩子的脸上，心疼得不得了！

第二天所长找我来了：“王洁君，你也太不给情面了，你还在医院工作，影响多不好啊！顶着大雨硬要把孩子接走。我们体会一个做母亲的心情，但是你怎么就不听我们解释呀！

“没什么可解释的，孩子这样可怜的现场，我不能容忍！”不管怎么说，所长还是连连的表示歉意走了。

自此在景山东街找了一个小阿姨，她每天早7点接我的班，我8点上医院，这样夜里我看着孩子，白天由小阿姨照看，小阿姨很伶俐耐心善良。爷爷奶奶也抽空时不时地把小四接到奶茶铺来玩，经常吃到新鲜的羊奶，这样我上班也放心了。

2005年5月16日夜

手摇缝纫机

那是一个初夏雨后的傍晚，晴空万里，蓝天白云，空气十分新鲜而凉爽，我已下班，正在给孩子们忙着做晚饭，孩子的爸爸提着一台缝纫机是手摇的，高高兴兴神气十足地进了屋。

“看！这是在西四旧货拍卖店买的，才10元，你喜欢不？”他高兴地说着：“马上你就可以给孩子们做衣服了，省好多时间了。”

我抬头看了看像个怪物，又像个小火车头。

“能用吗？你就会买破烂货，10元钱能买多少菜呀！”我说着，他把旧缝纫机一下子放在桌上，一屁股坐在椅上，打开座灯，就全神贯注专心地把机子转盘、齿轮等都拆下来了，用小刷子上上下下地擦净油泥。

又来了不是？先生有个老毛病，不管是什么新买的东西，都拆，大至自行车、收音机，小至手表，他非都拆开看看，重新再鼓捣一番才罢休。

我见他大汗直流，算了吧！快去吃饭，都凉了，我说着他，这会儿他就发动起来飞轮，用右手摇动着缝纫机把，机子黑亮亮的。

过来！教你穿针引线，如何不断针、不断线。我坐下找一块布放在机面上，右手摇动起来，左手不断地移动着布，扎好了一条条的线，好灵活，哎呀！行了。这比脚踏的方便，那大家伙我们也买不起啊！

这不就是穷则思变吗？

一月中最快乐的就是两人发工资的前三天，先把房钱交了，粮食买了，粮本上的每人半斤点心给孩子们买了，分给他们解馋。

星期日我和先生带着四个孩子去逛龙福寺庙会，一进门口就先商量好，他带老大老二逛旧书摊、自行车零件……我喜欢去百货商店看看衣服、花布小百货什么的，带着老三老四，就是玩具商店不敢多逗留，玩具都很贵买不起。

然后再约好时间在隆福寺小吃店见面聚会，每人吃一个糖火烧，一碗用大铜壶冲的油茶面，老大爱吃灌肠，再来一盘也就满足了。

在布店我买了一丈二尺蓝布，三尺白布，孩子们最喜欢海军叔叔的海军服和飘散着二条白带子的海军帽。我想自己用手摇缝纫机试着给孩子们做。

先生买了一本裁剪书，先量着尺寸，身长袖长翻领口，又拿着孩子们的小衣服比量着用心琢磨着。这样拖拖拉拉的有一个多月了，才大胆下手把买来的蓝布裁剪了四件小衣服，白布都剪成了条条，每件衣服的袖口都上三条白边，大翻领子上也上了三条白边边。

我也慢慢地熟练了用右手不断地摇动机把，感到有些酸疼，每天下班就专心地做一点，我也有了信心兴趣，爱做活儿了。紧紧张张地忙了快两个多月，四件小海军服上衣总算胜利地完成了。

六一儿童节也到了，老大老二老三老四早上一睁眼就抢着叫着要穿上，孩子们兴奋得不得了，高高兴兴地都穿上了，挺着胸，摇着头，雄赳赳地站在爷爷奶奶面前大叫着：“看！我们都是小海军叔叔了，我妈做的，我妈做的。”

西葫芦大爷来接他们去参加六一儿童节庆祝大会，望着四个孩子穿着小海军服戴着飘散着带的小海军帽，哎呀，好神气！四个孩子坐在三轮车上，高兴地嘻嘻哈哈地逗着玩，邻居的大爷大妈也都出门看着这四个小海军哈哈地笑，好漂亮！好神气！

流金岁月，往事如歌，一晃眼小海军们都长大成人了，我也成了白发苍苍的老太婆了。

2005年5月17日夜

吃窝头的日子

1958年是国家困难时期，我家尤其是这样，因为有六个孩子，上有二老，他被打成“右派”，只发生活费18元，他下去监督劳动，先后去了清河、密云水库，最后在房山河北村放羊，一去就是三年。

他走后，我的担子更沉重了，我每月工资只有69元，生活十分困难。每月领了粮票没有钱票，钱票下来了又没有粮票，五个孩子上学，要吃要喝要穿，老人要看病，每天吃窝头都不够，奶奶是经常放点米煮成稀饭，里面放上许多菜叶充数，如果吃干饭就按量用小罐各蒸各的饭，老大五两、老二四两、老三三两，饭一熟孩子们就抢着吃。

我经常下了班就去四季青野地采摘一大筐麻稀菜回来，或者买白薯土豆，农村便宜，这些都可以代替主食，吃饱肚了。上夜班时有夜餐，每逢有肉有鸡块，我舍不得吃，留下来带给孩子们吃。

我后来得了慢性肝炎，医院发给我每月2斤肉2斤黄豆，也是舍不得吃，拿回家给孩子们分吃了。

那时还没有计划生育，有多子女补助，16元钱吧，每月钱接不上了，就让老四去姨奶奶那里借10元钱，发了工资再还，长春的妹妹每月寄10元来补助我。奶奶得了慢性湿疹，长久不愈，经常要去医院，花钱的地方更多了，日子越过越紧，也时不时地向科里同事借，发了工资马上还给人家。

结婚时买的一件我最喜欢的玫瑰红短大衣，还有绿花红花的旗袍都拿到西单旧货铺卖掉了，至今想起来就心疼不已。

祸不单行，老大老二先后得了麻疹加猩红热，高烧不退，又送妇儿医院看病，住院一个多月，欠了不少医疗费，见好就出院了。要照顾孩子，没法子我只好请了一个月假，白天看孩子，晚上做特别护士，挣了钱给孩子买了一袋富强粉白面，一袋奶粉和二斤鸡蛋。

这时孩子爸爸向劳改队长请了假回来，看了家里这种样子，跑到友谊医院卖了400CC血，给孩子买了玩具小火车，买了点心给奶奶，余钱补贴家用。他在阳光下劳动，又黑又瘦，似乎又矮了好多，我们相对痛哭了一阵，“看你以后还乱说话不”，他心宽还毫不在意，也是从小就劳动惯了吧，

但现实是残酷的，日子是难熬的，咬着牙也得挺过去。一共去了三年，1961年初夏他因劳动表现好，第一批就回来了，工资恢复到48元，在府右街北医上班了，日子又慢慢好起来，孩子们也懂事，学习都很不错，老大老二在班上都是前几名的好学生。

2005年4月8日深夜床上

大北屋的小媳妇

1955年我刚刚生完女儿，才满月就由西三条鲁迅故居那条胡同迁到福绥境26号，这是大四合院，有三层院子，前院南屋西房住着张奶奶和她的二媳妇王景文，东屋住着李大爷老两口，西屋住着金家彦一家四口，夫妇二人带着两个女孩，一个女孩上小学。

中院大北屋共三间，是全院最大的房子，三级台阶，还有廊子，东边有个小院，只有一间小屋住着刘大妈和她女儿小美丽。

大北屋住着我家10口人，有爷爷奶奶和在医院上班的青年夫妇和他们的六个儿女。

东屋住着架子工赵德成，说话粗声粗气，脾气暴躁，大婶脖子有淋巴结核，穿孔流脓总不愈合，经常找我给她换药，西屋住着石爷爷石奶奶带着一个上初中的男孩叫石承泽。

后院只有两家，小北屋西间外边是院墙，长满了杂草，还有一棵老树，房客是做生意的，有个胖大妈整天嘻嘻哈哈，过得很开心，爱说爱笑见人就打招呼。男人拉排子车，他有一个男孩腿还是拐子，没上学。就这个看来不怎么幸福的家庭，他们还是没心没肺地活得挺乐观。

大四合院的邻居们相处都十分融洽，互相帮助、互相爱护。院子里经常欢声笑语，前院南屋的张奶奶也是爱说爱笑爱管闲事好心眼的老太太，特别爱打听新鲜事儿，她总管中院大北屋的我叫“大北屋的小媳妇儿”。

每天我下班回来，推着一辆德国女车迈进第一道门槛儿的时候，她总在窗前望着我，笑眯眯地说，大北屋的小媳妇回来了。

那时我穿一身黑底小白花的旗袍，看起来挺帅的，但毕竟我已经30多岁了，怎么还是小媳妇呢，何况我还是六个孩子的妈呀，我也有些好笑，但心里还是偷偷地感到得意，毕竟我还算年轻吧。

张奶奶有个头疼脑热的总是先找我给看看，吃点什么药，怎么吃，吃几片，腿疼给按摩按摩。

文静、温柔、热情的我，也愿意为他们服务。她的儿媳王景文病休在家已两年了，是肺结核和神经衰弱，每天卧床看书，听半导体音乐，丈夫是体育教练，感情不太好，她一不开心就找大北屋的小媳妇聊天解闷儿。

金家彦的爱人金大嫂在造纸厂工作，精明能干，长得也好看，里里外外全靠她，男人是小干部，贪玩，家事不爱管。她有痛经的毛病，我们晚上一起蹲茅坑时，她就和我念叨，我建议她吃点中药调理，慢慢地就好了。

有一天夜里，小屋里的刘大妈忽然肚子疼得大叫大哭，张奶奶跑来了，说大北屋的小媳妇儿快去看看吧，要不要送医院?

说时迟那时快刘大妈临产了，羊水已大量流到床单上，已经露出孩子的头，我飞快地刷手消毒，铺上干净的床单，用酒精消毒好剪刀，没想到先接出了一个小胖子，接着又接出了一个小瘦子，原来是双胞胎，后来两个孩子长大都参军了。

2005年3月21日夜

过横现河

由北京开往甘肃的列车，晚上快到横现河车站的时候，因道路塌方，火车停了下来，全列车的旅客都骚动起来，上上下下往车站候车室跑，秩序顿时大乱。

整列车都是在“备战、备荒、为人民”的口号下，下放到甘肃各县工作的医护人员及其家属，拖家带口，我们一家要长期带户口在缺医少药的文县山区工作，上有老下有小，箱子衣柜锅碗瓢勺装满了一汽车。横现河车站正下着雨，听说塌方路段要一天一夜才能修好，车上的人们全下来了，拥挤在候车室里。老人们躺在椅子上，中年人拿出塑料单子铺在地上和衣而卧。

在很不舒服的情况下忽然又停电了，漆黑一片，大人喊叫声，小孩哭啼声响成一片，我们又起来到处找列车长求助，寻找油灯、蜡烛、手电筒，护送我们来的负责人员也不知如何是好。列车长紧张地巡逻着，极力劝慰大家不要惊慌，道路正在抢修，很快就可以开车了。不幸的是，我六岁的小儿子卢岩忽然发起了高烧，我找药喂水，紧紧地抱着他，急得我眼泪不住地往下掉。难道这就是“一不怕苦，二不怕死”的生活磨炼吗？漫漫长夜，将如何度过，这难忘的横现河之夜啊！

2005年5月20日深夜

初到桥头

一下火车，武都地区招待所的领导和秘书就来迎接我们了，说欢迎欢迎，你们一路上辛苦了，一一握手，住室不大，但还干净，有两张床，他们一一安顿好每个人的住处，就告辞了。

我和小儿子一屋，大家纷纷忙着洗漱，午饭是臊子面，有一小盘泡菜和辣椒，马马虎虎吃完了，和衣而卧，真的是疲乏极了。到文县还要等明早7点的长途汽车，托运的东西还不知何时到，看着天花板，呆呆地想着，小儿子已经安然地睡着了，我怀着茫然无主、惆怅失落的心绪好容易才睡着。

开往文县的汽车迟到了，人们焦急地等候着，好容易8点车才开来，又一阵忙乱，大家都上了车，据说要四个小时才能到，司机是个大个子，胖胖的很爱说话，我抱着小儿子坐在他旁边。车子开动了，沿着盘山公路缓缓地行驶，两边是悬崖峭壁，后面是滚滚的洋汤河水，山路不算宽，刚好容两辆车通过，对面来车要十分小心避免冲撞。

我望着望着好容易爬上了山顶，又望着往山下开了，司机说有十二道拐呢，我担心极了，生怕滚下悬崖，我紧紧地抱着小儿子。司机看我紧张的样子倒笑了，说你们这些人怎么要离开北京到这穷山沟来呢？北京多好玩啊，天安门、故宫、北海，我这一辈子还没去过呢，花花世界你们舍得吗？你娃娃几岁了？我看司机大大咧咧，担心他走神，说师傅你就别说了，专心开车吧，人命关天啊！我顺手掏出了个大苹果放在他腿上，闭上眼默默地祈祷，我们这些人的命全交给您了，师傅大人。

开过了十二道拐，终于下山了，惊涛骇浪总算过去了，到了文县，少不得又是县委官员接待了我们。经过几天的等待，又改变了原来分配中寨的决定，改为去桥头公社。于是登上汽车又一次攀越高楼山，开向桥头。

一进村子就发现墙上张贴着大幅标语——欢迎北京来的医务人员支边，向你们致敬，贫下中农欢迎你们——老乡们打着小锣鼓热情地向我们挥手，欢迎北京来的大夫——我的心又软了，也暖了！

桥头卫生院是在一个小山坡上，目前尚无住处，就下榻在白雪梅老乡家，这是三屋一厅，高高的木板台阶就有二尺多高，脚要抬得很高才能落地。一抬眼就发现厅房放着有七尺长的黑木棺材，是两个堆在一起的，一条大黄狗迎面扑来，拼命地大叫。

我们飞快地跑到屋里，吓坏了，真不吉利。怎么会是这样？心里特别不高兴！又是第一次见到呀，好久好久心情才平静下来。西屋只有14平方米，但看得出是刚刚粉刷的白墙，有个大土炕，一张桌子，两把椅子，一个柜子，是公社暂时安排我们的安身处。

白雪梅30多岁，蓝布花上衣黄色条裤，细眉细眼的瓜子脸，个子不高，身材还苗条，热情朴实，男的是邮局干部，有四个娃娃，就是我们的邻居了。

她住东房比我们的大，经常地来看我们，惊奇地打量我们，也时不时给小儿子送个热腾腾的水扒面馍馍，看我害怕大黄狗，她就好意地把狗送到河对面李大爷家，李老汉是她的婆家，从此狗就不过来了。

一天晚饭后，公社岳书记把我叫去，说你们从大城市来我们这穷山沟也不容易了，也说明你们思想都不错，我们这老乡都是挺欢迎你们的，你们辛苦了。

说着磕磕手中旱烟袋的灰，顺手掏出100元，说王大夫你收下吧，这是公社给你们的安家费，明天卫生院从山上搬到河那边刘家村新卫生院去，给你们两间房，这样你们7块人（他们把一个人叫一块人）就够住了。

我说感谢公社领导的关怀照顾，为贫下中农服务也是应该的，这100元还是支援老乡吧。说完我要走，岳书记放下烟袋也站起来，握住我的手把钱又塞给我，说收下吧，等一会给你们送50斤洋芋去。

12月的天在这里还不怎么冷，微微的晚风拂面竟还有点暖意，空气清新极了，和北京没法比。桥头卫生院坐落在小山谷里，环山傍水，新盖的门诊室、手术室、治疗室和药房，后面还有三间病房。

老院长是军人出身，60多岁，头发全白了，表情严肃，不苟言笑，瘦高的个子，微黑的长脸膛，一看就是能吃苦耐劳的实干家。医护人员共7个，其中当地的大夫有朱宝善、任玉卫、胡大夫，胡是当地很有名气的大夫，他夫人有肾炎，住在院内，蔡大夫、吴大夫来自北医和兰医，算是医院的核心人物了，凡是山上出诊，大都是他俩去。

蔡大夫我是知道的，前几年他在北医毕业后曾在我们内科病房实习过，还是他建议文县组织把我们要来的，要不然去了中寨，就没一个熟人了。医院不大，但团结友爱，互相关照。郭院长特别关心我们，知道我们拉家带口从首都来得不易。

我们感到最最困难的是桥头既没有电，吃水还得到洋汤河里去挑，水倒是还清亮，能看见水底的石头。夜里每家都点着大马灯，蜡烛买不到，我们都备有一个手电筒。一天夜里，四五个老乡打着大马灯，抬着流产大出血的女病人来了，病人痛苦虚弱，汗流满面。老院长叫起了全院医护人员，全力以赴抢救病人，打针输液，细心护理，忙到半夜，病人才安定下来。

院长推开药房门，见我用锥子在药瓶盖上穿个洞，把棉花捻成条塞进去，煤油就升上来，一点火马上屋里就亮堂起来。他夸赞说，好，王大夫穷则思变，变就是革命，这办法就是好啊。院长还真巧，他干脆用报纸叠成一两公分宽，塞进瓶盖去，居然也能用，而且比棉花捻更亮，这在大城市真是闻所未闻了。

卫生院的西边就是一条小河，对面是个磨坊，每天都有老乡不分日夜地在里面磨面粉。河面大约有20米宽，用两根电线杆架起来就算是小桥了，经常是湿润润的，为了不致滑倒，上面铺了些杂草，但是没胆子也不能轻松地走过去，要上街就必须过这座桥。

这小河的水就是全院的命根子，早晨起来第一件事就是拿着小桶去挑水，倒在缸里备一天之用，这也是我们最感到恼火的事。

一天老四去打水时，不小心一失手小桶掉进河里向远处漂去，他一时情急就跳进河里去追小桶了，吓得我在岸上大喊，别追了，上来吧！别追了，上来吧！

但他不顾一切追上了，把小桶捞了起来，我又惊又喜流出了眼泪，唉，这艰苦的漫长的日日夜夜该要何等的毅力去度过啊！

提工资了

从文县组织部和卫生局出来，我俩相对一笑。

我在北医每月69元的工资提到86元，他由53元提到68元。因为是包括了边远地区的差价，桥头一切东西都很便宜，这里不仅缺医少药，简单的日用品也很难找到，就连娃儿们吃的糖果也没有。洋芋苞谷倒常见，也非常便宜，鸡蛋赶集才有5分钱一个；蔬菜可在老乡那买到也便宜新鲜，当然也是大路菜，白菜、韭菜、黄瓜之类。这样在经济上也缓解了许多，心情也渐渐地稳定了。

刘家村的李老汉和改娃子经常给我们送从地里刚刚摘下来的菜和刚刚从树上摘下来的大蜜桃子杏子什么的，当然我们非常感谢地付给了他们钱。

一天我们刚刚做完手术，李老汉提着一条大活鱼有五斤重，给我们送到屋里，说王大夫尝尝鲜，刚从河里钓的，快做给娃儿吃吧。老乡们的热情感动着我们。付了钱给他，李老汉喜眉笑脸地走了。我抱着这条大活鱼照了一张相，寄给了在北京住的姐姐。我们全心全意地为贫下中农服务，“一不怕苦，二不怕死”的精神支持着我们度过了20多年。

2005年4月6日深夜

深夜母子情

这是深夜，小河的水哗啦啦地流向远方，不时传来磨坊里咕噜噜单调的磨面声，伴随着一阵阵飘来的“牛儿回来了——牛儿回来了”低沉而又有点凄凉的磨面老乡的歌声。窗外正下着大雨，雨点急迫的节奏打在大芭蕉叶上响个不停。

小儿子睁着大眼睛睡不着，小家伙好像也有心事。我搂着六岁的他拍着哄着，哼着古老的歌谣，讲有趣的故事，他专心地听着，才慢慢地进入睡乡，几乎每夜都是这样。

小儿子，妈给你教首诗吧，他聚精会神大眼睛望着我，高兴地抱紧我，今夜的情景使我忽然地想起了这首诗：“寻好梦梦难成，有谁知我此时情，枕边泪共阶前雨，隔个窗儿滴到明。”

这是谁的作品，我也忘记了。

光阴似箭，往事如歌，一晃小儿子已经都40多岁了，当了大官。还常常地记着这首诗，记得当年的母子情。

2005年5月10日深夜床上

小儿子上学了

小儿子七岁了，上了小学。

学校在桥头街一个临河的大场院里，规模不大。校舍因陋就简，有一位校长，五位老师，学生都是农村的娃儿。

我每天早晨6点多就要送他上学，先要牵着他的手过一条小河。河上架起两根电线杆当桥，圆圆的，滑滑的，上面铺了一层杂草防滑，我牵着他小心地走过去，再走过一片百米长的麦地，还要过一条更宽一些的大河，上了桥看洋汤河水滚滚地流着，时不时激起雪白的浪花，桥也是圆木杆搭成的，不小心也会掉下去，

我牵着他，拉紧他的书包，快快走勇敢点啊，不怕不怕，我不断地鼓励着他，但我的内心却是害怕，担心万分。中午下学还要照样接他回家，饭后又要送他过河。

这样慢慢地我们都习惯了，胆子也大了，但我还是不放心，总要陪他过两条河，看他到了街上才回来上班。这一段日子确实过得十分辛苦，一直到他大一些可以自己过河了为止。

值得安慰的是，小儿子一上学就很乖，努力读书，不管是什么功课都是全班第一，校长和老师都特别喜欢这个北京来的娃儿学生，他在学习上没有叫我操过心。

一天中午，我做的红烧鸡大米饭，那个时候卫生院做饭用柴，

全是由山上老乡背来卖的，一两分钱一斤，烧水做饭全靠它。一买就是几百斤，因为老乡背下山也很辛苦，我并不计较价钱，老乡也是高兴乐呵呵的，有时候他们特地背些好的干柴送给我们，有时赶集也能碰到卖木炭的，但比柴贵多了，我灵机一动，做个炉子在屋里做饭多好，我找出一个从北京带来的园饼干桶，下班后和好泥巴，把桶内搪好，桶下端穿四个洞插进两根粗铁丝当篦子，又剪了一个风眼，炉子就做成了，点燃小木片，放上木炭，升起了火苗，能烧水做饭了。

我别提多高兴了，冬天还可以取暖，那是第一次用这炉子做好了红烧鸡、大米饭，他中午放学回家，我马上给他盛好端上桌子，快吃吧小儿子，他却一动不动还在闷头看书背书，我几次催他哄他快吃，饭都凉了。

“好香啊！妈妈。”儿子吃着香甜的鸡腿，满足地眯着眼睛笑了。

2005年4月29日夜

拔　牙

1990年9月6日，我怀着沉重的心情上了904车。

“同志，请问，到医科大学口腔医院在什么地方下车?”坐在售票位的女同志没有开腔，“同志，请问口腔医院是不是在魏公村下车?”

她忙着检票没有回答，身边的乘客说是在魏公村下。我专心地注意着报站及路边的站牌，“魏公村西口到不到?”我又问。

“没到，早啦!”售票的女同志十分不耐烦的样子，这回她抬眼皮看了我一眼。

魏公村路？我急忙地挤下车，“不对，告诉你啦，不下你还下”，还没到没到，身边的乘客也说，我又急急忙忙地挤上车，啪！车门关上了，差一点提包被夹在车门外边，好恼火!

“您和我一起下吧，我也到口腔医院。”一位和我同龄的老大姐身边陪着她的女儿，“那好，那好，感谢了！感谢了!”

终于魏公村站下来了，松了一口气，紧跟着她们母女身后过了两条马路，“谢谢你们!”分手了。

什么时候掉下来的眼泪，我感到是那样的孤寂!

“没什么，没什么，闯一下也好，能看就看，不行就等于散心了，参观一下这座现代化装备的建筑物”。

挂号厅挤满着来来往往的病人及陪同，我在拥挤的人群中穿来穿去，好不容易上了二楼，挂了拔牙科的号，手拿着介绍信在候诊室大椅子上坐下了，等了有一个小时才叫我，“我是杨兆和大夫介绍请您看的。”

这个王大夫40多岁，很漂亮，高高的个子，大大的眼睛，透着一种中年女性的魅力，很和气，微笑着给我仔细地检查了口腔的牙，说：“先拍个片子吧。”

我又跑到一楼交费拍片子，等了一会片子就洗出来了，她在灯光下，左看右看地说：“这三颗牙必须都拔掉，有心脏病吗？陪同人在哪？”

我说没有心脏病，也没有陪同人，就是心里有点紧张、害怕。“那不行呀，等下次再来吧，找家人陪着，这么大岁数了。”

“王大夫谢谢您，给我拔了吧，牙疼不算病，疼起来就要命，为牙我在甘肃受很大的痛苦了，我来一趟不容易，千山万水啊。”

我死说活说地请求她：“等我好了给您带点甘肃的特产黑木耳、核桃。”

她笑了：“那倒不必——好吧，你到这边诊室来，室内有急救的心电图及机器，不要紧张呀！试试看。”听诊，打了一针麻药，我自己飞快地从口袋里掏出小药包，一片非那根塞进嘴里吞下去了。闭上双眼，心在咚咚地跳着。

请您慢点呀！请您慢点呀！

“睁眼看这是什么？”王大夫用钳子夹着一颗拔出的牙，“哎呀太好了，太感谢您了，怎么一点感觉都没有呀？”

我别提多高兴了，在904车上的不愉快的心情烟消云散了。说着说着，第二颗牙又举在我眼前，哎呀，真是神医呀，多么高超的技术！高兴的眼泪终于掉下来了。

“好了！就拔这两颗吧，三个月后，再来拔第三颗，不错，不错，老太太很勇敢。”我站起来连连地和她紧紧握手：“太感谢您了，我今生今世也都不会忘记您。”

回家的路上我没坐904车，一个人默默地在马路边的一棵大树下坐了很久很久，秋日的凉风拂面吹来，闭着嘴紧紧地咬着用棉花球塞压的牙伤口，别是一种气味涌上心头，好家伙我又年轻了几岁，坚强了，有勇气了，又闯出了可喜的第一步。

哎呀！这不是到8号楼了呀，我想有个家。

三个月后，我却没去口腔医院拔第三颗牙。光阴似箭，一晃这颗残牙伴随着我度过了八十二岁。

2005年初夏夜

女儿从塔尔寺归来

我整整担心了24天！

我每天都是提着心，吊着胆，幻想着，猜想着，她去了海拔3000米的青海高原，举目无亲，手中又没有松心的钱，住在老板娘家，每日三餐素食，这究竟是为什么？

她为何不恋家？我左思右想着。

女儿最大的愿望、最大的快乐，就是每天到塔尔寺庙拜活佛，长头短头磕个大汗洗面才起来，拖着疲乏的身子，顶着蓝天白云回老板娘家。

女儿是5月5日下午由哥嫂接回来的，今天是5月9日，三天了！

我仔细观察女儿的一举一动，瘦了好多，黑了好多，我心疼得不得了！心想这回可不能再放走了她，好好地养身体，每顿饭都看着她吃好，睡好。可喜的是她的精神情绪还正常，还是有说有笑、大大咧咧、不拘小节的可爱样。

今天是9号，饭后我午睡着了。再一睁眼快两点半了，大沙发睡着的老爷子不见了。

“老大老大！”我急忙呼叫。没有搭腔，他也偷跑了。

猛抬头发现女儿站在高高的窗台上，右手拿着一把大刷子，左手举着水淋淋的大抹布，脚下放着一盆水，在窗台上来来回回上上下下用力抹擦。

此情此景我吓呆了，急了，拼命地大喊大叫，赶快给我下来！赶快给我下来！不要命了，这活是你干的吗？死说活说生拉硬拖女儿也不下来，硬是把厅房阳台的窗子都洗刷清洁了。

“你们看看这屋子亮多了吧？”女儿露着小白牙笑着说，“太脏了，太脏了，到处都是垃圾、病毒，在这种环境里生存能健康吗？”

女儿还时不时地拿着大墩布擦地板，我心疼得不得了！

她刚刚到家，长途火车的疲劳还没有得到休息，你们都干吗去了？女儿刚刚到家，她该好好养身体啊！你们怎么不吭声，我坐在床边叨唠着他们爷俩，老爷子还笑着说女儿回家劳动改造来了。

真是呀，好亮的屋子啊！

2005年5月9日

八十四岁，女儿从塔尔寺归来，于床上

六号病房

那一年是（19）93年春节即将来临的日子，是人们都在忙着如何欢度春节的日子，但我的不幸忽然来临了，由于这个不幸，我也认识了几个朋友，然后就有了一些感人的故事。

我的老毛病哮喘发作了，伴着剧烈的咳嗽使我胸疼，呼吸困难，只好端坐呼吸，没法躺下去，从来不发烧的我也开始高烧不退，家人只好送我到海淀医院挂急诊，大夫看完我拍的片子说："肺炎加哮喘，怎么不早来呢？年岁大了不能拖啊！马上吸氧吧。"于是我住进了六号病房。

吸氧、输液同时开始，液体中加了地塞米松，我烧得迷迷糊糊，头上放着冰袋，不时因咳嗽振动得掉落下来。主管大夫姓陈，是个中年妇女，中等身材很苗条，对人和气，又给我做了全身检查，血压是150/90，心电图因咳嗽没做成功。

大夫拍拍我的肩说："大妈，别着急，治疗几天就慢慢缓解了，我会常来看你。"她了解完病情走出病房，一会儿护士小李送来了药片，喂给我吃下说："您是一级护理，不能下床，有家人陪住吗？床头有开水瓶，床边有便盆，床头有呼叫灯，有事马上按一下，我们就来。"

六病房是大病房，有六张床位，都住上了病人，房子很宽大、洁净，通风好，有淡兰花的落地窗帘。

我这一排是三个病人，我住中间是23号，右边24号叫田玉芳，40多岁，是消防器材厂的领导。左边22号叫徐明明，是神经衰弱，28岁，在银行工作。对面一排25号是劳大姐，知识分子，办理留学生事宜。26号是退休厨师张奶奶，肺心病。27号是个很好看的姑娘，年轻轻的却得了糖尿病，她在饭店工作。

是我住院的第二天吧，夜里因咳嗽气喘很是痛苦，我忍不住就大喊了一声，旁边当领导的田玉芳马上强烈地反应了，“你咳嗽就咳嗽，还喊什么，还叫人睡觉不!”

她翻了个身用力地拍了一下床头桌。我哭了，我是难受控制不了自己啊，不是成心的啊，我知道这是深夜都在睡觉，真是对不起大家了。

这时22号小徐的表现可叫我感动了，她下了床，先给我倒了杯水，大妈您先喝点水，然后又跑到护士站叫护士给我送来镇咳安眠药，小徐扶着我趴在床上，安慰我，又把棉大衣给我掖好，又问我小便吗，大妈?

我说不，谢谢好姑娘，对不起吵了你们大家了。小徐说:“大妈您别急，谁没病住院呀，您可是重病号啊!”这一夜我也没怎么睡，忍着忍着盼到天亮了，护士来试体温，病友们也都活跃起来，忙着刷牙漱口。

我等着盼着，都8点了家里还没来人，这时小徐给我打了洗脸水，送到我床上:“大妈，您的脸盆好漂亮。”

我一看，可不得了，小徐姑娘你怎么还给我刷脸盆啊？我用了多年的脸盆从来也没清洁过，她却用洗衣粉给我擦得干干净净如同新盆一样了，碧绿碧绿，看着就舒服极了。

这姑娘真是比自己女儿还周到，有好几次夜里只要我一动她就把便盆送到我被子里来，更有一次是我大便后，她主动给我拿去倒了，她可比护士做的护理还多。

老伴好容易来了，我一一讲给他听，他赶紧向小徐表示感谢，小徐说她会下象棋，于是两人就摆开了棋盘。后来老伴评价，这姑娘的棋艺相当可以了，要知道，女人会下棋的可是百里挑一啊！

病一天天好转，和小徐聊天的时候也多了，才知道有这么好性格的姑娘却在三年前得了乳腺癌做了手术，之后爱人又和她离了婚，一岁的儿子判给了对方。这几年她全是一个人租房子过，也够苦的。因为她工作出色，领导和同事们都喜欢她，常来病房看她。小徐个性活跃，和各个病友都有话说，她手也闲不住，喜欢买块香皂，然后用花花绿绿彩色塑料绳编个香皂花篮，到处送，也给我编了一个。

她也不知忙什么，常出去办什么事，走时总和我交代，大妈，中午我不回来吃饭了，订好的饭菜您就让大爷吃吧，免得浪费了。我想，小徐幸亏是这种外向的、喜欢交友的性格，要不然，这生活中的打击她可怎么受。

经过9天输液治疗之后，我的身体慢慢好转，一切症状也渐渐消失。24床的田玉芳对我态度也好些了，我自己慢慢练习下地活动，扶着墙走，上厕所也行了，再不必麻烦小徐了。大夫给我开了平喘润肺的中药慢慢调理，我心情也好些了，每天总有各房儿女来看我，带些吃的，让我别着急安心养病。

探视田玉芳的人最多，每天可以说是川流不息，一来好些人，礼品自然少不了，大至西瓜，小至樱桃，点心水果，她的周围如同开了小卖部一般热闹。好在她先生有汽车，走时大包小包运回家去。

田玉芳是个领导，自然是众星捧月，总是以后在某个时刻，少不了要求她办事吧。病友们相比之下，就比她清寂多了，也就暗暗流露出一种羡慕的情绪。

我自己也感觉日子过得比较清苦，老伴总是节约为主，表现得十分吝啬。我一次想订一份3元钱的红烧带鱼，他却说太贵了，回家吃吧，3元在市场上买好几斤呢，我听了都快掉眼泪了。田玉芳看不过，说大爷就给大妈订一份吧，有病还不吃好点，回家孩子们多，她也吃不上。

对面得肺心病的张奶奶，她的病见好些了，急着要回家过年，大夫不同意。星期天上午，她五个儿子都来了，进院时背着她进屋的是老三，他说：妈，您着什么急，又怕花钱了不是，住院费我们几个儿子都包了，您怕什么！您养育了我们五个兄弟辛苦了一辈子，也该我们回报了，您就什么也别想，病好了再回家。说得张奶奶也快掉眼泪了，这情景，感动了我们，病房里忽然变得那么沉静。

还有四天，就年三十了，一天早晨我扶着墙壁去上厕所，卫生间旁边是淋浴室，显然有人刚洗过澡，地下有好多水，怕滑倒我走得更小心，忽然发现地下有个亮闪闪的东西，像是戒指，我俯下身去趴着拾起那个东西仔细看，可不是一枚漂亮的金戒指吗，从它的重量看就知是值钱的东西，我想丢失它的人不定多着急呢！

我第一个想法是交给护士站，但慢慢走到护士站却都不在，早晨很忙啊！我只好回病房了，一进门就问她们，你们谁丢东西啦？

这时田玉芳慌忙地掏她的衣服口袋，叫起来：大妈，是戒指吧？我刚才淋浴时把它摘下来了装衣袋里了，怎么又掉出来呢？您不说我还想不起来呢。

我把戒指按到她手里，她说，就是我丢的，大妈您可积德了，“我怎么感谢您呢？”她紧紧握住我的手，“这戒指是我国外朋友送的纪念品，是有深远意义的，是4000多买的呢。”

她高兴得流出激动的眼泪：“这戒指要是清洁工捡去了，不就完了吗！大妈，我请您到饭馆吃一顿，表示谢意吧！”我说：可别价，谁捡了都会还你的，谢什么谢啊。她说我永远忘不了您。

大年三十晚上，病房五个病友都回家过年了，是大夫特批的，可以回去三天，初二要赶回来。我也提出要求，大夫没同意。“你肺炎还没吸收，又这么大年岁了，别折腾了，再养养吧。让你老伴陪你过年三十吧，这不有空床吗？”

我只好就这么办吧，田玉芳走时送我一只烧鸡和点心，说聊表心意：“大妈您好了，我一定请您撮一顿。”和我握握手就走了。小徐也给我留下了吃的，说：大妈我们初二见。她们走后病房顿时冷清起来。

护士们不时地来看我，问长问短，夜里12点，护士长送来她在电炉子上煮的三鲜水饺，说：“大妈吃吧，我跟您过这年三十了。”对这没想到的热情我很感动，毕竟平时她们太忙无从表现，我握着她的手连连道谢。这时窗外传来午夜春节最火爆的鞭炮声，此起彼伏，窗外闪着亮光，象征着喜庆富足。

新的一年又来到了，这一年我整70岁。

出院后，我一直想念着那个好心眼的善良的小徐姑娘。

八十四岁，2005年母亲节，于床上

一位母亲的自白

我结婚时心里暗暗地幻想着，我要能生出来个女孩儿该多好。漂亮的女孩儿，我每天给她打扮穿花衣服，梳两根小辫儿，扎着大红蝴蝶花儿，穿着小红皮鞋，牵着她的小手逛大街……每每一想起这情景，自己就偷偷地笑。想不到第二年真的怀孕了，不时地呕吐、恶心，特别想吃酸的。有一天上夜班，快天明时，病人都还在安静地睡着，我的交班工作都准备完了，就悄悄地跑到后院杏树下打那青青的还生着的杏儿吃。我坐在石阶上吃得可香啦，尽想吃酸的。

吃着，心里想，这也不对呀。听老人们讲，酸儿辣女，这就完了，就沮丧起来。不管怎么说，怀孕这9个月每天都是闹着吃酸的，红果呀，酸梅呀，喝醋呀，弄得家里人也手忙脚乱。他也不知怎么照顾我，我还要坚持咬着牙上班，心里一点谱儿也没有。

快临产时，我一肚子疼就提着小包袱往产院跑。到那儿一检查，大夫就说："还早着呢，先回去吧。"就这样，反反复复地送我到产院4次。产房里住着6个待产妇，给我接生的是助产士李勤，我的同事。她又给我检查宫颈，刚开二指，还早着呢。"你先好好休息，养养劲儿吧。"

我实在无法忍住一阵阵的宫缩疼痛，大喊大叫，使劲儿地抓住产床边缘傻使劲儿，简直就是玩命儿啊。我喊护士小姐，给我点水喝吧。她们说，给你水喝你还更叫得欢。

夜深了，窗外还不时地传来卖半空儿、卖心里美萝卜的吆喝声，由远而近，听得我更心烦了。护士们干脆不理我了。我看着人家一个个都走完了，天也亮了，6点钟了，急得我要下床不生了。

助产士进来又检查说，这回快了，宫开四指了，就要临产了，别闹了，安静点儿吧，叫你使劲，再使劲。六点半钟，终于生出了一个男孩儿。生一个女孩儿的梦破碎了！

我无精打采，筋疲力尽地躺着，两条手臂因为傻使劲儿全是血点儿。我哭了。大夫、护士安慰我说，哭什么呀，多好的一个胖儿子啊。一早他跑来了，“告诉你，你爱人大闹妇产科。”助产士在说着。

消息传到武汉的爷爷奶奶，马上就坐飞机来看望他们卢家的第一个大孙子。九十高龄的老祖母也来了，带着小孩的小被子、小褥子、小衣服、小斗篷、一锅热腾腾的鸡汤，还有红鸡蛋，是坐洋车来的……

我感动了！老祖母拉着我的手，满脸欢喜，那样慈祥，那样心疼我。这个重孙儿可是咱们卢家的宝啊！快好好地养身子，把鸡汤快喝了，每天吃四个鸡蛋……老祖母说着，不断地拍着我的手。

那年月还没有计划生育之说，苏联正在提倡多子女母亲英雄，无痛分娩的心理暗示疗法。生一个孩子就给奖金，工会来慰问送礼品。就这样，我糊里糊涂地一连生了五个男孩，每次一知道是男孩就哭，但每次当孩子抱在我的怀里，吃着我的奶时，一种怜爱渗透了我的心灵，我平静了！

我已做母亲了，我就毫无疑问地，要好好地精心把把他们呵护好，使他们健康成长，老实做人，踏实工作，将来要做国家的栋梁……我心里这么想着，我是要负责到底的。话是这么说，心里还是幻想着有一个可爱漂亮的女儿。“女儿好，女儿好，女儿是妈的贴心小棉袄。”想起这句话，心里总是美滋滋的，忍不住想笑。

那是1955年12月12日，我又住进了产房。接生的大夫是傅作义的女儿，傅大夫，第一把手，精明能干的同事。她非常了解我喜欢女儿的心情。

我们全科的人也都知道，我盼个女儿。傅大夫他们在产房墙壁上挂满了小女孩的画片，千姿百态，可逗了。还在我的产床前挂一幅扎着两根小辫儿，戴着红蝴蝶花，圆圆小脸蛋，圆圆大眼睛，笑眯眯的小女孩在吃饭的图画，好可爱啊！

“王洁君，你快看看吧，送你这么多的女儿。”我环视一周，说：“太感谢你们了，为我竟如此精心地布置……”他们是在做无痛分娩的音乐疗法吧？！

因为是第六胎了，我也有了经验，不吵不闹。只听哇的一声，女儿终于降生了。“女儿！女儿！”傅大夫高兴地急忙抱着女儿给我看，但我还在哭，不相信。

护士拿着写着“王洁君第六胎女”的小牌套在女儿的手腕上，我这才相信，这回千真万确的是个女儿了。我兴奋激动得了不得，满脸都是高兴的泪水。女儿圆圆的脸蛋，大眼睛，一点儿小嘴，黑黑的小卷毛头发……女儿终于盼来了，盼来了。我是多么地感激上帝，感激好心眼儿的傅大夫啊！

全家人都感到意外的高兴。在女儿降生的日日夜夜里，有好吃的给她留着吃，有好穿的给她穿，掌上明珠，骄傲的小公主，众星捧月啊！小七本来要做人工流产，理疗科的殷大夫结婚三年无孩子，说好了要是男孩子她就要，女孩我就要，就是五男二女吉庆福气。再有一个女儿该多好啊！

1962年的9月小七降生了，男孩，在妇儿医院。当理疗科殷大夫来看我，带着东西，我正抱着怀里的孩子吃奶。高高的大鼻子，长长大眼睛毛儿，小小嘴儿，红红的小脸蛋，又乖又好看。我心疼心爱得不得了，再也舍不得给人了。殷大夫见我半晌不说话，心里全明白了。她过来看看孩子，说，你舍不得给我了吧？我失信了，不好意思地低下头来，看着孩子，更紧紧地抱着他，生怕人把他抢走似的。

奶奶说，一只羊也是放，一群羊也是放，都是卢家的后代。就这样，在艰难的岁月里，拖着沉重的脚步，把孩子们一个个地抚养成人。

这个七儿子，当了组织部部长、人事局局长。大儿子技术员。二儿子是处长、研究员、模范党员、优秀干部，每年都是劳模，得了大奖，去过美国。三儿子在保卫科。四儿子在财会科。五儿子是医务室主任。女儿是编辑记者。孩子们都思想进步，努力工作，老实做人，听党话。兄弟们都团结友爱，互相帮助，孝敬父母。

孩子们在平凡的工作中，过着平平淡淡的日子，没有给父母找麻烦，各有成就，我也感到安慰了。我是一个没有计划生育的母亲，没有打过孩子的母亲，勤俭持家的母亲，严格教育儿女的母亲，全心全意为后人服务的母亲。

一晃，我已84岁了，已是五个儿媳的婆婆，八个孙儿的老奶奶了。我神清语利，生活能自理，还能写点儿小文章，自寻其乐。

2005年母亲节

碧口情结

回到故乡北京已经15年了，我一直魂牵梦系着碧口小镇，难以忘怀。从桥头卫生院调到碧口县二院，一晃十年，留下了美好的回忆。甘肃文县的小镇碧口，依山傍水，山清水秀，是陇南的一颗明珠，还具有江南风光的情调，有白龙江的水哗哗流过，空气清新无比。这小镇有一条长长的街道，两旁是密密的法国梧桐树，映衬着居民木制的小阁楼，一大清早卖瓜果蔬菜、鸡鸭鱼肉的摊贩在大树下一排排地摆开摊子，热情地叫卖着。卖菜的大多是妇女，她们头上系着俏皮的花毛巾，担着大篮子，盛满娇艳的西红柿、粉红色的小水萝卜、水灵灵的青菜叶儿。碧绿的黄瓜、小白菜，紫亮的茄子，都洗得十分鲜活干净，叫人非常喜爱，吸引着人们。还有欢蹦乱跳的小鲫鱼，真是美不胜收呀。

早上还有各种各样的小吃，炸得焦黄的油条，热腾腾的小笼包子、油茶，汤上面撒着一层焦黄的馓子，再加上一层碎碎的核桃米儿，非常好吃，江米发糕上还点着小红点儿，味道甜美。早晨的街景是红红火火，尽你观赏。我每天都买三四样菜和小鲫鱼。

镇上还有水电五局医院、银行、邮局、农副站、粮站、百货大楼、食品店、小百货店、饭馆。我最难忘的是初到碧口下车，在王老三小饭馆吃的鸡丝面条，鸡汤里漂着细细的鸡丝、黄瓜丝，滋味香极了，非常好吃，才2角钱一碗，我吃了两碗。此后我再也没吃到过这么美味的鸡丝面条儿，想念得很。

碧口面临白龙江，河上横跨一条颤颤巍巍的大吊桥直到对岸。桥那边是水电站、加工厂。碧口医院在一个山坡上，要爬四五十级台阶才能上去，前院有门诊、化验室、药库，后院是住院部、手术室，病房有20多间。

我们刚来时，新楼还没建成，我们暂时住在一座老旧的楼二层，房间很大的，从窗外可以看到医院的全景。这楼上住着好几个小护士，经常来我们屋聊天，唱歌，很是活跃。

老四全家四口在粮站住，老二全家在加工厂。这样我们原来分散在桥头、临江、文县的三家就从此团聚在一地了，常来常往，互相协助照顾。老四每月给我们打米面来，我上街买菜也常顺便到老四家坐坐，也过桥到加工厂老二家坐坐，带去些吃食。素芳做什么好吃的，都来接我们过去吃。华华斌斌常来我们这小楼玩、住。

那时斌斌才四岁，每晚睡觉都要把糖果饼干放在他枕边才能安心睡觉，他夜里尿多，有一次尿竟从楼板缝里漏到楼下张大夫的床上了，惹得她男人大喊大叫，用当地土话骂起来，吓得我不敢吭声，只偷偷地笑。

有一次，四个小孩在我这吃饭，斌斌吃了20多个饺子，我逗他说，交钱票、交粮票。他若无其事地说“没有没有，大楼有嘛！”惹得几个姐妹大笑。老二的房子又多又大，厅房有30平方米，大型的圆桌摆在那里，可坐15人吃饭不成问题。到北京之后，这圆桌因房子小，摆不下，无用武之地，也处理掉了。

斌喜欢养猫，一只黄白花的大猫。一下子生了四只小猫也是黄白花，好玩极了，斌把它们放在一个大笼里，亲自喂吃的，也轮流抱小猫吃大猫的奶。小猫慢慢长大了，有一天大猫不在，小猫四处乱跑，急得斌到处抓，有两只小猫找不见了，他哭起来，后来我在素芳屋镜台上发现，小猫正在对着镜子抓里边的小猫呢，另一只在床底下呢，都找到了，这才算天下太平了。

忘了哪一年婷病了，又咳又喘，在我这住了一个月，打针输液，我来照顾，我也常犯哮喘病，大夫护士都对我特别好，我愿意叫谁谁就来，输液打针都特别方便，有事也喜欢到五局医院看病，那里有顾大夫陆大夫，看病很是认真细心，尤其顾大夫的病历写得细致，书法也很漂亮，远非如今的大夫可比。

有一次陆大夫问我："你们怎么不想法调回北京去？"

哎，如今是回北京了，又怎么样呢？我特别感到在北京看病太难了，老年体弱经不起折腾了，请大夫来家看很不容易，打个针输个液更是不易，每到这时我就怀念起碧口医院、五局医院。往往是小病拖成大病，非住院不可了，就特别想回碧口，甚至后悔得掉下泪来。

我时时怀念着王老三的鸡丝面，挑着大篮子蔬菜的碧口妇女，还有那颤颤巍巍的大吊桥。

八十五岁，于2006年5月25日深夜病后恢复期

西四六条

接到先生要我也去一趟北京办事的电报，就请了假，带上随身穿的衣服出发了。在北京已经和亲戚借好了西四北六条28号院的房子，是一大间20平方米的东屋，有一个大立柜，隔开成了二间屋子。内有一张大双人床，两个单人床，一张大方桌，两把椅子，就这些，屋里不显挤。一扇大玻璃窗很明亮，挂着浅绿色的窗帘，显得宁静淡雅。我们感到很满意知足了。

这是为了送大儿子到北京的北大六院住院而临时借住的房子，这是个很大的四合院。我们住东屋，旁边小东屋是一位很精明又和蔼可亲的70多岁的老太太，和她在皮鞋厂工作的孙女同住。孙女快30岁了还没有出嫁，和老奶奶相依为命，善良孝顺。胖乎乎的老太太也热情心眼儿好，一见到我就很喜欢我，经常来我们屋聊天儿，不时问我有什么困难，也经常给我们送点好吃的，很有缘分。北屋是一家六口人，有四个女孩都已经工作了，见面就和我们打招呼，和气热情。南屋住的是一对业余京剧票友，经常听到悦耳的二胡声和京剧清唱传过来。他们已人到中年，都退休了。西屋住着三口人，女主人是个40多岁的聋哑人，长得圆圆的脸，大眼睛，很好看，可惜了。有一女孩上学了，男人在商店工作。因他们就住对面，故女主人经常用稀奇热情的眼神望着我们，也不时比画着，表示对我们友好关心，可惜不会说话。

安顿好了以后就开始跑医院了，一周后找到了结核科徐大夫。他写了介绍信要我们去六院找张主任，通过这层关系才住进了三病区，那是1978年的6月，反反复复地哄着劝着总算把大儿子送去住院了，我心里也踏实了，希望他听话配合治疗。三病区条件不错，四人一大间。主治医师田大夫，护士长冯莉都很关照，因为我们毕竟是北医的同行。老大在接受胰岛素治疗。我们每周都去探视，给他带些好吃的，一到探视日隔壁老太太就说你看孩子去吧。老大情绪还算稳定，我也松了一口气。

这期间亲朋好友不断地来探望我们，有一天大姐从西山八大处军区大院来看我们，还住了两天。我们姐俩还逛了一趟西四，在红楼电影院看了一场电影，逛了服装店，看见一件黑色短外衣，很喜欢但没钱买。在西四小吃店吃了锅贴、小豆粥，又到鱼市买了两斤活鲫鱼。回来一进门就看见在桥头认识的李大夫在门口等我。

我高兴极了，一下子我们就拥抱起来，喜出望外。她38岁，很漂亮，爱说爱笑，对我很热情，我们在桥头工作时谈得很投缘。记得那天大姐给她做最拿手的红烧鲫鱼、大米饭、炒木须肉、凉拌黄瓜粉皮、小丸子汤。正在这时，隔壁老太太又给我们端来了热腾腾的三鲜水饺。过了一会儿，老宋老张也带了西四的小笼包子来了。大家高谈阔论，主要都是关怀老大的病情，和我们今后如何办理回北京的事情。尽管都是纸上谈兵，但反映了大家都盼我们早日回京定居的心情。

每天这28号的大四合院都是热热闹闹，欢声笑语，傍晚大家都坐在一棵大树下乘凉，喝茶闲聊。经常在这时候，南屋夫妇就唱起《四郎探母》《女起解》，我特别爱听，也跟他们学着唱几句，京剧唱得特别吸引人心。我们屋里有台12英寸的黑白电视机，老五又给加了一张彩色膜，看起来和彩电一样。小东屋的老奶奶总要带着孙女到我这儿坐坐看电视，好奇得很。西屋里好看的女主人，也过来看，一边比画着笑个不停。这时我总是切西瓜招待他们。

光阴无情地流逝，一晃眼我们在这西四六条大院度过了难忘的60天。老大的病情也见好，这时桥头医院院长来了电报催我们回去，也正好要回去和文县广播站协商大儿子住院费的事情，收拾好一切，临走那天小东屋的老奶奶过来了，握着我的手说："你回去有路费吗？我这存了点钱你带上用吧。"说着她拿出一个小手巾包一层层打开取出50元，使劲地塞进我手里，又贴着我耳边说："别怕，是我自己存的。"

我感动得掉下泪来了，多善良多好心眼的老奶奶啊。我把钱又塞给了她，说："您放心吧我有钱呀，哪能花您的钱？您的心意我领了，我永远不会忘记的。"事后我送给了老奶奶一对枕巾，留作纪念。是粉红色的梅花图案，挺好看的。铺在老奶奶老式的圆圆的枕头上，她笑眯眯地说："多好看呀，花什么钱嘛？"说着眼圈也红了。"真舍不得你走。大儿子你放心，我让孙女有时间去看她，我会给他买好吃的。"

一晃28年又过去了，我一直怀念着西四六条的大四合院，怀念那位善良好心眼儿的老奶奶。她哪儿去啦？都百岁高龄了吧？我深深地祝愿她老人家平安长寿。

2006年6月18日12时深夜于床上

大孙女

娜娜是1973年9月26日出生在碧口粮站的，我们在桥头卫生院得到这喜出望外的消息之后，我就请了假带着小儿子卢岩坐上开往碧口的班车，带着我早已给她准备好的两条小花棉被子，小花棉袄，小斗篷，小帽子，这是我在平时下班给她做的，又给春文买了些滋补品，班车快开到碧口镇时，前边路忽然塌方了，班车停开，我心急得不得了，牵着卢岩下了车，借了个电话，告诉发生，快想法子来接我们，对面也有辆客车开不过来，这时，车上的人们都下来，帮着清理路上的大石头，大土块，七手八脚忙了半天，终于腾开了道路，班车慢慢地开过去了，大家又上了车，开往碧口，但山上不时有土块滚下来，使人害怕得不得了。

终于到了粮站，飞快地进屋，春文正抱着孩子吃奶。“快让奶奶看看，快让奶奶看看，哎呀，好漂亮的小姑娘呀！”圆圆的苹果红的小脸蛋儿，一双明亮的大眼睛，睫毛特别特别长，秀气的小鼻子，真是樱桃一样的小嘴儿，好可爱呀。“春文真会生，像谁呢，像妈妈!”我一下子抢过这小姑娘，爱怜地亲着她的小圆脸蛋儿:“看看奶奶来了，奶奶来了，起个什么名子呢?”

发生春文都说：“奶奶快给起个名吧！”我翻开字典查找起来，又思考了半天，忽然想“娜”字不错，还挺洋气的，就叫卢娜吧，大家都说奶奶起得好，于是大家每天都小娜呀，小娜呀，卢娜呀，卢娜呀地叫着，逗着她玩，小家伙也好似懂事，一叫她就笑出深深的小酒窝儿，闪动着特长睫毛的一双大眼睛，两只小手在摆动着，好像欢迎奶奶似的。

一天中午，春文给她洗头，她乖乖地闭上眼睛，好像很舒服，黑黑的浓密的小卷毛头发，洗发膏揉搓出一团团雪白的泡沫，小七叔过来了，摸着她的小卷毛喊着，小白雪公主，小白雪公主。小七叔也特别喜欢小娜。

那是在1977年的一个暑假，我带七儿子到北京探亲，住了10天，又到天津去看望大姐。一天我们姐俩带小七逛劝业场，吃完狗不理包子，又看了一场京剧“玉堂春”，又到处逛逛，进了一家玩具店，发现有儿童三轮车，很好玩，我马上就想起了小娜，给她买上一辆骑骑玩玩，多好啊！大姐也帮着挑选，结果选了一辆红色的小三轮车，我毫不犹豫地掏出24元钱买下了，小七高兴地推出来，叫了一辆出租车，一元钱就开到了周永顺胡同35号，表姐张媛看了也非常喜欢，说你可真疼孙女啊，可怎么带呀，这么远坐火车！小七忙说妈咱们明天就回碧口。叫小娜快骑上吧，为了这辆小车，我们真的没有多待，尽管大姐每天鸡鸭鱼肉、大虾螃蟹的给我们吃着，我们还是很快回到北京，又住了两天，老五买了车票，买了点心水果，还有美国铁桶包装的奶粉，送我们上了火车，我们是9号车厢，这小车可麻烦了，放地下碍脚，座位上也不行，旁边一对青年夫妇在看书呢，只好把它放在我身上抱着，这样连吃东西时也要换着吃，换着抱，火车上来来往往送水的，卖吃喝的拥堵不堪，使人心烦又万分疲乏，我们闭上眼睛，听着火车咣当咣当地飞驰，迷迷糊糊，似睡非睡，以前我坐火车总喜欢趴在窗口望着远处排山倒海往后退去的景物，怀着悠闲欣赏的心情，这次可是盼着快点到碧口，好让小娜早一天骑上三轮车，就这样两天一夜的火车之旅终于结束了，到广元下车，发生来接，吃了他买来的小笼包子，好吃极了，发生一眼看到小车，说给谁买的，这么远你们怎么带的呀？哦，给小娜买的，太好了！奶奶真好，真是难为您老人家了。娜娜看见小三轮车，稀奇得不得了，经过几天的训练，她会蹬着骑了，每天在粮站场院里骑来骑去转圈子，别提多高兴了，我也十分安慰，能有这么个大孙女，聪明伶俐的大孙女，美丽漂亮的大孙女，看着她骑三轮转圈儿，我打心里笑出来。

此回忆是留给大孙女卢娜的趣事之一。

儿媳妇们

二儿媳妇要赶回去给儿子做午饭，我送她到楼梯口，疯疯癫癫拥抱着她说再见，慢慢走啊。这时正从五楼下来了一个小伙子，看见了这个场面，露出惊讶的神色。

我说一路平安啊，看她下楼走了，赶快跑到屋里来，坐在沙发上拿起芭蕉扇急促地摇着，心里也好笑，这哪像做婆婆的样子！

我八十五岁了，有五个儿媳妇，个个都对我这个婆婆好得不得了，我得好好夸夸她们，写上一笔啊！

她们来看我们的时候，都是提着大包小包堆满一桌子，什么鸡鸭鱼肉，点心水果蔬菜，多得冰箱放也放也不下，买这些东西，得上超市挑多半天，又要提着走多少路，在公共汽车人多的时候还得站着吧？想起她们是多不容易，我吃着也心疼啊！我总是交代以后别买这么多了，但是说了也没用。

二儿媳妇和五儿媳妇住得离我们近些，来的次数也就多些，无形中这家务活儿就是她俩做得特别多，放下东西就忙开了，先扫地墩地，擦厨房瓷砖的油污，纱窗的积尘（还得卸下来），再清洁马桶和洗手池，连最脏的垃圾桶都要放在水盆里用钢丝球擦得像新买的一样。

这还不算，要是发现脸盆里泡着我的衣服裤子，马上关起卫生间的门，怕我看见，快快地洗干净了在阳台挂上，弄得我怕她们累着，以后便把衣服藏起来，可她们会找出来洗，这可怎么好呢！

五儿媳妇住得最近，连独身养病的大伯的活，她也抢着干了，像换床单，换挺沉的竹牌凉席，穿短裤的松紧带，钉扣子，大伯子连声道谢，她从不烦。

到天凉的时候，儿媳妇们又悄悄地织好了毛衣毛裤毛袜子给我送来。小儿媳妇寄来了一件天蓝色的毛衣大外套，好合身！叫我惊喜不已，这更是细致活儿，千针万线的，她们想得多周到啊！到了春节，她们还给我送红腰带，送红包儿，一个个搂着我照合影，叫我这做婆婆的心里乐开了花儿！

尽管儿媳妇都说我头发还黑着呢！脸和手上一个老年斑也没有，就是个长寿相，哪像85岁的人。

但是病魔不饶人，今年刚过完春节就突然得了一场大病，坐急救车到三院急诊住了院，肺炎心衰，高血压，心率快，气喘憋气，迷迷糊糊万分痛苦的我直说胡话。

这么严重的情况把儿媳妇们急坏了。她们商量好轮流日夜值班陪护，喂药喂饭擦身，洗脚洗屁股，换衣服。四媳妇给我换尿不湿就不知道多少次，病势凶猛，医院发了两次病危通知，家族都来到医院，真是紧张万分，不知怎么才好。

命大的我在医护采取多种疗法抢救，和亲人们的百般辛苦服侍之下，终于一天天好转，魂儿又回来了，因为输液每天不断，手也肿了，腿也肿了，她们把土豆切成薄片，贴上消肿，又给我耐心按摩，喂水喂饭，我没食欲，不想吃，三媳妇就哄着我说，你吃一口，我就给您唱一个歌，好吧？

她知道我喜欢听她唱歌，还录了音呢！护士和儿媳又给我洗头，就这么躺着洗，一人抱着头，一人揉洗发膏，别提多麻烦了，洗完我觉得十分清爽，她们可满头大汗，累得不行。

住了整30天，就在我生日前一天出院回家了，临走前照了好几张相，留下了宝贵的纪念，到了家里，大家欢天喜地祝贺我的归来，整理一切，安排做饭，好好地热闹一番，都是儿媳妇们亲自做的各自拿手的好吃的饭菜，饺子，馅饼，红烧鱼，鸡小腿，好香啊！

打那以后我一天天恢复了，每天增加一些锻炼，终于又可以自己下楼到花园散心了，我时时刻刻念着儿孙、儿媳对我的体贴，对我的付出。

说起来我这个婆婆也没有什么尊严家规礼节，随随便便，自自然然，都是我身边的好儿女，我能理解她们，宽容她们，心疼她们，她们各有负担也不容易。

她们在我身边也是随随便便，该说就说，该笑就笑，绝没有一点拘束，不仅如此，我们见了面总是要乐哈哈地拥抱一会儿，走时也要拥抱一会儿，亲热一下，像这样的婆媳关系不多吧！

我很自豪地说我是一个新式的婆婆，我的儿媳妇们也是天下第一的好儿媳妇啊！

2006年6月29日深夜于病床上

回顾六二六

今天是六二六纪念日，窗外小雨滴滴答答敲打着我漂浮的思绪，令人惆怅难忘的往事重新浮现在眼前，散发着无奈的忧愁。

那是在三十七年前的6月26日，毛主席发表“把医疗卫生工作的重点放到农村去”“备战备荒为人民”的指示。这是形势动荡不安的一年，也是我们一生最大的转折点。

记得1969年的5月9日，我怀着沉重的心情抱着五岁的小儿子送他到妇儿医院小儿科住院，他是高烧五天不退、不断咳嗽的肺炎啊！我心急火燎，每天盼着下班急匆匆地去看小儿子，给他擦身换衣喂饭，就这样经过输液打针的治疗，10天后总算好转出院了，我才松了口气。

那一年十分不幸，家里婆婆严重的湿疹久治不愈，又加上心衰在医院不治去世了，我的哥哥王家杰患病多年日渐沉重也去世了，忙着料理这一切后事，家人心情的恶劣可想而知。

这时“文化大革命”已过高潮，进入两派大联合，是工宣队进驻各单位，处理一切问题的时期。北医和全市医疗单位都行动起来，落实六二六指示，那时提出下去的人要求技术强的，思想好的，夫妇二人在一个单位的，到西北农村落户工作，三到五年轮换，实际上是家庭全去，一去就是20年啊！

正是冬天，医院不断地来人督促我们整顿器物，打点行装，好心乱啊！家里是一塌糊涂，乱七八糟，一些东西，该处理的处理，什么破家值万贯，已不容考虑了，在这前一段，四个孩子都响应“知识青年到农村去”，“农村是一个广阔的天地，在那里是可以大有作为的”号召，都奔向各地去接受贫下中农的再教育了。

老大是因结核性脑膜炎刚出院没去，老二高中毕业去了吉林扶余，老三去了黑龙江852农场，老四去了内蒙古乌拉特前旗，老五去了嫩江，临走前把大姨接来了，给四个孩子赶做棉被棉被心，每人带一个破旧的柳条箱子。老大已经会做饭了，就给他们烙芝麻酱糖饼，每人四张，表示做哥哥的一点心意，就这样，我们将一个个朝夕相伴的儿子送上了火车，我泪流满面，望着火车咣当咣当地远去，我呆立站台，悲楚的心情久久难以平息。

1969年的11月1号，出发的日子到了，我们全家和北医系统以及全市其他医院的下放人员一齐登上了开往西北的专列，当时车上的许多人怀着惜别的心情哭了，下边送行的队伍都在敲锣打鼓激励昂扬的雄心壮志，响应毛主席的号召，把医疗卫生的重点放到缺医少药的农村去。

这时出了一个意外情况，老大本来是坚决不去的，只好给他留了一间房子和用具，先待一年再看吧。结果他送我们上了车，大家一哭，他只好勉勉强强一起走了，好久好久才适应了奔赴前方的新情况。到了桥头公社之后，因为他有自学无线电的基础，安排他在广播站工作，他发愤图强，把山上每个队都连接了广播网，公社布置工作，进行政治宣传，一广播山上多远的队全知道了，很受欢迎，他也再不想北京的事了。

桥头卫生院自我们去后有7个人，可以施行小手术，比如切阑尾，剖腹产，切小型良性瘤，做常规化验，输血打针，针灸，中西药也比较全，完全可以满足常见病、多发病治疗的需要，必要时也可以上山巡回诊治。在这里是没有时间观念的，可以说是全天候服务，随到随看，很受农民欢迎，还培训了20多名赤脚医生，蔡德培大夫给他们讲课，深入浅出，他们很快掌握了基本医疗技术，一些小伤小病，不用跑卫生院也可以解决了。

在桥头10年，经历的大大小小故事也很多，真是值得一一写下来，也是医疗卫生事业的史实吧！先说一件，记得有一天凌晨3点，正在睡得香，忽然三四个老乡提着马灯急迫地敲打我的房门，叫喊："王大夫麻利起，公社书记家要生娃了，紧火得很啦，麻利起啊！"

我惊醒了，马上下地穿衣，点起煤油灯，去手术室收拾产包，背上药箱跟他们出发了，天空漆黑一片，还下着小雨，只有磨坊一个老乡在磨面，不时间闪出一丝微弱灯光，我一边走一边心里紧张了，这次接生可是公社书记的老婆呀，如果出现难产，可就麻烦了。

先过一条大河，河水滚滚，两条圆木搭成的桥，上面铺着杂草，一下雨特别滑，我抓住老乡衣服迈小步走过去，因天黑还是一脚踩空，马上右脚浸入河水湿透了。过了河又是泥泞的土路，深一脚浅一脚带着泥水终于走到了公社。

书记正在门口等着。他也没看见我脚全湿了，产妇正在炕上捂着大肚子来回滚，大叫着，疼得满脸汗珠，我一边安慰她安静下来，一边打开产包准备器具，刷手消毒，宫门已经全开，羊水跟着流出来了，再过一会婴儿哇的一声顺利地降生了，是个女娃，我细心地结扎好脐带，擦洗干净，穿上小衣服，裹上被子，让书记看。他特高兴，因为第一胎是个男孩，正盼女孩呢。他连声道谢，王大夫辛苦你了，产妇握住我的手笑了。我自己也挺高兴，因为一切都是意想不到的顺利。书记端来一碗鸡蛋醪糟，我也没吃，观察一个小时，产妇宫缩情况良好，没怎么出血，我就告辞了。

走上街天已大亮，晴空万里，我深深吸了一口新鲜空气，虽然倦意袭来，但我心情十分舒畅，这又是一次锻炼和考验。

八十五岁，2006年6月26日夜

怀念女儿

这是寒冬的早晨5点，我起床独坐桌前，望着书架上放着的女儿微笑着的照片。女儿是那样的美丽、文静、可爱，我望着她，她也微笑望着我。“下来啊，下来啊，我的女儿!”我自言自语地说着，眼泪不停地落下来，好心酸啊！我想念女儿。我恨不得一把把女儿抱过来，拥抱在我的怀中，永远温暖着她。女儿是2006年11月9日走的，今天是2007年元月9日，整两个月了。去年10月，她在我这儿住了10天，她和我睡在一张大床上。她夜里睡不安，病魔折磨着她，气不够用，在不断地吸氧，不断地打开窗子透气，不断地下地走走，不断地又躺在床上，迷迷糊糊地大声喊着：“妈，老妈妈！”我翻过身搂着她：“妈在，妈在。”女儿她心疼我，怕我累着了，想找钟点工帮助做饭。我给她端的饭菜，她都怕我累着，不让我干活。她在走廊坐着，对着窗子吸气。不方便下楼，她是一个台阶一个台阶吃力地走着，下两层就要坐在那里休息休息。老爸爸用三轮车拉她去过育新花园，她和病友谈天，在花园里学会了做绢花，红的、粉的、藕荷色的，回来后教嫂子们学着做。现有五朵美丽的绢花，在我绿色的桌灯上，漂亮极了，像女儿一样。我时时刻刻摸着它，看着它，流着泪水，想着可爱的女儿。她和我下过一次跳棋，和老爸爸下过一次象棋。她聪明灵活，当时是那么的快乐，笑得是那么的甜，那么的可爱样儿。女儿是那样的热爱生活，是那样想好好地活着。在医院病床上，输着液，用另一只手还在不停地写感恩的文章。她怎么一下子就没有了呢？我也不知道。我每天都在拜佛，祈祷女儿平安。老佛爷怎么不留住她呢？她说过的话，走过的地方，用过的东西，我都好好地保留着。

女儿，亲人们都在怀念着你，就好似你出差千里外，但一个电话也不来。女儿，你走好吧！走好吧！你把老妈丢下了，不管了，教老妈怎么度日？生命太无情了，怎么一下子就没有了呢？我泪流满面，再也写不下去了，好想好想我可爱的女儿。

我的晚年生活

老伴刚给我过完八十八岁的生日。这一年我是六个儿子的母亲，五个儿媳妇的婆婆，八个孙儿孙女的老奶奶了。我神清语利，生活能基本自理，知足常乐，自得其乐，不自寻烦恼，我有一个规律的生活秩序，合理的饮食习惯，适合自己的锻炼方法，至今，我的头发从前面看白了一些，从后边看还是挺黑的，脸上手上一个老年斑都没有，总之是比上不足，比下有余吧！

具体说我有一个良好的睡眠，睡前要热水泡脚，按摩足三里，脚下涌泉穴位。我每早5点起床，先喝温白开水一杯，养成按时大便的习惯，再梳头100下。早上一碗奶，一个鸡蛋，一片馒头或面包，奶里一定加一勺黑芝麻，一勺枸杞子，每天吃核桃仁两个，花生仁20粒，香蕉一根或西红柿一个，一杯酸奶。我不喜欢吃糖果、甜点、奶油、肥肉、油炸之类食物。食谱也简单，常吃鱼、鸡肉、胡萝卜、青菜、木耳、蘑菇之类，饭后喝半碗粥，粥里加一点莲子、百合、红枣、葡萄干。

因为有轻度的白内障，视力减退，前三年写过20多篇回忆性散文，现在就不大写了，只用放大镜看看报上关于医学养生的文章，喜欢写文章和练书法，写了一个回忆录和一本诗词，儿子都把这些编成了一本书，加进了生活照片，看起来很开心，很高兴，送给亲朋好友阅读，得到了大家的好评，喜欢练写书法，用过时的报纸，我在上面抄写诗词和格言，每天写完后就贴在室内的墙上，自我欣赏，自寻其乐，居委会的主任来串门称赞不已。

我也喜欢看电视剧，新闻联播、天气预报是每天必看，关心国家大事；也看有意义的生活电视剧，如守候金婚老伴。

2007年我和老伴参加了社区举办的金婚钻石婚庆典大会，我和老伴已是结婚60年的钻石婚了，庆典大会隆重热烈，有文艺表演，诗歌快板，老年朋友讲话，展示老年朋友的书法绘画作品，庆典会也展示了我写的对联："尊老爱幼是美德，和睦家庭幸福多。"还有我写的《老奶奶回忆录》，我和老伴都得了钻石婚的纪念奖状，镜框上面写着福寿安康的字样，分享了巨大的婚庆蛋糕和长寿面，照了很多有意义的照片。

对生活知足常乐，心态平和最重要，我有一个温馨的大家庭，婆媳关系非常和谐，我对他们没有刻意的要求，我体谅她们，关心她们，知道她们工作生活都很忙，也有她们自己的生活安排。

但是几个儿媳妇们每天都来看望我们，给我们带来很多好吃的鸡鸭鱼肉，水果蔬菜，来了之后就帮助我们打扫厨房卫生，洗衣服做家务，帮助我们洗脚淋浴，和老两口聊天，大家高高兴兴，亲亲热热，我很满足，我写了一篇《我和我的儿媳们》都登在报纸上了，居委会贴在了社区的宣传橱窗上，还写了一段很好的评语。这些都是对孩子们的夸奖，也是对社会婆媳关系紧张的一点启迪吧！

我的晚年生活很满意，很知足，老伴和我一样，互相帮助，互相爱护，亲亲热热过好每一天！

遥望天空夕阳红，争做青山不老松！

在这里写一点个人生活体验，愿老年朋友们共同勉励，安度愉快健康的晚年。

八十八岁，2009年3月30日

随想一束

加油站

卢氏客栈不花钱，老弱病残是服务员，本钱小来利润薄，粗茶淡饭无奈何。来往顾客给方便，多多少少是个加油站。累了来睡觉，饿了来吃饭。家和万事兴，勤劳会挣钱，年轻加油干，老了不遗憾。

1999年一家常来往偶感

女儿吟

姑娘工作两千元，编写稿件千千万，上班干来下班干，去亲访友带着干，刻苦学习不厌烦。打电话东西南北业务转，一根黄瓜一个蛋，就是她的一顿饭。睡不好，起得早，急急忙忙赶车站，来不及，就打的。默默祝愿姑娘一生平安。

1999年6月3日夜偶感一瞬间

老了老

屋子小，东西多，堆上堆下无奈何。亲情多，朋友少，来来往往不得了。好吃的多，牙不好，肚子饿，吃得少，身体可怎么好。外边好热闹，好景看不到，头眩晕，腿走不了，闷在屋内来回跑。老了！老了！电话铃声响，急急忙忙往前跑，情绪一激动，心跳知多少。家事国事天下事，希望件件都是好。

1999年8月23日竹园小区

贺儿言

七儿回家来，老母乐开怀。分别六载余，自立又自强。有了三居室，还有读书房。廉洁又奉公，当了区部长。关怀老干部，是个好局长。党委好书记，挂帅理应当。京城来学校，带领四十人，任务可不小。学习要抓紧，生活要搞好。外出要安全，一个不能少。集体要为重，少往家里跑。京城留美名，雁过要留声，轰轰烈烈返防城。望儿听母言，老母心慰安。

1999年10月22日深夜

凝窗外

我呆呆傻傻地坐在桌前，想什么，思念什么？我不知道，我不知道，是遗憾，是无奈。我多么想飞出窗外，看看大海，白云，蓝天。在海边的沙滩上，展开我的双臂，深深地吸一口新鲜的空气。哦！找回我的青春吧！衰老是多么可怕的信息。我要复活，我要青春的美丽，我哀愁岁月的流逝。上帝！请留住我的记忆，给我一点儿慰藉。在不多的岁月里留恋着你！

1999年12月6日深夜

辣妹子

二儿媳妇三十八，人人见了人人夸，胖胖乎乎喜庆样，尊老爱幼美德佳。勤劳吃苦为卢家，工作踏踏实实领导夸，室内井井有条婆婆夸。有活不怕干，卫生整洁是模范。说起来还不算，她的陇南菜包子人人吃不厌，味道好营养高，美味家宴不可少；夏季里炎热天，她的四川凉面人人都喜欢，独特的风味可不一般，清凉爽口滋味鲜。叫素芳听我言，好人一生都平安！

1999年12月7日偶感一瞬间

贺岁语

新世纪到来喜悠悠，祖国繁荣富强好事多，老母八十无所求，只盼国泰民安风调雨顺好年头。党的教育记心头，满堂儿女争上游，踏踏实实去工作，争做新世纪的新酷职业人。堂堂正正去做人，爱国又爱民，对人要宽厚，对己要严格。生活要节约，滴水要珍惜，粗茶淡饭香甜也有趣。牢记美好的生活来之不易，和睦相处健康平安是福气。人生一世着急别生气，药费不涨价，工资月月发，带着新希望跨入新世纪，国事家事天下事，样样都祥气，老母笑嘻嘻。

2001年元月5日深夜偶感

一个跨世纪老人的心声

盼儿郎

二儿子卢和生，和平解放他出生。从小就听话，聪明可爱是个好娃娃。那年代挣得少，花得多，日子不好过。兄妹多，不抢吃来不抢喝，生活艰苦无奈何。一本书来一支笔，就是他的好玩具，满意知足笑眯眯。上小学当班长，中学就是团委好书记，学习好，尊师爱友守纪律。长大成人去工作，紧跟党的事业不落后，团结同志严格要求自己，是优秀的共产党员。“三个代表”不忘记，一心扑在局审计。默默耕耘十余年，年年得先进。今年新世纪，局里写事迹。爱岗敬业带兵有方的好科长，又得了大奖，老母心欢喜要鼓励，千万别骄傲别松气，带着新希望满腔热情投入新世纪，深入去审计。最后也别忘记，新千年也要精心地呵护自己，全家都靠你，健康是福气。

2001年元月8日瑞雪兆丰的一天

冬日的阳光

冬日的阳光温暖着桌前的我，哦！我终于跨过了新世纪，多么地惊喜！走过了漫长的岁月，经过了风风雨雨，一辈子的劳累辛苦，委委屈屈。再不能这样下去！旧的观念要改变，新的观念要实现。光明看得多一点，阴暗看得少一点。快乐想得多一点，烦恼想得少一点。胆子放得大一点，心眼放得宽一点。散步活动多一点，闷在屋里少一点。健康幸福多一点，疾病痛苦少一点。儿女都不错，个个不容易，多帮忙多鼓励。春暖花开日，看病就看病，散心就散心。需要好心情，迎接新世纪，夕阳无限好，人生还有戏。

2001年元月13日深夜偶感

老头乐

卢爷爷七十七，身材不高挺神气，他的生日是腊月初七，中国大学哲教系，一生酷爱文学永不息，才学也不少，文坛未上了，读书看报是他的爱好。床头一堆书，桌上一堆报，写日记，抄笔记，亲朋好友交流信息。双休日还要漫游书林去。儿孙来了好欢喜，问生活问学习。社会新闻他最感兴趣，四面八方谈论不息，官僚腐败他生气，年轻人追星族玩游戏，头脑空空没出息，他更生气。劝儿孙搞科技，科技兴国有出息，出英雄来出奇迹，前程是美丽。遇事他不愁，能吃苦来干劲足。心灵手巧谁也比不了，楼上楼下来回跑，自行车半导体，耳塞机子到手表，修起来没完没了，裤长他改短，衣长他改小，得意扬扬穿上了。学会了炒菜又做饭，锅碗瓢盆跟着转，南腔北调歌声还不断，说起来可真逗，他也吃过苦，他也受过罪，一切都忘记，一切都过去，跨进新世纪，一切都如意，七个儿女争上游，不愁吃来不愁穿，社会家庭有贡献，后继有人他喜欢，家和万事兴，老脸笑盈盈，健康乐观开心是福气。

2001年元月14日

新世纪的希望

春风呼呼刮，今天是初八，年假已休毕，儿女都离家。坐在办公室，先冷静一下，不要再想家，新世纪第一春，应该先做啥？工作抓紧干，业务要深化，要做新世纪精英家。电脑网络安全家，旅游事业设计家，保险投资聪明家，最后还是要当好复合型、辨伪不上当的好专家。高素质高才华，拼搏奋斗建中华，祖国精英谁不夸，迎奥运还要把英语抓一抓。

2001年初八夜

新千年开心一刻钟别计较

卢富生，四十八岁，头脑清楚精明强干，遇事看准目标说干就干，有主见，不拖拉，不麻烦。糖尿病不负担，抓紧治疗好好看。生活有安排，精神要乐观，从小就爱绘画不一般，有画展不管多远都去看。工具书画一卷又一卷，刻苦自学有功力。画牡丹娇艳又富贵，画梅花清高有骨气，大公鸡好雄威，挺胸伸脖喔喔啼，远山树林小鸟飞，小桥流水有人家，一位俏佳人抱娃娃。卧室厅房满是他的画，新朋友人人都夸他，自寻其乐健康好处多。有个好内助，勤劳心眼好，家务活一切都包了，茶来到手饭来张口，躺在床上还大喊大叫：朕要吃油煎包，做好没做好。儿子一米八大耳朵福气样，小小的年纪挣一千八，有了媳妇快成家，小家庭乐哈哈，进入新世纪别忘了好好学习文化！

2001年元月

新世纪老母亲开心一分钟

四儿发生忠诚老实勤劳实干家，困难时期种过36斤的大瓜房上爬。待人宽厚，不多言不浮夸，工作踏实认真负责，领导同志夸，吃苦在先，助人为乐一生好品德，兄妹团结好，有事爱找他，孝敬父母一天一个电话，身体好不好，家中还缺啥？清油鸡鸭拿回家，还有大伯爱吃的糖火烧蜜麻花。不忘过去苦，珍惜现在甜，贤内助是家中的导演，工作生活凡事指点指点，两个女儿很漂亮他喜欢，知足者常乐活得潇洒又乐观，进入新世纪劳逸结合还要注意身体，健康是福气。

2001年元月夜深沉

卢大哥忠厚老实心眼好，关心家族每天问问各房好不好。学生时期三好生，英文代表，班主席，业余爱好收音机半导体，为亲友装好40余。节约生活费购买零件和书籍，电表三极二极管和双连一堆又一堆，彩电家电维修三百例，井井有条放在三个大箱里，珍爱不息。支援大西北落后贫苦的山区，他出了力气，建立农村广播网放大站，临江，老爷庙，桥头和屯寨。那个年代好困难，公社开大会，头三天带着干粮，背着水，爬山越岭，去好几百里挨家挨户传信息，他看到眼里，记在心里，开动脑筋搞技术革新，整天整夜埋头苦干不休息，三用机改装成了四用机，一念文件一分钟就传遍各山头，知道了信息，节约了人力和物力，公社主任激动不已，社员拍手笑嘻嘻，真好！真好！省里马上派人来写事迹，召开表扬大会，卢大哥心中喜。派学习载波上海武汉江西。全国各地取经去。他还喜欢音乐歌舞共有37本歌曲集，吹口琴是他的拿手好戏。住院时期外国朋友来参观，美国加拿大的朋友听他表演口琴曲，欢呼拍手笑眯眯。生活有条理，厨房搞得好，锅碗瓢盆都摆好，有人乱动了不得。弟妹来了他高兴，好吃的拿出来。买菜购物不斤斤计较，每次都缺少，对售货员心眼好。进入新世纪，锻炼身体不要总睡大觉，洗脸要搓肥皂，勤换衣服勤洗澡，身体好，全家族人都关爱你，有多好，外边变了样，出去看看吧！春光明媚。

2001年元月28日

悼念姐姐

惊闻姐姐走西天，悲悲切切泪满面。您为什么走得那么匆忙，那么远？连句话儿也没和我说，叫我肝肠寸断。残酷的事实叫我无法承受，泪涟涟。哭声善良宽厚勤劳吃苦的姐呀！叫声教育好儿女的姐呀！聪明脑子特别快的姐呀！热情人缘特别好的姐呀！我多么地想您啊——姐！您的处世为人，言谈话语。音容笑貌，对妹妹的情，对妹妹的爱，将永远活在我的心里，永世不忘。姐！您走好，慢慢走别摔着，多穿点衣服别着凉，我一切都好，别惦记了。您安息吧！再也不会吃苦了，深深地祝福您一路平安！我们来世再相聚。您疼爱的妹妹——洁君。

2002年4月4日深夜

失眠之夜

夜深沉，夜难熬，翻来覆去睡不着。好心焦！听！窗外的北风呼呼啸，撒着黄土沙尘暴，随着心儿缠缠绵绵到天涯海角、往事如烟云一幕幕，流失的岁月化为酸楚的泪花，飘呀飘！好景不常在，青春不再来，八十不稀奇，得病自己医，对谁诉说这苦闷的心绪，期待着明天花好月圆，春光明媚，留住美好的记忆。

2002年4月26日失眠之夜

生命的美丽

女儿今年四十七岁，患了癌症惊天动地。老天爷啊，是谁得罪了你？家中乱了套，老母泪泣泣，兄嫂团团转，亲朋跟着着急。悔不该当初不注意身体，工作第一，缺乏健康意识，没有呵护好自己。工作忙得马不停蹄，没有节假日和休息，飞机来飞机去，跑遍全国各地，奔忙不息，一根黄瓜一个蛋就是她的一顿饭。生活无规律，夜里睡不好，白天吃不饱。手机电脑传真还围着她干扰，繁忙的工作把她累倒了。老母别哭泣，女儿莫着急。接受残酷的现实，要学张海迪，鼓起勇气，笑眯眯。胜利属于你！病症不稀奇，勇敢坚强拼搏到底。祖国医学日新月异好疗效好办法，抢救生命跑不了。贵人来相助，就是你命还好，躺在病床上默默地想，放宽心，不计较，怎么配合治疗，怎么好好养。主动吃饭主动睡好，一切私心杂念都抛掉，每天哈哈笑！不负家族亲朋好友，还有献一份爱心的同志和好领导。快病好，工作来回报。再次感谢301的医生护士好，再次感谢所有关心爱护我女儿的好人们，健康长寿，永远幸福，元旦快乐！

2002年12月30日凌晨2点老母床上病中

五儿媳妇

五儿媳妇是丁涛，做事麻利心灵手巧，对婆婆照顾好：牙不好，水果切成薄片送到嘴边了；夏天送个八角扇，凉风习习吹来了；冬天送个暖水袋，暖手又暖脚；秋天给婆婆织毛衣和毛裤，一个礼拜她就完成了；三天做条大棉裤，暖暖和和给婆婆穿上了；到春节长寿百岁的红腰带一条又一条，还有亲手织的绿钱包，那里也放着压岁钱百元的新钞。哈哈哈！这个媳妇够多好，婆婆该夸不该夸？

2001年11月14日夜

回望：感恩致敬

1977年商业局发现我竟能独当一面，遂调我到高楼山西边的堡子坝供销社当会计。于是，我又搬家了，带着川妹、斌娃、老太爷，又坐上了大货车，车上拉的除了两口木箱，床板、耳锅，就是成堆劈好做饭用的木柴。

——和生记事

搬　家

卢和生

家是人的窝。从1969年到1999年，二房家族搬了21次家。

1969年11月，父母亲随着满载各大医院医护人员及家属的火车专列，在“把医疗卫生工作重点放到农村去”的标语口号和挥泪相泣的告别声中，汽笛长鸣徐徐开出了北京东站。那一年，我刚好20岁，这是我从小在京城生活，记忆中的第一次搬家。

随父亲、母亲一同下乡的还有七十高龄的爷爷、大哥和尚在小学读书的六妹、七弟，全部家当也是仅有的几件旧家具和木箱。北京户口迁出了，房子是公家的，交了，我生活了20年熟悉的家没有了，不知命运将把我们抛向何处？

新家是在甘肃陇南山区脚下的桥头公社。大家分乘在搬运家具的大货车上，海拔两千多米的高楼山，盘山路十二道拐，崎岖颠簸，沿白龙江逆水而上，每缓缓爬上一道梁，急转弯，再疾驶而下一道溜坡时，望着身旁的万丈悬崖和翻滚的滔滔江水，都不禁嘘叫声声，但不敢大叫，生怕司机走了神……

贫瘠的山村，淡淡的生活，憨厚的老乡，给家带来了新的生气，妹妹弟弟在清贫的家里也渐渐长大了。

1975年，我搬进了小家。小家是在白龙江畔的临江供销社，8平方米的一间小屋，仅有一张床和一张桌子，妻是高楼山那边的碧口镇川妹，成家那天，全部嫁妆只有我和川妹各自带来的两口木箱，同事们来凑份子，多是5角钱、1元钱，没有彩车，没有花轿，也没有鲜花，只有从陇南地区买来的一束塑料菊花，插在红花瓶中，但同样给我们带来了新婚乔迁之喜。

虽然那时一个人的月收入只有22元，但川妹还要给碧口镇家里带回10元钱。川妹父母是镇上的贫民，靠家里养的一只小毛驴拉货为生，没有书包，父亲就用轮胎内胎缝了个包包，初中毕业那年，兰州招工单位嫌个头小不要，只好去了石鸡坝插队。

新的生活开始了。房小没有地方做饭，川妹只得在屋外的石阶上，搭了一个土灶台，放上一口耳锅，上面再盖上一张纸箱版，纸箱版上面再压上一块大砖头，做饭时打开，做完了再盖上。土灶台无遮无拦，而对阵阵吹起的尘土和刮风下雨，生性波辣的川妹也只能隔着玻璃窗呆呆无奈地望着，心酸的泪水如同窗外的雨水，潸然而下……

新房虽小，情意浓浓。斌娃就出生在这间小屋，为了照顾重孙，爷爷从桥头到临江，从此第四代的孩子们有了爱戴的老太爷。已在桥头中学读书的七弟休息时，常常一个人蹬着自行车骑行10公里，顺江而下，来看望小侄儿，和爷爷下棋对弈。

1976年8月，毗邻的四川松潘发生地震，波及文县。当夜小屋摇晃，把我们从梦中惊醒，连忙抱起斌娃跑出屋外，和老太爷及院内所有的人，躲进了临时搭起的地震棚。9月9日毛主席逝世，人们沉浸在极其悲痛的日子里，在地震棚举行了追悼大会。这一年，相继送走了三位国家领导人。

被临江人爱称的“北京人”，从当出纳起，我便开始了自学财务上的追求。1977年商业局发现我竟能独当一面，遂调我到高楼山西边的堡子坝供销社当会计。于是，我又搬家了，带着川妹、斌娃、老太爷，又坐上了大货车，车上拉的除了两口木箱，床板、耳锅，就是成堆劈好做饭用的木柴。

当了大会计，房子也大了点，堡子坝的房子是18平方米，但这里没有电，我们只有用墨水瓶多做几个煤油灯，昏暗的灯光映照着平静的生活。川妹白天在门市部卖货，晚上则一张一张地粘布票、棉花票，卖多少布，收多少票，是不能有错的。晚间有人来买东西，照例还是要去的。

房子空荡荡的，我们开始托老乡买木料，这里挨着林区，于是买来了椴木、核桃木、带花纹的硬杂木，请木匠做了高低柜、茶几、小椅子、小板凳，两个木沙发里边是用汽车内胎，划成条条串编的。有了点摆设，也像个家了。

女儿出生了，也是在自家的房子里接生的，接生是公社的大夫和两个赤脚医生。多了一个娃，我们特地做了一个双人小推车，雇一个小保姆，14岁的玉英。一天，我们正在上班，忽听院内有人大叫：“小车滑出去了！”我连忙飞快跑向大门，但已来不及了，眼见四个轮子的小推车快速地顺着供销社大门长长的斜坡，向坎下的麦地冲去，幸好，小车没有翻过去，平平地落在麦地中间，等我抱起还不知所措的两个孩子，玉英早已吓得泣不成声……

这一年，六妹请我去地区招生办找人，我没有答应。六妹坐在高楼山上大哭了一场，她不明白：为什么二哥放不下这个家？

1979年底，我已经培养了新的年轻会计，为了照顾川妹碧口的父母，我们又再次搬家，那一年，我刚好30岁。这次，家具和木料装了两大货车。

碧口镇被誉为甘肃的小西双版纳，气候宜人，山清水秀。老厂长看重自己挑选来的人才，特意给我们留下了一套120平方米的独门独院。在这“小别墅”一住就是10年整。

此时，久居桥头的父母也搬到了碧口卫生院。在内蒙古插队的四弟也迁移落户到了碧口粮管所。我的家大一些，又请木匠做了三扇门的大衣柜、写字桌、梳妆台，于是常常招呼全家12口人来吃、来住。

自从1980年加工厂生产山野菜以来，我经常到天津、大连、广州、深圳出差，家庭的担子就落在了川妹的身上，又要上班，又要照顾两个孩子，家里收拾得干干净净。为了多挣点钱，秋季夜深人静的时候，又在家剥核桃仁，一夜也就是几角钱。

1984年，老太爷在平静的入睡中度完了85岁的人生，遵照他老人家要火化、不要浪费土地的遗愿，大家护送老人家在四川广元火化后，骨灰盒就放在了我的小家。

山区的生活年复一年，而此时在京城的五弟传来了知青子女可以返城的惊喜消息，1987年我和四弟两个女儿的户口迁回了北京，姐妹俩暂住五弟家，过道搭了个上下铺的学生床。女儿心里不断地呼唤:“爸爸、妈妈什么时候能回来啊!”

回京？能干什么，住哪？我抱着试试看的心态，向海淀区人才交流中心填了一张进京申请表。没想到不出一周，区人事局局长就约我谈话，几天后，审计局就开出了接受证明。调档函发出了。

文县人事局的干部看着我手中的准迁证，惊奇地问："你这么快就办成进京手续，用了多长时间？花了多少钱？""两元钱。"我认真地回答。真的，就是填那张申请表的工本费。

当时川妹的入京手续还不能办，但我不能把相濡以沫已近20年的川妹丢下。此时父母早在当地退休，我也不能把年事已高的二老弃之不管，落叶归根全家回京，不管回去将面临什么。

我将全部工作移交给自己培养的第二批财务接班人，我们开始了紧张的搬家准备。母亲小心翼翼地："老二，你可要考虑好呵，这一走，想再回可就回不来了。"因为大哥已病退，我已是父母的指望了，而我已顾不上考虑那么多了。

两辆包装得高高的搬家大货车，静静地停在碧口吊桥下，第二天就要出发上火车站了。话别的晚上，川妹哭得伤心，好友们劝道："没啥的，一切会慢慢好起来的。"

在临上火车前，我和川妹、父亲、母亲、斌娃一起参观了广元皇泽寺，那是为纪念中国古代第一个女皇帝武则天而建的，广元是她的老家。我们默默久立，心绪重重，是呵，谁都有个家，下一步面临我们的将是什么。

汽笛长鸣，北上的火车徐徐开动了。告别甘肃大西北，离开我们的第二故乡碧口，返回北京，已是1989年11月，我刚好40岁。

终于回到整整阔别20 年的北京老家，但已没有我们的房子。没有别的办法，只好去租六郎庄草桥东口的一家农民房。在东郊货站取搬家物品时，冰箱已被翻倒，桌椅腿也被折断，望着陌生杂乱、冰冷的农民房，眼前的一切，川妹不禁双泪而下。眼下已是冬季，我借来了煤球炉子，自己动手和泥巴搪炉子，看着我贴一块掉一块的狼狈样，川妹不禁哭了，一通抱怨我为什么要回来，我只能忍着不说话。自己又去拉蜂窝煤，火生起来了，屋内开始暖和了。一切都要重新开始。

山区来的川妹从没有用过煤球炉，要么点不着，要么弄不好就熄火，为了很快适应新的生活环境，川妹咬着牙，含着泪，默默操劳起了新的家务。农民平房没有厕所，要到马路东边很远的公厕，很不方便，热心的邻居小罗就帮助我们在院子里，挖了一个土坑，向墙外接了一个铁管，当作小便池用，没有遮拦，又牵了根铁丝，围上一圈布帘。但遇到有风掀起布帘，就不敢用了。

1991年，四弟回京办理手续，一家四口人也搬进了我们的小平房，于是大家就用大衣柜、高低柜从房子中间做成隔断，两家人合住。吃饭的人多了，天也热了，用蜂窝炉实在不方便，好心的同事把她家婆婆的煤气罐和煤气本一起交给我们使用。有本的灌气要到宣武区牛街，我把煤气罐用绳子牢牢绑在自行车上，一来一去两小时半。冬去春来，月复一月，为了这个家，我只有默默地用力地蹬呵，蹬呵。女儿长大了，懂得父母的艰辛，家的不易，也时常骑着单车，陪同爸爸一起去牛街灌气。

半年多了，川妹来京工作还没有着落，热心的科长托人帮忙在六一幼儿园给找了个保育员的工作。在山区长大的川妹，不会骑车，我就帮着手把手地练，冬夜，天天等在幼儿园的门口。为了练胆，我和川妹曾骑两辆自行车最远从六郎庄骑到三元桥经朝外大街返回海淀。

为了准备第一次全国审计师职称考试，我时常挑灯夜读，川妹不再让我做一切家务，1992年，我取得了返京后的第一个专业证书。谁知好景不长，1993年，房东不让再租了，我央求再等一年单位就要分房了，“不成！一天都不行！你能给800一个月吗！”“那我月底一定搬。”女房东毫不客气：“不是一定搬，而是必须搬！！”我感到了无房的心痛。没有办法，我们只好又四处找房。

又开始了搬家，我从区政府行政处借了一辆三轮平板车，兄弟们和热心的同事，一车又一车，穿过一个又一个小巷，倒腾了整整一天。新租的农民房在六郎庄慈佑街，三间北房却没有顶棚，抬头一看，全是裸露的木椽、大梁，灰尘落落，只有凑合，好歹也得先有个住处呵。

在甘肃泾川的七弟一家三口人，全部家具都处理给了当地同事，也进京搬进了慈佑街。当时他们没有户口，没有工作，更是困难重重，七弟奋笔写下求聘觅伯乐书。而等七弟就职于华讯集团办公室主任要职时，七弟媳已独身一人返回了泾川。家，还是要有一个属于自己的家！七弟含着泪水，默默地搬出了慈佑街租住的农民房，带着女儿，离开京城，重返泾川。一年后，七弟凭着自己的真才实学，在广西沿海城市防城港，当上了组织部长，全家三口四次搬家，落户边城，买下了自己的大三居室楼房。

慈佑街每月400元的房租，大家已经凑不起了，就在我们一筹莫展的时候，1994年，单位领导终于给我们分了万泉庄一套62平方米的二居室二层楼房。房小人多，但不用付那么多房租了。于是，我们又租车，再次搬家。每次搬家，川妹看着一屋乱糟糟的场面，总是最忙的人，但也是最伤心的人。

回到北京，也给外地的亲友带来了希望，碧口小舅12岁的女儿，哈尔滨三弟20岁的儿子，相继来京，都住到了万泉庄，六妹一家从六郎庄也搬到我家。人满为患，房内厅外、大沙发、高低床上下都挤满了人。自己已是大家族的当然主持，只好大包大揽。最终因自己是大儿大女，我向单位提出了调房。

1997年11月，单位把我的住房调整到了马连洼小区一套83平方米的三居室三层楼房。我们又开始搬家了，我和川妹都希望这是最后一次搬家。我们又忙于收拾东西，那么多的人劝我们："旧家具别再要了，搬新家了，买新的吧。"从山区农村添置的木制家具，跟着我们几经搬家，几经折腾，是不再新鲜了，但看到堡子坝的高低柜、碧口的写字台，都引起我们那段山乡生活的无限眷恋，看到临江买的塑料菊花，就使我们感到新婚的温馨，那是建立小家的象征。川妹依旧像每次搬家一样，认真地擦洗和收拾。

搬家了，除了新买的大件电器，舍不掉情缘的旧家具又搬进了新房子，那塑料菊花又高高地插在冰箱的红花瓶上。简单的装修虽不气派，但我们却感到无限的满足和欣慰，因为这是按成本价出售的房改房，是自己的房了。新楼房有了天然气，再不用骑自行车去那么远灌煤气了，但五年的骑车拉气令人难以忘怀。

小区物业公司通知我去拿房产证，当我打开证书，看到房产性质上写着"私有"两个字时，不禁热泪夺眶而出：我终于有了自己的房了！这真的是自己的家了！来之不易，三十年河东，三十年河西，等有了自己的私有房产，搬了七次家，我已经50岁了。

我问川妹："你喜欢这个家吗？""喜欢！"川妹反问："这个家，没有我行吗？"长兄为父，长嫂如母，我知道这句话的分量。

母亲已年老体迈，难以下楼，父亲耳聋驼背，时常胃酸，老了，自己从20岁离京，立家创业，方知做父母的不易。母亲叨唠，常回家看看，父亲说，谁来看我不聊聊天，就罚款。我知道，父母现在最大的心愿，不是吃好的、穿好的，而是儿女们一点点的精神抚慰。

好强的六妹，从山村拖拉机厂的修理工，经自己的求知好学和艰辛努力，闯荡京城，已成为《时代财富》杂志的记者、主任编辑，小家搬来搬去，搬了七次，终于靠商业贷款买下了自己的房。四弟一家搬了三次，也从小平房搬上了四层楼房 。

三十年的岁月沧桑，安了大家，安小家，动荡的家安定了。几经搬家，老太爷的骨灰盒一直放在我的小家，也跟着我们搬来搬去，我们要给老太爷安置一个圆满的归宿。1999年秋，我们在香山南麓的金山陵园，祖孙四代，20余口，为老太爷、老太奶举行了骨灰安葬仪式。苍松翠柏，涛声呜咽，落叶归根，香山是老太爷年轻时钟爱的地方，自老人家1899年诞生至今，正是100年了。七弟饱蘸深情，写下了《百年关爱》的悼文。

我想看一看30年前的家，尽管那是公家的房，我带着川妹和孩子们来到当年的福绥境胡同，但那里已是一片高楼林立的官园小区，26号大杂院的铁柱，你们在哪里？我们想看看30年后搬回北京第一次安居的家，尽管那是租住的农民房，但那里已是飞架而起的西四环万泉立交桥和一片开阔的绿地，六郎庄的小罗，你们在哪里？旧境早已不复存在，岁月沧桑，人过境迁，悲感交加，我永远忘不了在我们身处逆境时，关心、帮助我们的一切好人！永远忘不了落户异乡山区的一个一个的家！

我不想再搬家了，因为实在太累了！

我和我的爷爷

卢亦梦

一、从前慢

我的家族是医学世家吗？爷爷是北医的医生，而在301医院的骨科专家卢世璧，我应该称为五爷爷。所以爷爷也是医学学者吧。其实不是的，爷爷是个从小住在卢永春太爷爷开的医院里，一身病痛却诗情画意，只想着隔壁小护士的文弱书生呢。那个小护士就是我的奶奶。

我在爷爷嘴里听到的故事，大多是他的爱情故事。在92岁的他的记忆里，奶奶是当时远近闻名的短发美人，连清华北大的博士都来递情信。很多次他特别得意地告诉我："无论如何，你奶奶还是被我打动了哟!"

我幻想着那大约是一段阳光明媚的时光，医院里洁白安静，奶奶的护士制服下面藏着一角旗袍，爷爷在病房的窗户前面为她写诗。两个情窦初开的年轻人，经历了父母阻拦，"文化大革命"从京城下放到边远山村支医，结束后又返回京城安居落户。爷爷在那个小山村里，捣鼓着他的德国相机和洗照片的暗房，拍下了许多珍贵的照片，有那个年代少有的浪漫情怀。

爷爷总嫌弃我留的发型不好看，他说"世界级美人皆是短发"。

确实，赫本、梦露，优雅或性感都被短发演绎得淋漓尽致。但爷爷说这话的时候，心里一定是想着奶奶年轻时的风采呢。他对奶奶的美，溢于言表：“奶奶是非常标准的体型，当年院花之一。”“奶奶生了那么多孩子但腹部平坦。”“奶奶是旗袍美人，如果是大眼睛就更不得了了，当时护士们都认为找我太可惜了，可她不为所动，我们一贫如洗但过得很快乐。”

我问爷爷，和奶奶最快乐的时光是怎样的？爷爷说：“我很怀念在天津初婚的那一年，在小旅店包房用打气炉小炒锅做饭，没有海鲜也吃得不坏。她几件旗袍穿一年，哪像你满屋衣服。”我听得出神，追问爷爷蜜月之行的种种。“那时没有蜜月之说，我们的蜜月就是那美国大兵也去的小店卖给了我一个军用手摩电，当然我们也逛公园，看美国经典片，都不贵。比如《魂断蓝桥》《出水芙蓉》《乱世佳人》，那时候说明书都是文言文，影片名字都很文雅优美。”

我还想继续听他讲和奶奶的爱情故事。他却自顾自地开始评价起我来。“你应做双眼皮，现在你的双眼皮不明显，还要植睫毛，哈哈美容有一些项目可做。”甚至在我告诉他我正在广州出差的时候，爷爷欢快地怂恿我：“我有一位老友正好在广州从事美容行业，你可去他那割双眼皮。”我哑然失笑，却又看到他在我刚发的朋友圈自拍下批评：“你为什么不正式微笑而是似笑非笑，其实笑好了更增你美丽魅力无穷。”“你就爱穿啰唆累赘的长裙，一次也没利索过，刘晓庆、于丹都有出众的身材，她们绝不穿长裙。”

爷爷也评价现在流行的一些美颜 APP 拍出来的自带小动物装饰的人像：“这些脸上的装饰是近年才风行的吗？我觉得它干扰了正

常的观感，并未增加审美的风韵。30年代以至后来没有这些奇思怪想，如果邓丽君脸上也出现这些怪饰还叫美吗？反而有丑化怪异的感觉。”

但评价最多的，还是他心里永恒完美的那一身奶奶的旗袍。他说：“真正的旗袍是朴素简洁的，全靠人体美展示，绝无烦琐的装饰。现在的旗袍过长过短，大开叉、高领、花边，全是哗众取宠，审美反叛之作。”爷爷还一针见血地指出：“旗袍太长都是舞女，标准应是膝下4寸，膝上也应为4寸。”

每次与爷爷探讨美学到最后，总以他对奶奶的赞美收尾。“奶奶一生不锻炼就是不肥，因为吃得少又不吃肥肉，而现在女士小姐个个是美食家，怎么拼命走也得肥而且肥得出奇，洋人也如此。”我笑着说：“奶奶现在不是很胖嘛。”爷爷立刻弹出微信对话框：“！！！谁说的？”

2016年，奶奶先爷爷一步去了。爷爷在家族群里留了一段话，他写道：“奶奶今天问我，还喜欢她吗。我说当然。”理性地说，我不相信一个人能爱另一个人一辈子，能白头偕老的不是因为爱，而是因为太老了，折腾不动了。看到爷爷说“当然”的那一刻，所有他曾向我描述的奶奶的短发、旗袍、一颦一笑，他们的初次相遇、分别和重逢，那些字里行间的兴奋，让他像极了十八岁的少年刚刚遇到心上人的样子。有篇短诗大约可以描述爷爷的爱情——从前慢，车、马、书信都慢，一生只够爱一个人。此时此刻，能说那不是爱情吗，我信这是爱情。他们彼此相爱了一生，直到生命的尽头。

二、我和爷爷

年少时的我，遵照父母亲的要求，在距离京城2500公里的广西滨海小城给爷爷寄出了第一封书信。信中我愉快地描述了我喜欢的植物，饲养的宠物狗，以及少女时期顾影自怜的只言片语。信件被具有仪式感的规规正正投入路边的墨绿色邮筒，在漆黑的一道缝隙间消失不见，大约经历两周半的路程，它将呈现在爷爷的手中，不知他每一次收到我的来信，是怎样的心情。

爷爷的回信总是冗长而包罗万象，家长里短、时事政治，以及对我的来信的感受，一件不落地写上七八页的信纸。信封里还夹杂着几片裁剪出来的报纸文章，旁边写着他的意见。

读大学之后，书信渐渐少了起来，爷爷学会了使用手机发送短信。偶尔也会通电话。记得有一回，我下班后回到家中，接到了爷爷打来的电话，已经不记得谈到了什么内容，却记着当我对爷爷说，对不起，不能够陪伴您左右，没有尽到一个孙女应该尽到的义务和责任，感到十分惭愧。电话那头爷爷沉默了片刻，他郑重地对我说了句，谢谢你。

从那天开始，我与爷爷的联络更加密切了，探讨的内容也从鸡毛蒜皮变成了观点的分享和碰撞，从手机短信到申请了 QQ 加了我为好友，又学会了发邮件。腾讯研发出了微信，爷爷也马上学习了微信的使用，能很顺利使用各项功能，发微信、朋友圈、分享视频和文章、弹视频语音窗口。他和年轻人无异，甚至比年轻人更对这个世界忧心忡忡，并且充满了好奇心和求知欲。他在微信中说，你要教会我使用淘宝购物，我还想成为知乎的用户，你要把我教到大学的水平。

爷爷曾对我说，预测孙女的未来，是一种乐趣，不去想人而去抱狗是老糊涂啊。所以他和多数老人不太一样，他的晚年仍然每天关注民生和时政，对我提到的一些流行作家的作品感兴趣，比如严歌苓、村上春树，他都找来一读并与我分享感悟。知无不言，言无不尽，大概能比较贴切地形容我与爷爷之间的交流。我们从“文革”聊到现代爱情，又从当下社会的种种问题聊到哲学。爷爷总是视角犀利，毫不留情地指出他认为错误的观点，也常常因为我回复迟了或不够用心而认定我把他给忘了。

我与爷爷之间，没有太多长辈与晚辈的疏离感或者拘谨礼节，经常针锋相对，我也毫无保留地向他表达着自己的世界观。我觉得爷爷需要这种真实感，比请安问候让他更有被重视的感觉。于是我的问题也直白而坦率。我曾问爷爷，害怕死亡吗？爷爷说：“如果无何不适，我仍可开车出游而不觉其老，如有大不适也有命将尽矣之感，不行时就安乐死吧！今年我想至少可游三次，上天保佑。”然后他便在微信里像个孩子一样描述起沙县馄饨的口感，称赞道：“沙县馄饨味道超鲜，举家三员未能撼动沙县分毫。人家皮子薄如蝉翼，肉馅若有似无，肉汤鲜美难拒，朝思暮想。”

中国人对于孝道的理解，还停留在子欲养的阶段。例如把陪家人吃顿饭看作吃一次少一次的奢侈。上升到精神层面，我觉得“懂得”“尊重”“需要”，都比传统认知里的孝顺要更有力量一些。在那些被理解、被尊重、被需要的时刻，我们和家人之间才产生了真正意义上的联结，是心离得最近的时候。

爷爷也认同我的想法，他感叹："你说去扫墓容易吗？现在有雇人代扫，没意思。我认为重要的是生前孝养，我不信灵魂，烧纸是迷信，现在还卖纸手机、纸电脑，可笑至极。"

三、时间没有等我，您也没有

那天早晨醒来，习惯性地打开手机看微信，父亲发来的那条消息就那样突兀地显示在手机屏幕上，巨大的无措感让我哑口无言。坐在床上大脑一片空白，就那样过了十几分钟。慢慢恢复知觉，才开始放声大哭。各种情绪汹涌而来，我开始给他发微信，双手颤抖，我问他，质问他，为什么不等我，为什么不等我，为什么不等我。机票已经订好了，我已经提前预想了我要跟他谈什么话题，要陪他去哪里，要给他做什么好吃的。我对着再也没有回音的对话框，说，您这个大骗子！难过的是，离开的时候话还没有说尽，所以也没有好好地告别。那种心情低落又有些生气。被单方面宣布爷爷已经离开了这个世界，留下了一堆书籍和信件，要我去寻找他曾兴奋地对我描述过的片段，想要隔空击掌，却始终没有回音。他终于化作尘埃、泥土和大地，雨水、种子和森林，化作永恒的寂静。

爷爷总是说，我的孙女是最特别的呢，和别的儿孙都不一样，是个怪女孩。爷爷也总是说，我们家族上下三代都没有出一个像你一样有写作天赋的人。那么，我会以我的方式，留存与爷爷在这世间的交集。只是很想对他说，您现在特别得意吧，摆脱了病旧的肉身，不知去哪儿云游四海了，什么也别想困住您。

我离观瞻死亡只是一张机票的距离。最终我没有去送爷爷，我已经得不到我想要的答案了。我问他们，您是否穿得暖和，他们说很暖和。就如那天他们说爷爷的嘴唇干裂，我下意识地问，为何不涂一些唇膏。他们很忙碌却有条理地处理完毕一切事宜，而我在远处以我的方式，寻求内心的平静。说实话每天都有一阵子觉得堵得慌，没有任何办法让他知道我的悲伤、抱怨和疑问。记得爷爷问我的最后一个问题是，《芳华》拍得好吗。我还没告诉他，他亲述的经历，电影里确实赤裸直白血淋淋地展示了。愿爷爷在新的肉身里，忘却苦痛，从满足的婴孩做起。

四、我发射信号了，您会收到吧

我知道有一天我会失去一些挚友，失去一段爱情，失去养了很多年的猫。失去青春，失去天真，失去所有白驹过隙的时光。所以我也知道我会失去您。和您微信斗嘴的时候，我截了图留了证据；给您分享我的生活照，零散的文字片段，让您看到我的幼稚和虚荣。所有能够预料到的遗憾都预料到了，没能给您声情并茂地讲述越南游记您最期待的下半部分，也没能写出一部小说；没能给您做醋血鸭，也没能帮您叫一份沙县小馄饨，那是您赞不绝口的小吃；没能让您如愿看到我剪短发割双眼皮穿旗袍的样子，也没能骑一次自行车给喜欢骑自行车的您看看我真的不会骑。没有促膝长谈，您说不必，文字里的畅所欲言总好过面面相觑的无言。您像是我的一位熟悉的网友，更早的时候是书信往来，两周一封信经历漫长的等待，后来是手机短信再到微信往来。那天给您发了微信，我说马上就要见面了，您很期待吧。但后来我不想见您了，我觉得会见光死的。瘦巴巴的干瘪小老头，也不能斗嘴了，一点也不可爱，有本事您骂我呀。我知道我做了那么久的准备，终于要承受再一次的失去了。所有的失去都有一个共性，就像是瞬间变成了深海里的那头频率不一样的鲸，无论发射了多少信号，都不会再有回应了。只有您也想见我的时候，我们的见面才有意义。原本我与您，也不是肉身与肉身，而是灵魂与灵魂。原本我与您，也不是爷爷和孙女，而是在这个空间维度里，两头频率一致的鲸。

桥头的碎片

卢秋生

很多年以后，我驾驶着一辆红色桑塔纳轿车重返桥头，旁边坐着我中学同学卜良平。

眼前的一切显得熟悉又陌生。雨刮一遍又一遍地清扫，窗外的迷蒙变得清晰，像小心翼翼地拨开尘封的记忆。路还是原来的路，河还是原来的河，可是，桥已不是原来的桥了。原先的老桥只是三根圆木，现在已经是铁索桥了。走上铁索桥，摇摇晃晃，脚下是湍急的河水，向前看，那座小河上的磨坊还在。

掐指算来，我于1978年离开桥头，现在已经过去28年了。站在河边，我看见原来的磨坊还剩下残垣断壁，岌岌可危。那巨大的石磨已经不复存在了。时光已经过去20多年，那个磨坊本应该彻底毁坏才符合逻辑，不知为什么，还残存这么一些遗迹。还有那面桥头医院的临河的墙，现在竟也残存下来，令人看了不胜唏嘘。

除了磨坊和那面墙，其他的房子已经荡然无存。我们家原来所在的地方已经盖了供电站，高大的蜘蛛网似的电线从我的头上遍布。院子的大铁门紧锁着。我没有进去，也不想进去。

这时，天上落起了细雨。我的心情湿润了，思路被这淅淅沥沥的雨丝带入了童年。那些尘封的记忆断断续续，只是一些星星点点的碎片。

一

28年前，我眼前的这条河道还是绿水充盈。河水从离这里几里路的洋汤河截流而来，顺着山势，沿着长满小麦的田野边缘弯弯曲曲而来，到了桥头医院的门前，忽然变成狭窄的一束，穿过桥底，顺着一条木槽奔腾而下，直冲磨轮。于是，浪花四溅，轰然作响，那只在我当时看来庞大的木轮飞转起来，把撞在它身上的水浪甩成一圈碎珠儿。我每天清晨都必须走过磨坊旁边的小桥去学校，每到这里，都是小心翼翼的，生怕一不小心从那高高的木槽上面滑了下去。

在这条清澈的小河上，我们可以游泳。有一年的夏夜，我和几个童年伙伴，就在我现在站立不远的地方游泳。那是一个朦胧的夏夜，我和同院的孩子们玩完纸牌游戏之后，相约趁着月色去河里游泳。就在我现在不远的地方，我们游了很久很久，一直到了月亮隐入云层，担心深夜河里水蛇袭击，才恋恋不舍地结束了那场水中的晚会。时光已经过去这么多年，那晚的情景依稀就在眼前。可是现在，河道已经干涸，童年的伙伴已经各奔东西。只有那磨坊窗里传出的歌声犹在耳边。

这一切，已经显得十分遥远。我站在过去生活过的这块土地上，努力寻觅当年的印象，无限感慨。由于雨的缘故，我没能再向这个村庄里面迈进，只是远远地望着它，期盼着有那么一个年龄相仿的人突然出现在我的面前。但是没有。只有那初秋的雨点噼里啪啦落在我撑着的雨伞之上。

我曾经多次在这个村子的一户人家去买“浆水”，那是用来做“浆水面”的不可缺少的底料。做的时候，往锅里倒少许菜油，放入葱姜、酸菜，炒一会儿，然后倒入“浆水”，一股诱人的香气就溢出来了。这种浆水面我可以连吃三碗，而且即使每天吃一顿，也不会觉得腻。想起在那些清冷的日子里，我们同院的上海医生蔡德培，也十分爱吃这种浆水面。而浆水面的大师级人物，便是当年中药铺的宋海润。蔡医生就与宋海润合伙吃饭，好像宋海润做什么，他就吃什么。我放学回家有时钻进宋海润的房子里，看到的几乎都是浆水面，我也吃过好多次他做的面，的确非常香。想想，那是28年之前的农村，陇南的农村，还能想象有什么比浆水面更加奢侈的东西吗？

蔡医生已经回了上海。在那次重返故里的旅途中，我曾经与他通过一次话。回忆当年的生活，大家都觉得留恋。那是一个纯粹的年代。现在，我站在雨中，抚摩着被雨淋湿的桥栏，看着河水从眼前哗哗地流过，心里涌出一阵酸楚。

至今我仍然不解的是，为何时间已过多年，那磨坊的框架还在。以这么多年的时光，拆毁那座毫无意义的磨坊，就像推倒一副纸牌那么容易。河水干涸，河道里填满了青草和淤泥，可是磨坊的轮廓还在，好像成为一个时代的标志，留给人们的，会是怎样的记忆呢？

我相信，即便是当年在这里工作，而现在仍在陇南生活的人，也不可能经常造访这个磨坊，因为长途交通的不便，更何况这里物是人非，早已不是当年的模样了。

在这座幸存的磨坊的旁边，我沉默良久。直到同伴唤醒了沉溺到回忆中的我，方才觉得时光和流水一样匆匆而又无奈。

二

在我看来，现在眼前的菜地和磨坊都是微缩了的景观：28年前，我必须一路小跑才能迅速地穿越长长的田埂，从那个木桥到达磨坊，然后回家。现在不用了，我只需行走十几二十米，就可以轻而易举地走到磨坊。刚开始，我觉得惊诧不已，几次转身询问陪我到这里的良平：这真的就是我童年所在的地方吗？

后来，我终于明白过来，当几十年前的印象忽然被定格在眼前，逝去的是时光，而留存的是童年。

就是在这条我再也熟悉不过的小路上，我的爱犬黑豹每天都站在河边翘首等待着我的归来。那是一只黑身白颈的狗，非常漂亮。至今，我仍然保存着一张和黑豹在一起的照片：我穿着皮猴（一种皮帽子的棉衣），黑豹目光炯炯。我是它的朋友。我搂着它的脖子，把我的脸贴近它的毛茸茸的头部，它的毛发光滑而高贵。可惜的是，现在我不能记起，当年黑豹在夜晚是常在哪里过夜的。只是记得，黑豹的丢失，使我伤心了好几天。有一种解释是，黑豹在一天下午被一个至今我也不知道叫什么名字的人追杀。我的祖父当时拄着拐杖，站在河边的小路上，守候着它的归来。

还有一件事我也感到不解。小时候曾经养了一只鸡叫“白莱卡”，13斤重，白色，我抱它时它十分顺从，不跑也不飞。实际上，以13斤的身体又如何跑得过一个十几岁的孩子。有一天，放学回家，母亲告诉我，“白莱卡”不见了，大家都在寻找，估计找回来的希望已经十分渺茫。有一种解释是，那天晚上忘记把“白莱卡”抱回屋子里住，而是让它卧在窗台上过了一夜。可能就在那天晚上，它被黄鼠狼叼走了。总之，我再也没有见过它。

一只狗和一只鸡，它们的出现和消失在一个孩子眼里看来，却显得诡异而神秘，直到今天，我也弄不清楚到底是怎么一回事。不过我相信，它们的的确确是遗失了。

关于鸡的回忆，有一件事是确切的，那就是当年在这个院子里，有几个医生酷爱斗鸡。多年以后，我坐在早已退休的外科医生虎大夫的身边，听到他绘声绘色地描述与我父亲斗鸡的场景，还是忍俊不禁。我用手机接通电话，让两个已经八十出头的老人回忆当年的故事，好像又回到了我的童年。

在我身边的这个院子里，应该曾经有着两株桃树，那是我精心从小培育的。最后一次见到桃树，已经可以结果。桃树就在我家门前，像两个忠诚的哨兵。以前是一个院子，我曾经和蔡医生在这块空地上打过羽毛球。打完球就去他的房子里听他从上海带来的收音机。

这一切已经十分遥远。我不知道，那些曾经在这个地方生活的医生们，现在是否还保存着美好的回忆或是几张已经发黄的老照片。我知道，当年，他们这些从北京、上海、天津来的医生们，被称为“六二六医生”。现在和北京的年轻护士谈到“六二六”已经陌生，不得不耐心地告诉她们，这是1969年6月26日毛主席的一个批示：把医疗卫生工作的重点放到农村去。一句话，一个火车皮，一群身怀绝技的医生从都市到了最底层的乡村，一待就是十几年。我们家就是这些家庭中的一个。

现在回想起来，恐怕当年农村的医疗技术比起现在来还是相当正规的。尽管现在的农村医院添置了许多先进的设备，但又有多少来自大城市大医院的医生呢？

三

那时的桥头是宁静的。我家的门前有清清的河水流淌，鸟儿在高大茂密的核桃树上跳跃唱歌，麦子绿，菜花黄，的确是个山清水秀的好地方。

眼前的桥头，街道被拓宽了，街两边的木板房已经全部更新，三四层高的楼房盖起来了。我的车子缓慢地行驶在依然泥泞的街道上，看见好多卡车正在往车厢里装中药材。这是一个中药材之乡，最著名的就是“文党”。我把车直接开到了我曾经读过书的学校，可是那里已经面目全非了。操场已经没有了，过去宽阔的院子边缘现在都是教学楼，我已经不能找出学校当年的模样。

想想过去，我以一个弱小之躯，曾经无数次在眼前这个院子里“喊操”，那是一个令孩子们嫉妒的工作：体育老师经常让我率领着同学们跑步，做当时盛行的广播体操。没有广播，我就是广播。一二三四,二二三四。我大声地喊着。这个声音忽然变得十分遥远而模糊，好像从来也没有发生过。

下着雨，学校的院子里空无一人。正是放暑假的季节。我没有见到任何一个当时认识的老师，他们有的调走了，有的退休了，有的已经永远地离开了这个世界。我的班主任，那个英俊潇洒的英语老师，自从我转学之后，至今就再没见过他，也没能打听出他的消息。那时，他经常像大哥哥一样地呵护着我，有时简直是欣赏。在他的班上，我当了语文和英语两门课的课代表，经常抱一大摞的作业本到他的屋子里批阅。现在我不知道他在什么地方，时间已经过去28年，老师，您还好吗？

在这所学校里，我和我姐姐一直上到高中二年级。当时没有高三，高二就是毕业班了。我有时会去姐姐的教室里找她，而她则向同学们介绍：看，这就是我的弟弟！

后来，我的已经读高中快毕业的姐姐，到离学校和医院几十公里的乡村插队，那个地方叫作岳家山。没有汽车。从我们家徒步像长征一样地行走，到岳家山大都天色已黑，要三个多小时，全是崎岖的山路。我去过两次。那时，姐姐有一个很要好的朋友，我当时一直以为他可以成为我们家庭的一员。但是没有。他们在插队结束之后就分手了。大约是因为分配的缘故，那个男同学的路有了比姐姐更好的选择，就一去不复返了。直到前几年，他听说姐姐患了重病，从遥远的地方打手机给我，才知道他仍然在社会上苦苦打拼。在手机里听来，当年深沉稳重的男中音已经变得陌生。我不能想象，他的经历，他的容貌发生哪些变化，一定会有好多吸引人的故事。走在陇南文县的街头，身边的同学告诉我说，有个男人一直注视着我，好像你们似曾相识，可惜已经擦肩而过。我不认识他了，可能他还认识我。没有打招呼，就这样走过了，可能再也没有见面的机会。不光是他，我自己和同学的头发也已经斑白了。

当年有个老师刘启舒，还没结婚，是“老三届”的高才生。他是个全能教师，出口成章，后来在县里宣传部工作，直到今天，出版了好几部散文和新闻作品集。我记得1976年的夏天，四川松潘、平武地震，影响到我生活的乡村学校。刘老师曾经选择几个责任心强的同学，用比较原始的办法预测地震。有一个测震仪，我每天值班的时候，就细心地看着仪器，然后用红红绿绿的笔在图纸上勾出测验的线条。现在看来，当时的辛苦努力，已经无人知晓。我没有见到街上的老人，否则，他们一定会认出我，一定会惊奇地叫出我的小名儿。

这次重返故土，在文县幽静的宾馆里，我邀请几个好同学，又邀请到启舒老师一起吃饭。他还是那么幽默风趣，又送给我几本刚刚印出的新书。现在，他应该已接近60岁了，还是那么干练，说话带着川腔。关于桥头，他写了很多篇散文，那里面也记述了他的青春、苦闷和忧伤。

四

在桥头的泥泞的街头，我们问了好几个人，终于在许多铺面之中找到了那个中药铺。

药铺的门脸是土木的，门边写着大大的“拆”字。看得出这间幸存的房子，也很快就要从这条老街上面消失了。

宋海润就是我在桥头见到的唯一一个熟悉的人，而且正如前面所述，还是一个印象十分深刻的人。

对宋医生的印象，首先是他会理发。宋医生当年也只是20多岁，比我大不了多少。可是，他高大英俊，每月至少帮我理一次发。用的是老“推子”，在院子里的凳子上一坐，一会儿就理好了。有次他搂着我的头说，你的头发真硬呵，怎么理才好看呢？现在，他还为别人理发吗？

宋医生当年是一个中药剂师，对各种中药材十分熟悉。上海的蔡医生致力于中西医结合，处方总少不了几味中药，而且龙飞凤舞。宋医生看得懂他的字，而且药也配得特别快。宋医生是一个不喜张扬的人。否则，这么多年，有多少当年的医生还在桥头街上开药铺呢？

终于，我见到了宋海润。雨还在下着，我穿过街道，缓缓走上一个楼梯，在长长的楼道上看见一个斑白头发的人向我走来。我们互相凝视着对方，一时不知说什么才好。他的脸色不太好，已经不是当年神采飞扬、笑容满面的样子。他紧紧握住我的手，不停地询问着父亲的近况，还有母亲和我那可怜的大哥。这些人都是当年和他在一个院子里朝夕相处的人，里面定然会有许多我不知道的故事。

我得知他早已离开了医院，这个药铺已经开了好几年，勉强可以维持生计。他的两个孩子，一个在深圳，一个在兰州，都在外面闯荡了。他把我带进屋子里，一间不到20平方米的小屋子，堆满了陈旧的桌椅柜子。一张大床几乎挤占了屋子三分之二的空间。我问他哪件东西是当年用过的。他告诉我说就是那个橱柜，我用手摸着橱柜那已经褪色的木板，眼前忽然模糊了。二十八年了，这个本分的理发师，这个救死扶伤的中医，竟然没有添置一件用于装碗筷的橱柜，足以想象他的生活压力。屋外，一口手工砌的锅灶上面煮着菜饭。不是“浆水面”。院子里摆满了中药材，一捆一捆的，准备用卡车运到远方。整条街道上都是药材的浓郁的香气。

宋海润领着我来到街上的一个院落，这就是现在的镇医院，比过去的面积小多了，只是四面是楼房，拥挤而混乱。我们坐在院落的屋子里，和另外两位认识我父亲的医生聊起家常。院长拿出杯子，倒上白酒，说我们没什么东西招待你，一起喝杯酒吧。我一饮而尽，酒里面是28年的回忆。

这个镇子我已经不熟悉了，尽管我曾经在这里生活过十年。街道、人事，都发生了巨大的变化，只是屋后山上那口神秘的山洞还阴森森地存在着。我们把它叫作“神仙洞”。据说，这个山洞可以一直通到武都（现在叫作陇南市）。在陇南的一个岩洞里，我看到像广西岩洞的钟乳石，还有一些编出来的美丽故事。“神仙洞”极有可能与武都的岩洞相通。这种探险，只有等待后人去实现吧。

五

当年在桥头医院里的孩子只有三家人，一家姓虎，一家姓闫，还有一家就是我家了。说起当年的情景，虎家两姐妹算得上是和我家最早到桥头的人了。

许多年以后，我重返桥头，回忆起来的全是儿时的印象：河桥，磨坊，桃树，还有几个童年的伙伴。在虎家两姐妹中，姐姐梅吟来得早一些，后来过了好长时间，记不清是几个月还是一年，妹妹梅喻才来到了这里。后来我从姐姐写给我母亲的信中读到她在桥头医院的故事，至今仍然十分动人。

当时我们都很小，刚上小学。虎家姐妹的父亲是医生，在乡村时有出疹的情况。山路弯弯，又没有汽车，一去就是好几天。姐姐就住在我家里。吃饭的时候，母亲专门准备了一对一模一样的碗，一个给我，一个给她。我们坐在一只凳子的对面，就用这只很可爱的小碗盛饭。这个细节，后来我在她写给母亲的信中再次看到，可见她的印象有多深。

现在看来，两姐妹都已成家，有了自己幸福的生活，也都有了孩子。许多年来，我们没有联系过，哪怕一个电话、一条信息都没有。或许，我们都可能认为，最好还是不去破坏童年的印象吧。

当时还是上个世纪70年代初，是几分钱都买不到一块水果糖的年代。何况还是桥头这样的山村。从桥头去县城，要步行十里路才到班车路过的地方。每天上午11点左右，只有唯一一趟班车，车顶堆满行李，车厢内挤得水泄不通。运气好，买得站票；运气不好，车也上不去，只好又步行回到桥头。这种情况，我也亲自遇过好多次。想想，这样的乡村，能有什么文化生活？

我们放学之后的生活，就只能是在河边听听磨坊里传出的山歌。那是断断续续的吟唱，若有若无，虚无缥缈，像天上的云，像山边的雾，看不清，也抓不住。有时，那磨坊窗口飘出的轻轻吟唱就在我的梦里，使我醒来之后还不知究竟发生了什么。

我们每天上学都要经过那个磨坊，然后穿过洋汤河上的小桥，才能到学校去。

河水其实不大，河面也不太宽。但是夏季的时候雨水一多，河水就会暴涨，那几根木头搭成的桥也就被冲得无影无踪。这时，虎医生就会挽起裤脚，一个一个把我们几个孩子背过河去。

有一次，我们因为河水太深太猛，终于没有让虎医生背，而是又走了几里地从远处更高的一座桥回到家里。

河边的卵石圆润如玉，有的像馅饼那么薄。我多次放学时和姐姐在河边扔石子，看谁打水漂远。一不小心，我的手往后一扬，刚巧碰在她的眼眶之上。当时她就哭了。我心里很害怕，担心她的父亲会痛骂我一顿。不过幸好这事没有发生，我估计她回去也没有说出来到底眼眶红肿是因为什么。过了多年，我们再次相见，回忆当时的情况，彼此都十分感慨，毕竟，现在已是中年。童年的回忆，有的模糊了，有的沉淀了，有的虽清晰可也只是一路碎片，要想把那些星星点点的线索连接起来，可真不是那么容易。

不过，说老实话，虎家两姐妹当时是桥头学校里最好看的女孩子。而在我看来，他们的名字也一样美。

六

关于文江，当然有更加清晰的印象。这不全是因为当年院子里只有我和他两个男孩子，而是因为，我后来到县城上学时就和他同睡一张床上。文江至今仍然是同学中与我联系最多的人。

文江比我低一届，个头不高，人很结实。他的父亲就是医院的院长。他们家本来是在县城里的，也是一个比较大的家族。

文江有时会回到县城的家，那真像我上面写到的走到十几里路开外的车站搭车，又翻越可怕的高楼山，那“十二道拐”就像一条长龙盘踞山腰。几十里的路，却朝发夕至，可见交通之险恶。我当然没有理由去县城。好多年我都不知道县城是什么样子。我的眼前就是磨坊，就是那低吟的歌声。

这样，我会央求文江回县城的时候，给我捎回几本“连环画”，我们当时把它叫作“小人书”。文江每次都会带来四五本，记得有《三国演义》《水浒传》《杨家将》之类。小人书很小巧，又精致，便于携带。就装在书包里拿到教室，有些时候还会被老师没收。我喜欢看这些书，因为没有其他书可看。我的童年的知识，除了课本，就是这些小人书。后来，我家已积存了上百本小人书，高高的一大摞。这些书，我记得送给了我的侄女，我四哥的孩子。不知是否还幸存几本，或许经过这么多年的迁徙，已经七零八落，丢的丢，破的破，若还能找到一本两本，那是非常不容易的事情了。

书把我和医院的孩子们连在一起。

我在学校是语文课代表，连环画读得多，作文写得好。学校里有一间图书室，有一段时间我还当过图书管理员。这是个非常让人嫉妒的职务。想想看，在一间放满图书的房子里，透过窗子把一本本书借给同学，是何等得意。这是一个很大的权力：和谁好就借给谁好看的书。

为了这个借书的问题，我曾经和医院的孩子闹过小小的误会。

文江的性格温和，与我一直保持着比较密切的联系。许多年后，他当了县城中学的领导，仍然执教于讲台，在当地有着很好的口碑。还有，文江娶了一个漂亮的妻子，女儿也亭亭玉立。

现在应该说说坐在我旁边的良平了。

这次故地重游，与童年的另一个朋友良平有着相当大的关系。最近好多年，他都一再邀请我重返当年生活的地方看看。我知道，上世纪90年代初，我们在文县相会的时候，良平曾经在他家里请我喝过酒。这些年里，他经营着一台客车，在陇南到兰州的路上往返奔波。以他多年的驾驶技术和人缘，这次特意借了他妹夫的桑塔纳，而且行车七个多小时到岷县去接我。这让我十分感动。

由于这样的安排，我可以从陇东取道兰州到岷县，在那里小住一夜，看望在岷县新任县委书记的魏志荣，他曾经与我同在一个部里工作。我的怀旧之旅成行，想见的人都已经见了，这应当感谢良平的安排。

岷县的地理位置十分险要，当年红军突破的天险腊子口，就在岷县到陇南的一条山路上。良平开车，我坐在副驾驶的座位上，陪我重返故里的是我的同事德林，德林带了一部摄像机。于是，他便责无旁贷地担当起怀旧之旅的摄像兼编辑。这次，在十多天的日子里，德林为我留下了好多珍贵的镜头。不过，一路上他也代我喝了不少酒。

良平对车非常熟悉，可是，这台小车却让我们有过小小的担心。在翻越高楼山时，天空下起了雨，越来越大，后来，雨刮先是坏了一边的，接着又坏了另一个。车子不能停下来，我们都认为，应当在天黑之前翻过高楼山。否则，在荒无人烟的山里，过夜是非常恐怖的。况且，这车子是借来的，除了雨刮，还不知道会发生什么事。

以良平的技术，开这样的车当然不在话下。

在桥头的时候，我们是同班同学。他的个子稍高于我，比我也胖。为人十分诚恳厚道，讲义气。整个旅程中，他为我介绍了许多情况，让我对许多年来发生的事情有了一个大致的了解。

在那个磨坊前面，我多次问良平，这就是当年的磨坊吗？

至今我还是比较困惑，在桥头这个几乎与世隔绝的乡村里，竟然有来自上海、北京的医生，而且曾经生活过十年。简直匪夷所思，不可思议，想也想不到。

良平也不是桥头人，所以我们都能像兄弟一样地要好。多年以来，我们也保持着联系，从他那里我也知道好多关于老师和学校的事情。

有些同学已经没有消息了。

七

对于城里人来说，最大的经验就是生活。人要吃饭，填饱肚子，这是活着的最基本的条件。二十八年前，这些北京人、上海人是怎么在桥头医院生活的？

前面曾经提到，蔡医生是上海来的，他不会做饭，好像忙得也没有时间做饭。我从来没见过蔡医生做饭。他总是和中药剂师宋海润搭伙。上班的时候，蔡医生开中药方，宋海润抓药；下班时，宋海润做饭，蔡医生就只管吃了。做什么就吃什么，吃完饭放下碗筷，蔡医生就回他的房子听袖珍收音机里放出的斯特劳斯了。

我们家不同。我们是一个完整的家，一家三代人，祖父，父亲，母亲和我，在这个磨坊旁边的院落里生活了十年。

十年是怎么过来的？

我永远忘不了那只用油漆桶做成的小火炉。那是一只只有一个矮板凳那么高的铁皮桶，里面糊着泥巴，露出通风口，桶上面有一个铁丝盘成的架子。我母亲就用这个炉子给我们做饭。通常是一只铝锅，菜和饭都煮在里面了。北京来的医生，粮站也很照顾，大米和白面都是特批的。有次我们家还在那个磨坊碾玉米呢。

下雪的时候，薄薄的一地。母亲扫出一块空地，搭起火炉，为我炖着鸡汤。我至今还记得，母亲做得最好吃的就是"烫饭"（这是我们自己的叫法），也就是把米饭和白菜、萝卜和在一起，加上一些肉末，一锅煮，吃起来烫舌头，然而非常可口。我每次感冒的时候，母亲都做"烫饭"给我吃。

1969年的冬天，北京是烧煤球儿的。而在桥头，却是烧木柴。刚到桥头时，劈柴、生火、煮饭，哪一样都要从头学起。可怜的母亲，一个北京医学院第一附属医院的医生，怎么会生柴火呢？于是，往往饭还没煮熟，整个脸和手都被烟熏黑了，像一个非洲的主妇。

在木板结构的房屋里睡觉，我经常处于梦魇之中。屋子外面摆放着两口漆黑的寿棺，那是为房东老人准备的。可是，对于一个只有八九岁的孩子，怎么能在寿材旁边的房子里安睡？我常常梦见一个披了白纱的女鬼，飘然破门而入，就紧紧贴在床对面的墙壁上。惊醒之后，头皮依然发麻，浑身打着冷战。这样的日子，直到几个月后我们搬到河对岸的医院里，才渐渐好转。

关于当地的风俗，我在另一篇又像散文又像小说的《江村如歌》中有着较为详尽的描述。有一种玉米面做的馍非常好吃。玉米面掺水和成厚饼状，先稍许蒸一下，然后把它埋在火塘的灰里。木柴燃烧，鼎锅里的水滚烫了，火塘里煨干熟透的玉米面馍也就可以吃了。那是过去从来没有吃过的美味，酥脆、香甜，入口即化。到现在，我再也没有机会尝到那种玉米面馍。上学的时候，我带一个白面馒头，兜里装满核桃仁。到了学校，一口馒头，一口核桃仁，的确好吃极了。有时，我就用馒头去换同学的玉米馍吃。

兜里的钱花不出去，带了也没用。想想看，一条老街，几个铺面，除了摆一摊柿子和核桃之外，再也没有可以消费的东西。那是一个票证风行的年代。买肉、买米、买油、买糖、买自行车，都要票，都要领导签字。那时的供销社主任真牛啊。

八

那时的日子是湖水一样平静。

街道不长，但十分干净。回家的路也是平平坦坦。而现在，这身前身后是雨造的泥泞。一些新的楼房参差不齐，旧楼房的废墟还没有清理。我已无法辨认过去熟悉的地方了。那个小河清清的桥头已经显得十分遥远。

在我的影集里，珍存着一些老照片，有的已经发黄。当年整个桥头几千户人家，只有我家有一架老式135照相机，不知给多少个家庭留下了笑脸和回忆。

我在周末的时候，会背上相机到几十里路外的同学家里，为他们的祖父祖母拍照。有一次，在一个寨子里我住了两个晚上。那是一个远离公路的山村，掩映在浓绿的树丛之中，我吃到了加了鸡蛋的浆水面，还有烤土豆。晚上，和同学住在一间漆黑的小屋里，炕上只有一床黑乎乎的薄棉被。堂屋里的火塘一直燃到天亮，我又听到了山里传来的清脆的歌声。老人们穿戴整齐，端端正正地坐在凳子上。我端着相机，咔嚓咔嚓地拍了几张。现在看来，当时的技术含量实在太低，而且胶卷要照完后才可冲印。如果那只破相机不慎"走光"，整卷照片就全部报废了。这种情况我也遇到过几次。路难行，人难聚，留下一些生动的照片实在不易。所以，我每次都倍加小心，生怕对不起那碗加了鸡蛋的浆水面。

家里有一个父亲自制的放大机。父亲会照相，也会冲印和放大。可以说，整个桥头公社的生活照十之八九出自我家。这个原因，吸引了一些有兴趣的年轻人。记得当年有个叫能远的小伙子，就在我家学照相冲印技术相当长的日子。可是，他现在的情况我已经不得而知了。

现在我们在雨中一次又一次地按下快门，500万像素的佳能数码可以使我面对眼前的景物随心所欲。

当年在高楼山上的一个村庄，我曾经和全班同学生活过一个月。不是知青的“插队”，而是高中生的下乡锻炼。因为我瘦小的个子，只好派给我当了生活委员。我把同学集资来的钱装在一个相机袋里，寸步不离地斜挎在身上。我负责采购米、面、油、菜，指导和监督厨师的操作，以节约开支。除了正常的午餐外，我自己还准备了一瓶母亲做的炒面：用生白面炒熟，再加入核桃仁和白糖。吃的时候用开水冲开拌匀，非常香。我一直很喜欢吃这种炒面。可惜的是，自从离开桥头，我到现在也再没有吃到过它。

那时的同学中有一个男生可能有洁癖，每天都不厌其烦地洗手洗脸，脸白白的手也白白的。当时水很缺，不知他是怎么反反复复地洗，我觉得奇怪极了。还有一个女同学，长得漂亮，个子不高，眉目细腻，皮肤白皙，引得好多同学老是和她开玩笑。我是否让她尝过我的炒面，当然已经记不清了。不过，当时对她的确有一点好感，一点朦朦胧胧的印象。

现在看来，当时的顾忌都是多余的，同窗情谊，留下的是淡淡的回忆，忘掉了也就忘掉了，似乎也并不觉得有多遗憾。而真正遗憾的是，当年人与人之间那种纯真或者叫纯粹的感情，已经永远不可复制了。

在眼前的喧嚣中，我有时会觉得茫然，看不清，看不透。有些熟悉的身影，忽然觉得十分陌生，形同路人。将近30年的变化，山还是那座山，河还是那条河，可是人的心里却不像过去那么清静了。每个人都有了自己的心思。这原本不是坏事，如果说看不惯，只好说自己尚与这个社会还不完全适应。在孩子们看来，父母已经是古董了，我们如何用过去的眼光去设计他们的未来，我常常为此感到茫然。

九

后来，这些北京上海的医生相继返回了都市，有的还出了国。磨坊旁的院子恢复了原有的平静。许多年以后，我的哥哥和生在回忆返京初期的生活时，深情写道：

> 终于回到整整阔别20年的北京老家，但已没有我们的房子。没有别的办法，只好去租六郎庄草桥东口的一家农民房。在东郊货站提取搬家物品时，冰箱已被翻倒，桌椅腿也被折断。望着陌生、杂乱、冰冷的民房，眼前的一切，妻子不禁潸然泪下。眼下已是冬季，我借来了煤球炉子，自己动手和泥巴搪炉子。看着我贴一块儿掉一块儿的狼狈样，妻子不禁哭着，一通抱怨我为什么要回来。我只能忍着不说话，自己又去拉蜂窝煤，火生起来了，屋内开始暖和了。一切都要重新开始。
>
> 回到北京不久，也给外地的亲友带来了希望。碧口小舅12岁的女儿，哈尔滨三弟20岁的儿子，相继来京，都住到了万泉庄。人满为患，房内厅外、大沙发、高低床上下都挤满了人。自己已是大家族的当然主持，只好大包大揽。我向单位提出了调房。
>
> 1997年11月，单位把我的住房调整到了马连洼小区一套83平方米的三居室三层楼房。我们又开始搬家了，我和妻子都

希望这是最后一次搬家。我们又忙于收拾东西，那么多的人劝我们：旧家具别再要了，搬新家了，买新的吧。从山区农村添置的木制家具，跟着我们几经搬家，几经折腾，是不再新鲜了。但看到堡子坝的高低柜、碧口的写字台，却引起我们对那段山乡生活的无限眷恋。看到在临江买的塑料菊花，就使我们感到新婚的温馨，那是建立小家的象征。

搬家了，除了新买的大件电器，舍不掉情缘的旧家具又搬进了新房子。那塑料菊花又高高地插在冰箱上的红花瓶上。简单的装修虽不气派，但我们却感到无限的满足和欣慰，因为这是按成本价出售的房改房，是自己的房了。新楼房有了天然气，再不用骑自行车去那么远灌煤气了，但五年的骑车拉气令人难以忘怀。

小区物业公司通知我去拿房产证，当我打开证书，看到房产性质上写着“私有”两个字时，不禁热泪夺眶而出：我终于有了自己的房了！来之不易啊，三十年河东，三十年河西，等有了自己的私有房产，搬了七次家，我已经50岁了。

三十年的岁月沧桑，安了大家，安小家，动荡的生活安定了。

后来，我想看一看30年前的家。我带着妻子和孩子们来到当年的西城区福绥境胡同，但那里已是一片高楼林立的官园小区，四合院已经不在了。我们想看看30年后搬回北京第一次安居的家，那租住的农民房，已是飞架而起的西四环万泉立交桥和一片开阔的绿地。岁月沧桑，时过境迁，悲喜交加。我永远忘不了，身处逆境时关心帮助我们的一切好人，永远忘不了异地他乡的一个一个的家。

多年来，我在南方关注着这个家族的苦难、幸福和快乐。当年的医生，我的父母，已经80多岁的高龄，身体健康，思维仍然清晰如初。回忆过去的日子，许多细节比我记得还清楚。值得一提的是，母亲在85岁高龄之时，还坚持写回忆录，每天数百字，已经写到了几万字之多。我知道，母亲和哥哥回忆过去，记录苦难的日子，用的却是快乐的笔调，充满了乐观和豁达。

十

在蒙蒙细雨中，只剩得一点骨架的磨坊把自己完完全全裸露在绿色的田野，就在路边的老河床上，像一个执拗的不愿离去的耄耋老人。或者是一点也不情愿就这么无声无息地消逝。

磨坊是一处废墟了。

废墟里面的喧闹和光彩早已不再。这时的磨坊像一个缺了门牙衣衫褴褛披头散发的老太婆。它在细雨微风中瑟瑟发抖。可是，28年了，没有人去铲平它。这非常奇怪。即使手无缚鸡之力的我，现在只要有一把铁铲，不用多久也可以把它夷为平地。可是，没人这么做。这不能不说是一个谜。

废墟留给人们太多的回忆和想象。

忽然想起了欧洲，莱茵河边的古堡一样留给人们太多的神秘，这其中也包括那些坍塌的墙壁。在海德堡的古堡里，我站在一座坍塌的断壁前，久久不能平静。废墟里的砖块已经断裂，整面墙倾斜着，像一个龇牙咧嘴的魔鬼。废墟是应该留存的历史，就像圆明园，让我们牢牢记住一个民族经历的屈辱和苦难，时刻不忘民族的自强和复兴。现在看来，我面前的残破的磨坊真是耐人寻味。

北京和上海的医生都走了，当地的好多医生也去了县城。我想，桥头的老人们看到这间磨坊的时候，一定还会记得那些曾经为他们治病的外地医生，而多年以后重返都市的那些医生，也不会忘却淳朴的老乡们送来的鸡蛋、蔬菜和各种水果。医生和患者，城里人和乡下人，互相依赖，水乳交融，那么温馨，那么和谐，该有多少美好的回忆啊。

时代变迁，世事如棋。我面前仅存的磨坊的废墟，要不了多久就会永远地消失了。那河，那桥，那磨坊旁边发生的故事，渐渐被人们淡忘了，好像从来没有发生过一样。当我给孩子们讲述这些故事的时候，他们的脸上写满了困惑和茫然。在我看来，我把关于桥头的碎片连缀成文，仿佛还了桥头的一个人情债。这些文字，如果能够唤起人们对往昔生活的追忆，珍惜今天的健康、快乐和幸福，我将感到十分欣慰。

那磨坊窗口飘出来的歌声，越来越遥远了。

2006年8月

附录：

祖父的诗（一）

临江有感述怀，示儿孙以鞭策之意云尔

侍亲志愿了[①]，含悲离雁群[②]。生死与离别，抹泪湿枕巾[③]。
社会重劳动，归来哄重孙。暮年添砖瓦，壮志不消沉。
间接出把力，革命一份心。七五哄卢娜，七六抱韩斌。
婴儿屎与尿，难免污衣襟。今年哄与抱，明年绕膝行。
此儿从母姓，妇女半边天。封建旧习惯，大破大立新。
引领望东北，刚儿在宝清。嘉霞难兼顾，遥想倍劳神。
嫩江涛与富，志务大寨田。唯嘱多流汗，精心细耕耘。
自立与奋发，爱憎当分明。革命加拼命，永做螺丝钉。
团结是胜利，谦虚莫逞能。我年近八十，总盼儿孙贤。
关山千里隔，身心两不闲。龙江分黑白，悠悠一片情。
回忆我父母，出生叹孤贫[④]。人穷志不短，励志持家勤。
生我手足六，历尽苦艰辛。长兄半工读，立志做医生。
湘雅与协和，学术钻研深。医痨令回春，声誉驰京津。
救国乏良策，暂图家复兴。甘心拒美聘，不镀帝国金。
发愤自开业，岁月亦峥嵘。少年驰信誉，协和有令名。
欣知倭寇降，惜天不永年[⑤]。手足情谊重，合家迁北京。
大姐电话局，三弟职邮政[⑥]。幺妹教历史，四弟教英文[⑦]。

唯我务畜牧，碌碌无所成[8]。差堪衣食足，借以娱双亲。

人生重品德，本固枝叶荣。从此人丁旺，屈指超半连。

各条战线上，贡献秉忠诚。祖国无限好，幸勿坠家声。

卢惠安 七十七岁，1976年4月20日

于甘肃省文县临江供销社

注释：

①慈母寿享107岁。三年任劳任怨，用赎过去疏忽孝养之衍，没有幺妹协助，哪能遂我志愿！

②比喻同胞手足。

③大嫂年82岁，幺妹年66岁，苦苦劝我留京养老，但想见孙媳及重孙情切。噫，从此一别，再难相见矣。

④我父年七岁，双亲已没，靠祖母手工生活，祖孙二人形影相随，无亲无族，十二岁时祖母去世，孤身一人，邻居张佩之老师收留做书童两年，因此识字。十四岁在陈福顺饭馆学徒，至出师及帮工约十年之久。我外祖母居孀守节，抚养我母，靠为鞭炮店加工芯捻纸。因见我父，为人正直，招赘为婿，同甘苦共居住。我父因帮工非自力更生之计，遂向邻居宋婆婆借钱数串为本，烧卤猪头肉摆摊贩卖。继后租房开小饭馆兼养猪，勤俭节约，逐渐宽裕。我母对我弟兄姐妹百般爱护，于今怀念慈祥音容，历历在目。

⑤长兄卢永春，长沙湘雅医学校毕业，任北京协和医院内科主任，继后开卢永春医院于京津及福寿岭平民医院香山分院。

⑥大姐永秀宜昌电话局接线员，三弟永新邮务生30余年。

⑦幺妹永方毕业于北京师范大学历史系。四弟永亮北京税专毕业，历任宜昌长沙天津海关内班主任，解放后任北京关主任，后转业教育教英文。

⑧1942年破产后，即寄生生活，解放后开新生奶茶铺，公私合营时，因家务繁重，未参加工作。

祖父的诗（二）

1977年11月6日，卢惠安七十八岁高龄，手书于文县堡子坝供销社，付给世璟及卢莹、卢岩、发生、春文：

吾不善诗词，连日处此孤寂环境，不惯亦不耐，幼时读《孔雀东南飞》之诗，遂仿其式，述怀排闷，不可以文艺眼光计较音韵平仄为盼，幸留存之！

山居叹寂寞，寂寞倍思亲，相思不相见，何以慰衷情。
养儿为防老，积粮备荒年，今我近八十，为何不我怜。
只因韩久病，嘱函想外孙，和芳挈斌华，谆谆嘱玉英。
玉英年十二，忠实又机伶，早来拢炉火，室内俨如春。
收拾有秩序，桌案一色清，铁梅如再见，教育出寒门。
幼年经风雨，松柏劲且青，和生心也细，考虑颇周全。
食眠措施好，伉俪才起程，照理应知足，奈我不超尘。
垫盖皆松软，辗转难成眠，只因思神扰，睡魔不敢侵。
我欲跨鹤访，鹤辞偏不前，相距近咫尺，应当马加鞭。
早起除四害，绕室打苍蝇，蝇性趋温暖，歼灭不容情。
昨日汽车响，疑是儿孙临，高兴出门看，惘然更伤神。
公私须兼顾，谁家无老人，多情尚主任，闲来将两军。

阶级团结紧，路线又分明，积累心有数，何处去取经。
兀坐也无聊，阅书眼发昏，排遣心中闷，赋诗付儿孙。
须知老来笔，为嘱勿等闲！

又仿宋代朱淑真《生查子》：
年逾七十八，想见时日少，来时带只鸡，敢竞那才好。
夕阳已含山，要来就趁早，若到黄昏时，泉下也难找。

1977年11月6日，于堡子坝，付给世璟及
卢莹、卢岩、发生、春文

喜看枯木竟逢春
——《老奶奶回忆录》序

卢世璟

谁也不信，一个老太太，几十年没写过一篇文章，到了84岁忽然一不留神，文思泉涌写下了近20篇、两万多字的散文，这可是新鲜事儿。真值得大书特书为我老伴儿写篇序。

这些散文写得质朴平实，亲情友情，跃然纸上，文章亲切随意顺畅，不刻意雕琢粉饰，行云流水般写下来，自有它的清纯自然。我仔细品味她的文字，忽然憬悟我写过的几篇散文是那么咬文嚼字，阳春白雪，故作艰深，别别扭扭，不堪卒读，深思之下，我应该立即修正我的文风，三人行必有我师焉。

说她一生没写过一篇文章，是不准确的，刚解放那年她写了两首诗，一首是《冲破黎明的黑暗》，一首是《公理打败了法西斯》，发表在光明日报上，后来又写了《邂逅》在《防痨报》的副刊上，这是一篇小小说，写一个姑娘怀着万般柔情，送她男友到车站，十里长亭，依依惜别。应该说是她自身经历的一次真情写照吧！

我觉得完全可以写成短篇小说，其中必有动人的故事，但她只写了一个场景，我也不好多问。只好单纯欣赏她的文章了。

她说她小学时作文就写得很好了，这一点也不假，那时她的小字儿已经写得相当漂亮了，不是百里挑一，而是万里挑一。请看21世纪，有几个青年写得漂亮字儿的？

回忆1940年，我因病住在伯父医院里，一天傍晚，我在病床上望去，十八岁的她正站在走廊里凝神看花，手里拿一把小巧之极的茶壶慢慢喝着，她脱了护士服，穿一件淡雅的碎花旗袍，袅袅婷婷，姿态极好，我不禁触动心弦，就写了第一封信。

她很快就在我枕下塞了10厘米见方的餐巾纸，上边用铅笔只写了一句话“你不喜欢吃娇艳的西红柿吗?”这几个字写得如此漂亮潇洒，可入书法展览之列，立即彻底征服了我，我的字相比自然是自愧不如，甘拜下风。

自此以后自然是书信频繁，其时又忽生风波，曲折坎坷长达五年才成正果，在此要挥洒下去又是一篇小说了。

她的写作应该说是人老了，并非一定万事消沉，万念俱灰，无所作为，静候召唤。只要心态好，枯木逢春是完全可能的。这不是吗，虽然儿子已把她写就的文章精心编排，配以照片装订成册，但她仍然兴犹未已，还在一篇篇写下去，今后未必不是一位高产作家。我希望她再进一步开拓素材，把在甘肃桥头六二六事迹点点滴滴写下来，也可反映出医疗卫生事业的一些成就。

是为序。

2006年6月28日

沁园春·忆洁君

卢世璟

时值四零，养病卢院，安知藏娇。

长日唯观壁，难消寂寥；别师离友，唯余心焦。

暮色依稀，百无聊赖，窗外遥见杨柳腰。

慢啜饮，旗袍饰美姿，倍显妖娆。

书信频两情烧，忽乌云来袭难再交。

姻缘天意定，何须自扰，果有宋公，邂逅斯人。

携我修书，旧情又炽任意雕。

莫迟疑，唯携手白头，暮暮朝朝。

并再注释：回忆1940年，我因病住在伯父医院里，一天傍晚，我在病床上望去，18岁的她正站在走廊里凝神看花，手里拿一把小巧之极的茶壶慢慢喝着，她脱了护士服，穿一件淡雅的碎花旗袍，袅袅婷婷，姿态极好，我不禁触动心弦，就写了第一封信。她很快就在我枕下塞了十公分见方的餐巾纸，上边用铅笔只写了一句话："你不喜欢吃娇艳的西红柿吗?"这几个字写得如此漂亮潇洒，可入书法展览之列，立即彻底征服了我，我的字相比自然是自愧不如，甘拜下风。但我们的交往为老辈所知，认为不妥，立即辞退了她，断了音信。四年后，幸有知友宋君，上药专夜校，逢她也进此校，遂告我代为传信，才又恢复往来。

送妻永别

卢世璟

相守一生渐临终，言语无力心事重，
忐忑频问爱我否，耳边相告永相从，
解脱儿孙遽尔去，天宫往寻爱女踪，
梦里犹可诉衷曲，来日无多再相逢。

佛伦特相机在桥头

卢世璟

1969年11月，我们全家和全市各医疗单位的六二六战士家庭一齐坐专列去了大西北，我们被分配到甘肃文县桥头公社卫生院。60年代的北京，寻常老百姓的家里是没有电视，没有电话、没有洗衣机的、有块手表就算挺现代化了，至于什么手机、DVD、MP4数码相机更是闻所未闻，想象力再丰富的人也设想不到，我们从如此落后简朴的生活，一下子换成了深山大沟中桥头农村的生活，没费什么劲儿就适应了，反而觉得桥头老乡朴实热情，副食也便宜，风景好空气好，上班也不用骑车赶路，简直是“此间乐，不思蜀也”。

医务工作安排就绪，生活也上了轨道之后，有了休闲，逛了逛桥头街上唯一的一家小商店，熟悉了“公社社员们”的生活方式，参观了他们家里的摆设，忽然发现这个可怜的山村，竟然找不到一架照相机的影子，家家没有几张照片，想照相得跑多少里去赶班车，翻山越岭去县城，照了相还要住旅馆，第二天再返回，这可是多么奢侈的享受啊。

但是照相机在北京可不是稀罕物儿，旧货店就有，尤其是“文革”开始之后，不知怎么的旧货店就出现了许多品质上佳的老式名牌相机，一般收入的人也买得起，我就买了一架德国30年代的佛伦特相机，我原有一架40年代日本的，胶卷像纸也好买，自己冲洗加印是无上的乐趣。我还不止于此也，知道一点放大机的原理，就自制了一台放大机，土法上马，简陋至极，但放大的效果却不亚于照相馆，因此在我们那个大卫生院我就成了名人，邻居们都乐于享受我对他们的无偿服务，或者说赐予吧，他们高兴，我也高兴，大院里的人际关是这样的亲切和谐，远非住城市大楼可比。

我一有点闲暇就拿出相机，先在同事中小试身手，这使我飞快地在当地成了一颗耀眼明星，社员们互相转播开来："咧个了不起，卢大夫还会照相呢，自己洗呢放大呢，咧希不恼火！"那个新鲜劲儿，真好像桥头来了个外星人。业余给熟人照相洗印放大，本来是我的社交方式和唯一乐趣，到了桥头也是一样，没有多久，我的两架相机左右开弓，桥头一条街的老少住户，便陆续有了我的作品，他们惊喜的赞赏的表情溢于言表，他们是决不让你白尽义务的，总想着送你馍馍啦，核桃啦，刚熟的桃子啦，礼尚往来，绝不亏欠人情，叫你怪不好意思。

照相机在当地是个神奇的玩意儿，是碰不得的宝贝，没有一个人敢提出："卢大夫，给我看一哈嘛，咋用呢？"他们敬而远之，生怕碰坏了可赔不起。但过了几个月，居然就冒出了个天不怕地不怕的小伙儿要学我的技术，这小伙儿叫马文汉，是那个生得憨憨实实、红红胖胖挺中看的秋菊的男朋友，小马是开着大货车走南闯北做生意的人，知道桥头来了这么一个有本事的师傅，就马上在成都买了一架相机，拿来向我虚心求教了，小子挺聪明，三下五除二就学会了拍摄和冲洗的技术。

我是从不保守的免费收徒，积极传播现代文明。小马欢快地带上秋菊，不知到哪些风景区给情人儿照相去了，回来自己冲洗之后要我去看，我一看竟冲洗了三卷之多，挂在炭火盆旁边轻轻地摆看，冲洗得清晰透亮，我不禁好好夸奖一番，小马对秋菊情爱之深，对现代文明吸收之快，在这里表现得淋漓之致，何以如此？是他得天独厚，开着车山南海北，眼界宽阔，思想开朗的缘故。

有一天营业员刘德祥从30里外的临江，提着一只大公鸡找我来了："卢大夫帮个忙，我照了一张相，你帮忙冲洗哈！"原来他也买了一台照相机，只是没向小马那样学技术，我帮他冲洗好，印个照片，又剪裁得当交给他高兴地回去了，自到桥头后逼上梁山，我也学会了宰鸡，这只不幸的公鸡，就被老伴做成了红烧栗子鸡，使得同事们在品尝之后夸奖不已。

桥头四中刘老师买了一台海鸥相机给同学照毕业相，免去了他们跑文县，也给自己增加了收入，想不到他也会来找我，说他冲不好，公社有间暗室请我去冲几卷，我慨然应允，去公社帮他冲洗好了。我所不解的是，他买了不少胶卷，大照特照，为何不提向我学习技术呢，那时我已发明了有关冲洗技术的"卢氏定律"，不管任何条件，都可以万无一失地冲洗好，他不想学，反而不如司机马文汉了，后来我想，这也可能表现了他颇有自信，他终究会在实践中探索攻克冲洗关，实现他万事不求人的处世方式，这一点和我有共同之处。

这以后，也有山上老乡上门求我照相洗印的，他们没有学技术的要求，一是没文化，缺乏自信，觉得此中奥妙，不是自己学得了的；二是原材料确实难买，我都是托北京朋友买了相纸显影粉寄来，山村的闭塞，主要来自贫困，也由于教育的远未普及，没有对精神文明的需求，也没有物质消费的能力，商店自然也不准备这些比较贵重稀奇的东西了。

一天的医务工作结束后，长夜漫漫，如何消磨，桥头既无书也无报，托好友买书寄来也有限，我只好从相机中找乐趣，佛伦特自拍机不灵了，我就小心地拆了镜头研究，德国机器的设计和坚牢程度令我惊奇不已，自拍只是缺油，仔细地点了少许油，立即灵活如初，运转自如了。日本相机没有闪光装置，也拆了它仔细琢磨，在快门关键部位焊上细电线，连接上闪光灯，在快门起开的一瞬间触发了闪光联动部件，立即闪光，这也成功了。然后又试验翻拍技术，一切玩够了之后，碰巧得到一块可以成像的凸透镜，于是用马粪纸做镜箱，用猴皮筋做快门，镜头做成可以伸缩的，这就有了距离尺可以对焦了，至于卷胶卷的部分就简单了，一切是土法上马，没有难得住我的，终于做成了一架照相机，贴上了金鱼图像，名为金鱼牌，试拍之后，成像还好，只是周围略显模糊无关大局，这是透镜简单的原因。

一切完工之后，教会了一个我得意的学生，他拿到山上去照相挣钱了，照完了我来加工，我问，老乡感兴趣吗，他说放在桌子上都没人敢动，怕弄坏了，怎么说也是能照相的机器，是稀奇玩意儿啊，我不禁大笑。

在桥头整整十年，1980年要调我们到碧口了，临走之前公社那个文质彬彬的刘书记居然来找我聊天，最后他才说明了来意，他说卢大夫你们也快走了，怪舍不得的，留个纪念吧，听说你会做照相机，很好用，能不能求你做一个，在农村也好耍啊。作为公社书记，怎么会对模型相机感兴趣呢？这自然反映了他工资少缺乏消费能力，我只好含糊地答应了，实际上连个合适的透镜也找不到，从何做起？时间也来不及了，随后传来孙儿卢斌得病的消息，我就连夜去了远远的堡子坝，之后老伴安排了一切就调往碧口了，我再也没有回桥头。

没有满足刘书记的要求，成了我久久难忘的憾事。三十六年过去了，桥头街已经有了录像厅发廊书店，刘书记或许已拥有了数码相机，再也不会记得一架纸壳做的相机了吧！至于我的佛伦特相机，它已在世上显赫地走了一遭，留下了它无数永恒的瞬间，现在数码相机接过了它的接力棒，它在箱子里安然地躺着，成了真正的古董。

2006年9月9日

断　想

卢世璟

每当我读到一篇符合我的爱好的文章的时候——不必说是什么性质的文章——我的创作冲动就开始活动起来，我合上书，闭着眼睛让思想驰骋开去，我寻思着某个情节，运用着我喜欢和我习惯的语言，试着把我想写的文句，在色彩、调子、节律、速度方面协调起来，就像我调谐着电唱机转速一样。我明白，当那个转速调整到某一个最恰当、微妙的准确速率之后，所发生的歌唱或乐音才会是最理想、最真实的。懂得音乐的人知道这个转速，懂得写作的人也知道这个转速，整个创作的色彩、情调、节奏在这一神秘的速率中充分地展现出来。但是，准确地说，每一个真正爱好创作的人对于他最欣赏的速率，有着细微的微妙的差异，我所喜欢的是，一种徐缓的、从容的像你们在沙发里用无休止的时间去细心品味一杯茶那样的节奏，那样的情调。

我所爱的《理性的眼睛》的写作方法，它的基调就是如此，它是怎样地激发着我的创作冲动，就像鼓槌激发着鼓的音响一样。

但创作冲动降临的时候，不同的人有着不同的要求，我所要求的，应该说我所幻想的或者说是我所奢望的，是我所乘坐的一架电梯，恰在第9和第10层楼之间，这样，这个位置就隔绝了一切光线和音响，甚至空气也是不流动的，只有我这一个生命，只有一把沙发和一张床，必要的水和适口的食品在这样的环境里，人的思想才能毫无阻碍、毫无干预地活跃起来，正如秋虫处于绝对安宁的环境中才会鸣叫一样，当你的脚步稍为移动一些，它就警惕地停止鸣叫。我所希望的就是这样与世隔绝的静逸的环境。然后，思想、灵气才能像永远不断的溪流一样流泻在纸上，这个时间也许是几个小时，也许是几天，准确地说像间跃的喷泉。

但这终究是我的幻想，我生活在一个不安宁的甚至骚乱的空间，对于一个缺乏坚强的意志，而且过分依赖灵气的人来说，断想似乎是我最好的、不得已的形式。

1979.1.15

关于图书馆的驰思

卢世璟

在一个冬日的中午，一位小有名气的医生知道我午饭后并不看重休息，并准备到附近的图书馆去看书的时候，他说出了一句也许会使许多读书爱好者惊讶的话："那都是些没名堂的书！"我望着这位过去的大学生，他的表情是自信的，语调刻薄而轻蔑，这几乎使我处于愤怒的边缘，但我这时却缺少跟他辩论一场的兴致，因为我非常想按时完成我对图书馆的拜访，但他的说法却把我引入了沉思。

世界上人们的观点，由于社会的个人的种种原因而迥然相异，当你试着把它们统一于你的认识时便会遇到麻烦和痛苦。人们靠他们各自不同的观点走着生活的道路，组成这个色彩缤纷的世界，除非他们的某些观点和行为妨害了别人的自由，或者其谬误会使他本人沉沦于歧途的进修，他才会受到社会学意义上的制约。这个真是需要作一次深入的哲学式的分析和探讨，我望着他远去的背影，不禁在心上掠过一丝怜悯：他多么缺乏人情味，他的生活圈子又是怎样的狭隘啊！

医学当然是伟大的，一位好的医生也值得我们尊重，否则一些垂危的患者不会从他的手中复苏。但如果他不是由于对当前文化界全新的形势缺乏了解，而只是出于对文化持有狭隘偏激的看法，我以为这认识会深藏着对己对人都不利的因素。使人遗憾的是，他的看法却并非没有代表性。我回想起在不久之前，在我曾工作过的一个与世隔绝的地方，邮务员就是根据那同样的观点，加上他个人的自私和专横，滥用了他的权力，竟使当地许多渴望追求知识的人无法订阅到报刊，其后果当然是严重的。

要想深入地批评前者和干预后者，留待我另一次的题目吧，我愿意把主要的思路留给我们可感谢的小图书馆和其中一位管理员。

碧口，这有着美丽名称的山区小镇，由于水电站的兴建而给它带来了文明。水库的风光固然美丽，许多人又称颂着它物质上的丰富与方便。然而我认为由于当地文化部门的关切，开办了一间小小的图书馆，这难道不也是一颗晶莹的明珠吧？它满足了许多人的精神渴求，使他们不致在精神的沙漠里跋涉。

这是一间近于寒酸的小屋，门前没有堂皇的标志，但任何一个陌生的读者尽可以坦然地推门进去。于是你看到的是一间十分低矮的小屋，一点也算不上是宽敞的面积，砖地黝黑而潮湿，你的脚步走在上面还会感到一点坎坷。冬季的寒流从薄薄的墙壁透过来，但日光灯如此明亮，一座电炉又如此炽热，加上报架上十几种报纸，长长的方桌上80多种期刊在向你伸出欢迎的手，谁还能不感到家庭似的温暖呢？它当然缺乏大城市图书馆的气派，但我相信你会厌倦它们制度的烦琐，而会欣赏坐在桌边就可随手先读你们中意的报刊是怎样的亲切和方便。从不同岗位来的读书爱好者放弃了午睡（这肯定需要一点毅力，因为它只在午后开放两小时），悄悄地进来又悄悄地离去，像一条静默地流着的小溪。我看出他们各有所得的喜悦，他们之间并不交谈，甚至也不交换眼色，他们理解在这里安静就意味着文明和素养，意味着友谊以及对文化的尊重。在这里的人们有着充分的自由，年岁小一些的往往喜欢选择色彩斑斓的画报，现代的摄影和印刷术使这些画面强烈地放射着迷人的魅力。年轻人在读着科技文章或者小说诗歌，他们低垂着头，让心灵走进一片广漠的森林里去，那里记载着人类科学神奇的成就，也展开着生活无比广阔的画卷。作家用深挚的情感描绘着伟大的祖国，他们既歌颂美丽，也严肃地批判邪恶，让青年人更深刻地认识和建设世界。中年以上的人也许对一个社会学或者哲学的题目感到关切，梦想寻求一个答案，于是选择了社会科学期刊，潜心地研读着并进入一场深入的思考。

富有想象力的人会感到这个场景蕴含着诗意。这既没有交响乐，没有悠扬动听的歌声，也没有华丽的服饰和轻盈曼妙的舞蹈，但它却提供了人类另一类不可缺少的精神享受的适宜环境。数不清的人们在这里像海绵——不，海绵也有饱和的时候——像大地一样吸收着人类智慧的雨露，滋养着他们的心灵，智慧的种子在心中发芽、生根、成长，颗粒在漫长的人生旅途中成熟，又给更多的人以营养。谁能断言由于文化的培育和熏陶，这里不会产生学者或诗人？没有人能追踪描绘这个无形而又隐秘的过程，但也没有人能否定它的必然。

这小屋的主人，一位女管理员渐渐引起了人们的注意，她丰满而端丽，是一位典型的充满青春活力的少女，但她既不烦躁地望着窗外，盼望早些闭馆去与友人会晤，也不踱来踱去，用监视性的眼光去扫描读者，那样肯定会给读者一个潜在的压力，使他们精神上不能获得安宁。她只是融入许多读者之中，悄悄地坐在读者一边，细心地读着她爱好的书籍，分享着文化的赐予。有一次我偶然发现她在看德莱塞的作品，这不由引起我的赞许。她肯定不是谢惠能式的姑娘。你如果并不经常去，会以为这里并没有人管理，只有在细心的观察中，你才能发现她却负有与众不同的职责：她不时站起来轻轻走进书库为借阅者取书，她会善意地劝止偶然破坏了静谧的读者，她也会制止香烟的雾霾在室内弥漫。她的维护和读者的自觉组成了这无比和谐、井然有序的天地。

我常常喜欢在阅读中作一些摘录，这也许引起了她的注意。一次在我绝未意料之中她走近我，好奇地看我在抄录几首诗，这居然引起了她的共鸣。她用低低的语音说着她对诗也有同样的关注和爱好，又和我谈起而且评价了一篇情节动人的小说，于是她又回到自己的座位。这时我立即感到了丰富的人情味，这一位可以说是素昧平生的少女，没有通常女性的矜持和一种戒备的心情，也没有通常一位管理员和读者常有的距离，而和一位陌生的读者交换了共同的感受，尽管它是短暂而肤浅的，我却兴起了无限的联想。毫不夸张地说，如果在那可怕的“十年动乱”之中，同样的举动会使人有一个不祥的预感：一个人走近你并注意你的言谈和动作时，就可能意味着在侦伺你的思想，并酝酿着在另一时刻忽然对你发动袭击，每一个不幸者都永远不会忘记这使人憎恶的经历。我还联想到另一个场景里去：如果每一位工作者和他所服务的对象都建立在这样亲切而友好的关系上，都共同致力于这种纯真的情感的默契和交流，我们的世界将会怎样地和谐和美好，我相信谁都会首肯我这良好的愿望。啊，我们的诗人将会写一首最动人的诗来赞颂人类这崇高的精神境界！

是的，不仅写一首诗，而应该写三首诗：一首善意地引导人们去尊重文化并培养对文化广泛的爱好，一首讽刺和批判敢于阻挠文化传播的人，一首赞美图书馆的创建和那位忠于自己职责并懂得享受文化、又富于人情味的女管理员。

1982.5.18

父亲和母亲在北京，摄于1943年

从北京到武都，摄于1969年

在桥头，摄于1970年

桥头卫生院，摄于1970年

母亲在桥头卫生院，摄于1971年

父亲和母亲在桥头卫生院，摄于1972年

富生、佳生到桥头探亲，摄于1972年

作者和祖父在桥头，摄于1972年

姐姐、同学、作者，摄于1973年

在桥头，摄于1972年

作者和黑豹，摄于1973年

桥头洋汤河上的便桥，摄于1974年

在桥头，摄于1978年

碧口吊桥，摄于1980年

在碧口，摄于1985年

父亲心爱的佛伦特相机，摄于1986年

在北京家里过春节，摄于2005年

在海淀区人大会议上，作家梁晓声和家兄卢和生，摄于2005年

作者卢岩，又名卢秋生，摄于2008年

作者夫妇在天津，摄于2012年

作者女儿卢亦梦

金婚，摄于2013年

父亲和五叔卢世璧，摄于2013年

首都最美家庭之卢和生：档案传承——小家梦，摄于2015年

父亲在国家图书馆，摄于2016年

整理家书，摄于2018年

北京电视台采访的家书，摄于2017年

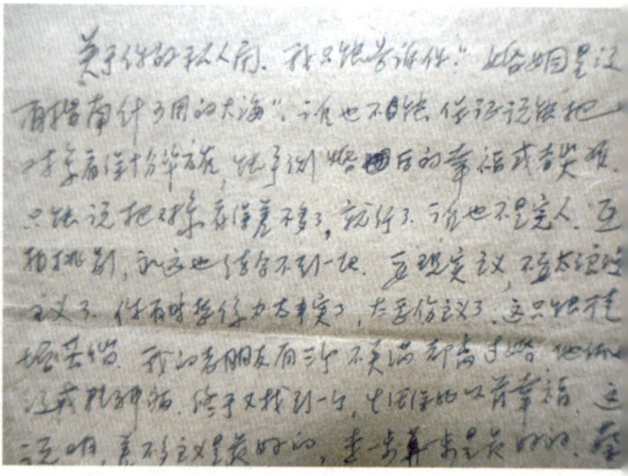

关于你的私人问题，我只能告诉你："婚姻是没有指南针可用的大海"。谁也不能保证说能把对方看得十分准确，能预测婚后的幸福或者失败。只能说把对方看得差不多了，就行了。谁也不是完人，互相挑剔，永远也结合不到一起。[illegible]

父信手迹

爷孙们，摄于1996年

暑期小照，摄于2002年

全家福，2004年摄于北京

爷孙乐，2005年摄于北京

后　记

编完《遥远的桥》，我终于松了一口气。我想我可以向父母做一个交代了。

有这么厚的量，我起初并没有想到。全书分为三个篇章，只是想从不同的角度回望历史和生活，记录那个年代。感谢我的家人，使这些信件和文章在颠沛流离中保存下来，尽管不完美，但对我们却弥足珍贵。特别是我的二哥和生，许多资料都是他保存整理的，耗费了大量心血。实际上，还有相当多的是与我父亲往来的朋友信件，但囿于篇幅，也难以取舍，只好忍痛割爱了。在此，也向多年来与我们的父母信函往来的亲朋好友表示感谢。

在这本书的编辑过程中，著名作家凡一平先生给予了悉心指导，帮助策划，在此致以衷心感谢！

由于编者水平有限，难免会有疏漏，敬请读者不吝赐教！